갑신의 거

역사 소재 희곡 모음

갑신의 거(甲申의 擧)

– 역사 소재 희곡 모음 –

위기훈 지음

차 례

갑신의 거

(甲申의 擧)

• **등장인물**

주요인물 김옥균, 홍영식, 박영효, 고종, 중전 민씨는 1인1역
으로, 그 외 인물들은 1인다역으로 분한다.

• **무대**

'우정총국', '안동별궁', '대조전', '경우궁', '일본공사관' 현판
과 창덕궁의 문 액호, '돈화문, 금호문, 요금문, 북장문'과 함
께 상징적 구조물로 공간을 정하고, 기타 대·소도구는 최소
한의 디자인과 물품으로 대신한다.

• **의상**

시대를 고증하여 당시 직분별 의상의 특징을 두어 착용한다.
예) 고종-용포, 다케조에-서양복, 김옥균·박영효·홍영식-
선비복

....

공주시 희곡공모 당선작.

※ 주석, 미주 표기

제 1막

1장. 우정총국

중앙에 샹들리에, 무대 뒤에
현판 "郵政總局(우정총국)"
테이블 상석에 홍영식, 그 왼
쪽에 김옥균, 오른쪽에 민영
익, 한규직이 앉아있다.
앞에 나선 박영효가 인사를 한다.

박영효   내빈 소개가 있겠습니다.[1]
본국의 대신으로는 외아문독판 김홍집, 우영사 민영익,
좌영사 이조연, 전영사 한규직, 승지 서광범, 민병석, 외아
문 협판 김옥균께서 참석해주셨습니다.

김옥균, 민영익, 한규직, 호명되자 일어나 목례한다.

박영효   외빈으로는 미국공사 푸트, 그리고 서기 스커더, 이분들
통역을 위한 통변 윤치호, 영국 영사 애스턴, 일본공사관
시마무라, 통역 가와카미, 청국 측에서는 총판 진수당, 서
기 담갱요, 그리고 조선의 외아문 고문으로 활동하시는

독일인 묄렌도르프께서 참석해주셨습니다. 저는 금릉위 박영효입니다.

홍영식 우정총국 총판을 앞으로 모시겠습니다.

박영효의 소개로 앞에 나와 인사하는 홍영식.

홍영식 지난 4월, 폐하께서 명하신 바, (옥쇄 찍힌 고종의 교서를 펼쳐 읽는다) 우리나라가 각국과 통상을 한 이래 주고받는 통신이 번성해지고 있다. 이에 명하노니 우정총국을 설립하여 우편물을 취급할 뿐 아니라 우편까지 점차 확장하여 공사에 이롭게 하라. (교서를 테이블에 내려놓는다) 명에 따라 이제 대조선 최첨단 우편업무국, 우정총국을 개국합니다.

좌중, 박수친다.
시종 4인, 우정총국에서 사용할 기구[2]를 쟁반에 받쳐 관객 앞에 선다. 또 다른 시종이 좌중 테이블에 잔을 놓고 술을 채운다.

홍영식 현대 최첨단의 우편물 사업에 쓰일 기구를 소개할까 합니다. 우편업무 요금지불 확인을 위해 도입된 문위 우초입니다. 대죠선국[3]이라는 국호와 '우초'라는 활자가 박혀 있는 문위우초(우표)는 일본의 대장성인쇄국에서 제조한 것으로서 5문, 10문, 25문, 50문, 100문, 총 5종이 1884년 음력 10월 1일자로 발행되었습니다.
다음은 우편물을 배달할 체전부가 착용할 모자와 제복입니다. 활동이 편하고 멀리서도 알아보기 쉬운 현대적인 꼴로 완성되었습니다. 이것은 우편물의 중량과 규격을 달고 그 크기를 잴 저울과 자입니다. 자는 접이식으로 고안되어 쓰임이 매우 편리합니다.

다음은 여기 이 지도를 보시겠습니다. 우초판매소를 경성에 10여 곳에 설치했고, 집배구역 역시 이곳 우정총국을 중심으로 제동의 노변, 교동, 흥인문 문안, 수표교 앞, 종로 네거리, 진고개 노변, 숭례문 문안, 돈의문 문안, 삼간정동 노변, 수문동 궐문 앞, 이렇게 열 군데로 나누었습니다.

홍영식, 잔을 든다.

홍영식 축하연에 참석한 내빈들께 심심한 감사의 말씀을 드리며, 건배로 연을 시작할까 합니다. 번창할 우정사업을 위하여!

거문고와 대금, 신시사이저로 구성된 연주가 화려하게 울려 퍼진다.
홍영식의 제의로 건배하고 술을 마시는 좌중들.

민영익 협판 김옥균 어른께서 무거운 낯을 간신히 들고 자리하셨군.

김옥균 양양한 의기가 과하시네.

홍영식, 시종의 은밀한 신호를 받고 슬그머니 밖으로 빠져나간다.

민영익 일본 차관을 도입하려고 국채위임장을 위조하다 걸린 장본인이 누군데?

11

박영효 폐하께서 내리신 국채위임장을 위조라 몰아 부친 것은
불경이오.

민영익 이렇게 순진하십니다. 다케조에 일본공사가 거절한 걸 왜
우리 탓을 하시오?

김옥균 대원군께서 경복궁 중건과 군대, 군비 확충을 위
해 당백전 1천6백만 냥을 주조했던 때를 잊었나? 상평통
보와 당백전을 교환치 않으려고 상인들이 물물교환까지
했네.

민영익 그 과오를 알기에 당백전이 아닌 당오전, 당십전을 발행
한 거 아닙니까?

박영효 땡전 한 푼 없다는 시쳇말이 돌기 시작하면서 화폐가치가
떨어졌고, 물가가 치솟아 결국 당백전 주조를 중단했죠.

민영익 나라가 빚을 지는 건 괜찮은 게요? 이 나라를 국제사회
비렁뱅이 망신주려고 수개월을 돈 빌려 달라, 일본에 매
달리셨소?

한규직 그뿐입니까? 미국공사한테 애걸복걸, 심지어 구라파 쪽
까지 무릎 꿇고 손을 벌렸습죠.

박영효 (발끈하여 벌떡 일어나며) 말씀이 지나치시오!

김옥균 천.

박영효, 참고 앉으려다 밖에서 보낸 어떤 신호를 감지한 듯 나간다.
그런 박영효를 거슬려하는 민영익.

김옥균 (민영익에게) 8년 전, 그러니까 자네가 열여섯 때,

민영익 조일수호통상조약 말씀이오?

김옥균 우린 그때서야 알았지. 외국이 청과 왜나라 뿐이 아닌 것

을. 불란서가 있고, 러시아, 영국, 미국이 있다는 것을. 왜
는 메이지유신으로 개화를 시작한 지 벌써 30년 가까이
지났어. 이 나라 조선도 개화를 해야 하네.

민영익 개화? (웃는다) 정권을 잡으려는 수작?

김옥균 구라파는 지중해와 홍해, 인도양을 연결하는 수에즈운하
를 뚫었어. 멘델이라는 서양학자가 유전법칙을 발견해 인
체의 비밀이 밝혀지고, 대서양 해저에 전선을 깔았네. 음
성을 전기신호로 바꿔 전달하는 경이로운 기술, 전화기
가 발명됐어. 왜국은 제철소와 조선소를 세우고, 국토 전
역에 철도를 깔고 있지. 온 세계는 개화로 요동치고 있어.
자네도 나와 함께 두 눈으로 확인했지 않은가. 늦었다고
생각되는 때가 가장 빠른 때라네. 우리 조선도 개화를 해
야 해, 반드시.

민영익 임오년 난을 몰라 그런 소릴 하시오? 숙부 민겸호 어른께
서 별기군을 창설해 개화를 꾀하셨지만 결국 난으로 이
어져 희생되셨소. 나 역시 그때 교련소 당상관으로 난봉
에 집을 태워먹었고.

김옥균 승패병가지상사[4] 아닌가.

민영익 별기군 신식무기로 공수한 것이 얼마나 되는지 아시오?
영국제 에느필드 스나이더 소총에 미국제 레밍턴 로르링
브르크 소총, 캐르트링 기관총, 독일제 모제르 에무1871
소총, 크루프시크 야포까지. 신식 개화무기만 있다고 개
화가 되는지 아오? 다룰 수 있는 작자도, 하다못해 소제
할 줄 아는 병력도 없는데 무슨 소용이오? 개화는 점진적
으로 이루어져야 하오.

김옥균 한때 우린 뜻을 같이 하지 않았나?

민영익   홍진비래[5] 아닙니까?

김옥균   청군에 대한 민의 반감이 심상치 않네. 청군이 광통교 약국 주인 최가 아들놈을 죽인 일을 시작으로, 청나라 상인들이 이조참판 이범진을 구타하고도 저리 당당하지 않은가?

민영익   청나라 상무총판이 사과하고 책임자를 해임하지 않았습니까?

김옥균   그러니 이대로 두어도 괜찮다는 말인가? 경성에 주둔한 청군 3천 명 절반이 월남을 두고 벌어진 불란서와의 전쟁에 동원됐어. 기회는 지금뿐이야.

민영익   협판 김옥균 선생. 무엇을 위한 어떤 기회를 말씀하시오?

김옥균   영익! 진정 청의 신하가 되려는가?

민영익   (버럭 소리친다) 이 나라 조선의 친군영 우영사를 맡고 있는 나, 민영익한테 뭐? 혜상공국통판, 이조참의, 금위대장, 협판군국사무를 역임한 이 몸한테 청의 신하? 뉘 앞이라고 망발이오?

더욱 고조되는 거문고와 대금, 신시사이저 연주.

무대 일각에 드리워지는 현판 "安洞別宮(안동별궁)"
한쪽에 등장한 홍영식과 박영효, 밀담을 나눈다.
다른 한쪽에 복면을 한 대원1, 2가 등장, 무대 외곽을 달린다.

홍영식   안동별궁 문에 쇠사슬이 채워졌다는 게 사실인가?

박영효   경황이 부재하여 개시 장애가 생긴 모양입니다.

대원1   천!

박영효   대원 이규완이 문을 부숩니다.

구석에 멈추는 대원1, 2. 대원1이 대형 끌로 문을 부순다.

박영효   대원 임은명이 별궁 처마에 숨겨둔 기름을 천에 적셔 불
을 붙입니다. 그 위에 화약을 부립니다. 터집니다. 터질
겁니다.

대원2가 기름 적신 천에 불을 붙여 기둥 앞에 놓고 위에 화약
을 얹는다.

대원2   천!

불꽃과 함께 폭발음이 울린다. 동시에 대원2가 비명을 지르며
얼굴을 부여잡고 쓰러진다.

연회장의 샹들리에가 흔들린다.
폭발음에 놀란 김옥균, 민영익, 한규직이 일어선다.

민영익   옥균! 무슨 일을 꾸미는 게야?
김옥균   가마 밑이 노구솥 밑더러 검다 할 수 없는 법.
한규직   어디서 수작을!

민영익, 황급히 밖으로 나가 무대 외곽을 달린다. 한편에서 웅
크리고 있던 대원1, 민영익 뒤를 따라 무대 외곽을 달린다.
박영효와 홍영식, 우정총국 현판 아래의 김옥균 옆에 선다.

박영효   왜군 자객 쇼시마가 민영익을 칼로 후벼냅니다.

대원1이 민영익을 향해 칼을 휘두르나 실패.
대원2가 칼을 휘두르는데, 갑자기 나타난 대원3이 대원2의 칼을 막아낸다. 눈 깜짝할 사이, 대원3, 자신의 칼로 민영익을 베어낸다. 하얀 도포에 피처럼 붉은 천이 둘러진 민영익, 귀를 잡고 쓰러진다.

홍영식   귀가 잘리고, 동맥이 끊깁니다.

박영효   대원 윤경순과 이은종이 재차, 재삼 칼을 휘두릅니다. 등, 가슴, 뺨까지 일곱 군데를 찌릅니다.

중앙의 연회장, 몹시 흔들리는 샹들리에.
민영익이 간신히 몸을 가누어 연회장에 들어온다. 이내 테이블을 잡고 함께 쓰러진다.

한규직   우영사!

민영익   반역이다! 내란이다!

한규직   이게 대체 어찌된 일이오?

민영익   개화파 급진당 놈들에 반란이다!

놀란 한규직, 뒷걸음질 치다, 한쪽에 선 시종의 옷을 벗겨 입는다. 그렇게 변장을 하고 잰걸음으로 사라진다.

김옥균, 박영효, 홍영식, 무대 외곽을 달린다.
조금 떨어져 대원1, 2, 3이 뒤를 따라 달린다. 요동치는 음악.

김옥균 안동별궁 방화를 신호로 혁명을 개시한다.

박영효 화재 진압을 위해 민영익, 윤태준, 이조연, 한규직이 나설 것이다. 친군의 지휘관인 이들을 처단하여 치안병력의 명령체계를 해체한다.

대원1 (보고하는) 우정총국 연회에 참석했던 내빈들이 죄다 도망칩니다!

김옥균 단검과 단총 한 자루씩 휴대한다. 무장한 행동대원 2인이 1조를 이룬다.

홍영식 윤경순, 이은종은 민영익을 처단.
박삼룡, 황용택은 윤태준을 처단한다.

박영효 최은동, 신중모는 이조연을, 이규완, 임은명은 한규직을 처단한다.

대원2 폭발음을 들은 포도대장과 수라군이 출동합니다!

대원1 이 나라 외아문 고문, 독일인 묄렌도르프가 민영익을 보위합니다!

홍영식 전체 현장 지휘는 이인종과 이희정이 맡고, 신복모는 창덕궁 금호문 밖에 대기, 친군진영에 합세한 행동대원 마흔세 명과 문을 장악한다.

박영효 민태호, 민영목, 조영하는 궐에 출입하는 즉시 사살한다.

김옥균 암호는 하늘 천.

박영효 천하를 차지한다.

홍영식 천하를 위한 일을 실행한다.

김옥균 아니, 신중하게 천천히 행한다는 의미… 천.

박과 홍 (동시에) 천.

대원1,2,3 (동시에) 천!

무대 외곽을 달리는 그들의 모습.

김옥균 (홍영식에게) 우리가 다케조에를 만나는 동안 시정요강 재
정비를 부탁하네.

홍영식, 목례로 대답을 대신하고 방향을 바꾸어 사라진다.
무대 외곽을 달리는 김옥균 일행, 드리워진 金虎門(금호문) 액
호를 지난다.

김옥균 금호문 수문장은 문을 열라!
박영효 신복모는 친군진영에서 합세한 행동대원 마흔셋과 금호
문을 장악하고 그곳에서 대기한다!
김옥균 수구적폐, 민씨 척신, 청나라 사대당 인사를 척결하라.

김옥균 일동, 어둠 속으로 사라진다. 음악도 함께 멈춘다.

2장. 대조전

중앙의 샹들리에 색깔이 바뀐다. 그 뒤에 大造殿(대조전) 현판이
그 아래 침전에 누운 고종과 중전 민씨.
재채기를 하며 일어나 앉는 고종, 식은땀에 흠뻑 젖어있다.
문 앞에 환관 유재현과 궁녀가 침전수직[6]을 서고 있다.

민씨 전하. 어디가 불편하신지요?
고종 아버지께서 꿈에… 수라를 드시고 며칠 동안 매화를 보

지 못해 괴로워하시는 꿈을 꾸었소.

민씨 패념치 마세요.

고종 청에 볼모로 계신 아버지 걱정을 하지 말라는 거요?

민씨 잊으셨습니까? 전하의 원자가 어떻게 죽었는지 잊으셨습니까? 양인 의사 손기술로 얼마든지 쇄항이라는 선천성 불구를 치료할 수 있다고 했습니다. 막힌 항문을 인위로 뚫었더라면 살아서,

고종 듣기 싫소.

민씨 살아서 전하의 세자가 되었을 것입니다. 그런데 부왕께서 어찌 하셨습니까? 왕실 사람 몸에 칼을 대서는 안 된다며 변을 보지 못하는 원자에게 기어코 산삼을 멕였어요. 열이 높은 원자한테 산삼은 그 쓰임이 독입니다. 그뿐입니까? 이 씨가 낳은 완화군을 예뻐해,

고종 부인. 멀리 계신 아버지를 생각했을 뿐이오. 청의 내정 간섭이 갈수록 심해지고, 민가에서 행패가 기승을 부리는데다, 아버님까지 볼모로 계셔서 심란한 마음 감출 길이 없소.

민씨 청에 대한 사대가 조선의 자존심을 꺾는 일이 아님을 잘 아시지 않습니까? 이는 조선의 백성보다 몇 배나 많은 청의 군사 압력에 살아남는 전략입니다. 사대라는 전술로 수백 년 동안 우리 민족의 전통을 지키고, 화교들의 경제 침투까지 잘 막아내 왔잖습니까? 그런 연유로 패념치 마시라, 드린 말씀입니다.

고종 부인은 수백 년 수천 년 간 이어져온 군주의 통치 방식을 모르시오? 청과 일도 마찬가집니다. 파벌이 나뉘어야 짐이 강해진다는 건 3살 먹은 아이도 아는 일인데, 어찌 부

인은 한편으로 기웁니까?

뛰어 들어오는 김옥균, 박영효, 환관 유재현에게 소리친다.

김옥균 전하께 문안드린다 아뢰어라! 어서!

환관 침전에 드신 지 오랩니다. 사유를 주시면 명일 전하겠습니다.

김옥균 촌각을 다투는데 어찌 사유를 전하고 명일까지 기다리겠느냐?

환관 사서나 주서 없이 전하와 독대는 엄격히 금지되어 있는 일입니다.

박영효 전하 신변이 위태하시다. 궐 근저 사방이 불에 타고 있다. 어서 주상께 아뢰어라, 어서!

고종, 침전 밖으로 상체를 내어 묻는다.

고종 무슨 연고로 사방 불이 일었느냐?

김옥균 전하. 청군의 난동입니다.

고종 (놀라 벌떡 일어난다) 청군이?

민씨 이유인 즉?

김옥균 청국 상인이 벌인 이조참판 이범진 구타사건 이후, 청국 상무총판 진수당이 사과하고 책임자를 해임했던 일에 대한 앙심이 첫 번째 원인입니다.

고종 첫 번째? 두 번째가 있다는 겐가?

김옥균 월남을 두고 불란서와 벌인 전쟁에 패색이 짙습니다. 하여 속국으로서 조선과의 관계를 분명히 하여 아시아 패권을 놓지 않으려는 야심이 두 번째 이유로 사료되옵니다.

고종 청국 본령이란 말이냐? 조정에 언질 한번 없이?

민씨 협판의 말을 신뢰할 수 없다!

대원1, 2, 등장, 무대 외곽을 달린다. 한쪽에 현판 "通明殿(통명전)"이.

김옥균 청군의 난동을 지휘관이 모종의 목적을 갖고 외면한다는 답은 하문하신 바, 사견을 올린 것뿐입니다. 하오나 현재 궁 근저 곳곳에 불을 놓고, 칼부림이 일어나는 것은 사실입니다. 행여 옥체 보존에 누가 될까, 서둘러 알현합니다.

민씨 이 사단을 왜국은 알고 있는가? 청군들이 혹여 왜군과 충돌이라도 일어난 게 아니더냐?

김옥균 내막은 차후 조사하고 우선은 양위분의 안녕이 시급하오니 변란을 피해 이어해야 합니다.

민씨 (벌떡 일어나 소리친다) 시끄럽다! 청국과 왜국에 전령을 보내 자초지종, 전후수말을 알아보고 용처를 정할지니!

이때 통명전에서 불꽃이 일며 폭발음이 들린다. 놀라는 고종과 중전 민씨.

김옥균 이어하셔야 합니다! 자초지말은 추후 교문하시고, 어서 경우궁으로 이어하시는 게 선무입니다!

고종 청군이 어디까지 들어온 게냐? 내관은 어서 옥쇄를 챙기고 행차를 준비하라! 부인! 어서 협판의 말대로 행합시다! (환관에게) 어가를 준비하라, 어서!

환관 유재현이 용포를 고종의 몸에 걸치게 하고, 옥쇄를 옥쇄함에 넣는다. 이를 빼앗아 직접 챙기는 고종.
궁녀는 중전 민씨의 당의 소례복 매무새를 봐주고 황급히 피신토록 한다.

김옥균   전하, 촌각이 시급합니다. 어가는 추후 대령하겠습니다. 어서 이쪽으로!

김옥균의 안내를 받아 무대 외곽을 뛰는 고종.
궁녀와 중전 민씨, 환관 유재현, 그리고 박영효가 그 뒤를 따른다.
현판 대조전이 걷히고, 통명전이 걷히는 아래로 달리고 또 달린다.

3장. 요금문

문의 액호 曜金門(요금문)이 드리워지는 그 아래,
맞은편에서 오는 홍영식. 환관과 궁녀 뒤로 숨는 고종과 중전 민씨.

홍영식   천.
김옥균   천.
홍영식   왜군이 출동하려면 전하의 칙서가 있어야 한답니다.
김옥균   칙서? 이제와 태도를 바꾸는 게야?
박영효   전하의 명에 따라 출동했다는 증거를 남겨 후일 청과의 충돌을 모면하려는 계략이 분명합니다.

김옥균, 환관 유재현을 제치고 고종 앞에 무릎을 꿇는다.

김옥균　전하. 청군의 내란을 막으려면 일본군의 출동이 시급합니다.

고종　어서 출동하라 일러!

김옥균　전하의 칙서가 있어야 합니다. 다케조에 공사가 청과의 관계를 고려하여 전하의 칙서를 요구하고 있습니다.

고종　아니 이 변에 자문지가 어디 있고, 붓이며 벼루, 먹이 어디 있어 칙서를 전하겠느냐?

박영효가 품에서 종이와 붓, 벼루와 먹을 꺼낸다.
김옥균이 고종 앞에 엎드리자, 그 등에 종이를 펼치는 박영효,
바닥에 벼루를 놓고 무릎 꿇고 앉아 먹을 간다.
망설이는 고종.

민씨　무례하구나! 어찌 전하께서 이렇게 칙서를 쓰시겠느냐!

이때 터지는 폭발음, 저 멀리 불길이 일어난다.

김옥균　내관은 어서 중전마마를 모시고 경우궁으로 들라! (고종에게 머리를 조아리며) 한시가 급하옵니다, 전하, 칙서를 내리소서!

박영효가 먹을 찍은 붓을 고종에게 올린다.
고종, 이를 집어 김옥균 등짝에 놓인 종이에 글을 쓴다.
그 사이 중전 민씨는 궁녀와 옷을 바꿔 입는다.

"日本公使來護朕[7]"

글이 완성되는 순간, 어디선가 일제히 외치는 소리,

합창　천!

다시 달리는 김옥균과 고종, 박영효, 홍영식.

김옥균　(달리며 박영효에게) 칙서를 다케조에 왜국 공사에게 전하
시게.

소리 없이 목례로 답을 대신한 박영효, 함께 달리다 방향 바꿔
사라진다.
거문고와 대금, 신시사이저 연주, 요동친다.
앞서 가는 '궁녀로 변장한 중전'과 '중전으로 변장한 궁녀', 환관 유
재현. 그 뒤를 따라붙으며 뛰어가는 김옥균, 고종, 홍영식.

홍영식　(김옥균에게만) 계획대로 진행되고 있습니다, 협판.
김옥균　(나지막이 힘주어) 천.
홍영식　천.

느닷없이 나타나는 대원3, 칼을 빼들어 중전의 폐부 깊숙이 박
아 넣는다.
이를 목격한 김옥균, 홍영식, 고종, 환관 유재현, 아연실색하여
움직이지도, 소리를 내지도 못한다. 잠시 흐르는 침묵.
대원3은 지체 없이 홍영식의 목을 벤다. 이때 뒤에서 나타난

검은 복면, 환관 유재현 등에 칼을 꽂는다.

고종, 겁에 질려 비명을 지르며 허둥지둥 숨을 곳을 찾아 절절
긴다.
충격으로 얼굴에 피가 몰리는 김옥균.

김옥균 안 돼, … 이럴 순 없어, 안 돼!

김옥균, 단총을 꺼내 대원3에게 한발, 검은 복면에게 한 발 쏜다.
총에 맞지 않은 대원3과 검은 복면, 칼을 들고 김옥균을 향해
걸어온다. 뒷걸음치다 넘어지는 김옥균, 주저앉은 채로 물러나
는데, 검은 복면이 얼굴을 드러낸다.

김옥균 네놈이 어떻게? 네놈은 아까 귀가 잘리고, 칼에 찔리지
않았느냐?

복면은 다름 아닌 민영익.

민영익 민의 이름으로 네놈을 처단한다!
김옥균 중전마마는 왜? 네놈이 마마는, … 왜?

민영익, 칼을 치켜든다.
김옥균, 아우성을 내며 칼을 휘두르는 민영익을 피해 뛰어가는데,
그 앞에 신비로운 네온 불빛으로 둘러진 불가사의한 문이 나타
난다.
다급한 김옥균 그 안으로 뛰어든다.

궁녀로 변장한 중전 민씨가 소리친다.

민씨 어서 처단하라, 어서!

수상한 조명 변화와 함께 변주되는 거문고, 대금, 신시사이저 연주.
이윽고 암전.

제 2막

1장. 우정총국

연회장 불빛으로 바뀐 샹들리에
와 현판 "郵政總局(우정총국)"
테이블 왼쪽에 박영효, 오른
쪽에 민영익, 한규직이 앉아
있다.
시종 4인, 우정 사업 관련 기구를 쟁반에 받쳐 들고 관객을 향
해 서 있고, 그 옆에서 기구들을 설명하는 홍영식.

홍영식 이것은 우편물의 중량과 규격을 달고 그 크기를 잴 저울
과 자입니다. 자는 접이식으로 고안되어 쓰임이 매우 편
리합니다. 우초판매소와 집배구역은 여기 지도에서 보시
다시피 경성 내 10여 곳으로 나누어 배치했습니다.

김옥균, 헝클어진 모습으로 들어선다. 되풀이 되는 축하연이
의아하다.

김옥균 (혼잣말로) 이 무슨 조화인가? 어찌된 변고인가?

김옥균, 박영효 옆 자리에 앉는다.

홍영식 (내빈을 향해) 이제 협판 김옥균 어른도 자리하셨으니, 내빈
들께 심심한 감사의 말씀과 함께 건배로 연을 시작할까
합니다. (술잔을 치켜들며) 번창할 우정사업을 위하여!

거문고와 대금, 신시사이저로 구성된 연주가 화려하게 울려 퍼
진다.
홍영식의 제의로 건배하고 술을 마시는 좌중들.
홍영식, 시종의 은밀한 신호를 받고 슬그머니 밖으로 빠져나간다.

민영익 협판 어른 낯빛이 어째 그러시오? 이번엔 국채위임장 위
조가 아니라 반역이라도 꾀하시나?
박영효 말씀이 지나치시오!
김옥균 조선의 역사에서 반역이 가당키나 한 일인가?
민영익 조선뿐인가요? 고려도 매한가지지.
한규직 아무렴. 호족 중심이었던 고려와 조선이 같을 수야 없
지요.
민영익 고려 인종 4년. 이자겸의 본을 풀어 신체를 보존하셔야죠.
김옥균 내 걱정이라니. 고맙군.
민영익 저야 늘 협판 김옥균 어른 걱정뿐이지요. (웃는다)
박영효 난을 일으킨 이자겸 역시 왕실의 외척이었죠. 이를 유심히
살핀 걸 보면 우영사란 직책에 불만이 있으신가 봅니다.
민영익 (웃는다) 이 나라 오백 년의 가치가 승유요. 충과 효를 으뜸
으로 아는 내가 불만이라니?
김옥균 이보게 영익. 우린 뜻을 같이 하는 동지였네.

민영익   비극태래 낙극생비[8]. 나쁜 일이 극에 달하면 좋은 일이 오고, 기쁨이 극에 이르면 슬픔이 솟는 것은 자명한 이치.

김옥균   자네도 개화를 해야 한다는 것에 뜻을 같이 모았지 않나?

민영익   개화라는 말이 눙치는 수작의 뜻, 너무 뻔하지 않소.

김옥균   온 세계가 개화로 요동치네. 자네도 봤잖아. 기회는 지금뿐이네.

민영익   무엇을 위한 어떤 기회를 말씀하시오?

김옥균   청국이 불란서와의 전쟁에서 밀린다는 소식일세. 그래서 경성에 주둔한 청군 3천 명 절반을 월남을 보낸 거야. 청의 속국에서 벗어날 절호일세.

민영익, 김옥균을 조롱하듯 술잔을 들어 보이고 입에 가져간다.
김옥균, 일어나 나간다. 동시에 박영효, 술잔을 들고 일어나 분위기를 돋운다.

박영효   좌우당간 오늘은 좋은 날입니다. 최첨단 우정사업이 날로 번창하여 온 세계 우편이 오갈 미래를 위하여 한잔합시다!

고조되는 거문고와 대금, 신시사이저 연주.
무대 일각, 현판 "安洞別宮(안동별궁)"이 드리워지고, 그 아래 김옥균과 홍영식.

홍영식   안동별궁 문에 쇠사슬이,

김옥균   대원 이규완이 문을 부수지 못하게 해.

다른 한쪽에 복면을 한 대원1, 2가 등장, 무대 외곽을 달린다.
김옥균과 홍영식의 자리에 가세하는 박영효.

박영효 그리하면 어찌 혁명 개시의 신호를 하시렵니까?
김옥균 임은명에게 민가에 불을 놔야한다고 전해.
대원1 천!

대원1이 기름 적신 천에 불을 붙여 기둥 앞에 놓고 대원2가 그
위에 화약을 얹는다.

대원2 천!

불꽃과 함께 폭발음이 울리자, 연회장의 샹들리에가 흔들린다.
폭발음에 놀란 민영익, 한규직이 일어선다.

민영익 개화당 놈들! 무슨 일을 꾸미는 게야?

민영익, 황급히 밖으로 나가 무대 외곽을 달린다.
한편에서 웅크리고 있던 대원1, 민영익 뒤를 따라 무대 외곽을
달린다.
우정총국 현판 아래 김옥균을 중심으로 모여 선 홍영식, 박영효.

김옥균 혁명 계획이 누출되었다. 대원 중 하나가 사대당 첩자다.
박영효 왜군 자객 쇼시마가 민영익을 칼로 후벼냅니다.

대원1이 민영익을 향해 칼을 휘두르나 실패.

홍영식   대원 윤경순과 이은종이 재차, 재삼 칼을 휘두릅니다.

대원2가 칼을 휘두르는데, 갑자기 나타난 대원3이 대원2의 칼
을 막아낸다. 눈 깜짝할 사이.
대원3, 자신의 칼로 민영익을 베어낸다. 하얀 도포에 피처럼 붉
은 천이 둘러진 민영익, 귀를 잡고 쓰러진다.
대원1의 칼을 뺏어든 김옥균, 달려가 대원3의 등에 칼을 꽂는다.

김옥균   이놈이 첩자다! 영익의 참륙을 확인하라!

연극이 들통 나자 벌떡 일어나 도망치는 민영익, 그 뒤에서 칼
을 휘두르는 대원1, 2, 첩자인 대원 3을 찌르고 벤다.
그와 동시에 또 다시 울리는 폭발음.

중앙의 연회장, 몹시 흔들리는 샹들리에.
민영익이 간신히 몸을 가누어 연회장에 들어온다.
이내 테이블을 잡고 함께 쓰러진다.

한규직   우영사!
민영익   반역이다! 내란이다!
한규직   이게 대체 어찌된 일이오?
민영익   개화파 급진당 놈들에 반란이다!

놀란 한규직, 뒷걸음질 치다 도망친다.
김옥균, 박영효, 홍영식, 무대 외곽을 달린다.
조금 떨어져 대원1, 2가 뒤를 따라 달린다.

김옥균	천!
박과홍	(동시에) 천.
대원1,2	(동시에) 천!

무대 외곽을 달리는 그들의 모습,

김옥균	(홍영식을 등을 치며) 시정요강 재정비!

홍영식, 목례로 대답을 대신하고 방향을 바꾸어 사라진다.
무대 외곽을 달리는 김옥균 일행, 더욱 빠르게 달린다.
드리워진 金虎門(금호문) 액호를 지난다.
요동치는 거문고, 대금, 신시사이저 연주, 일순간 멈추고,

2장. 대조전

중앙의 샹들리에 색깔이 바뀌며, 뒤에 大造殿(대조전) 현판이
자리하면, 그 아래 침전에 고종과 중전 민씨. 문 앞에는 환관과
궁녀가 침전수직을.
뛰어 들어오는 김옥균, 박영효.

김옥균	주상께 아뢰어라! 어서!
환관	사서나 주서 없이 전하와 독대는 엄격히 금지되어 있는 일입니다.
김옥균	전하 신변이 위태하시다.
박영효	궐 근저 사방이 불에 타고 있다. 어서! 어서 주상께 아뢰

어라, 어서!

고종   (침전 밖으로 상체를 내어) 무슨 연고로 사방 불이 일었느냐?

김옥균   청군의 난동입니다.

고종, 놀라 벌떡 일어난다.

김옥균   청국 상인이 조선의 상인과 분쟁이 일었는데, 이에 청군
이 가세하였습니다.

민씨   (벌떡 일어나 소리친다) 협판의 말을 신뢰할 수 없다!

무대 일각, 대원1, 2, 등장, 무대 외곽을 달린다.
한쪽에 "通明殿(통명전)" 현판이 내려온다.

김옥균   원군을 청할 곳은 왜군뿐입니다. 다케조에 공사한테 칙서
를 보내 호위 출동을 명하셔야 합니다!

박영효, 옆에 놓인 문방사우를 고종 앞에 놓는다.

민씨   무례하구나! 어찌 전하께 칙서를 강제하느냐!

김옥균   전하! 경우궁으로 이어하시고 호위군을 출동시키는 것이
선무입니다.

민씨   시끄럽다! 왜군을 부를 것이면 청국 또한 호출해야 하지
않겠느냐?

이때 통명전 현판 아래, 대원1, 2에 의해 폭발음이 발생.
연이은 폭발에 놀라는 고종과 중전 민씨.

고종   내관은 어서 옥쇄를 챙기고 행차를 준비하라! 어서! 부인! 어서 협판의 말대로 행합시다, 어서!

고종은 붓을 들어 글을 쓰고, 궁녀는 중전 민씨의 당의 소례복 매무새를 봐준다.
이때 중전 민씨, 궁녀와 옷을 바꿔 입으려고, 김옥균이 이를 목격한다.

김옥균   중전마마. 자객은 이미 처단하였습니다.
민씨   자객?
김옥균   발본 색출하여 처단하였으니 안심하고 이쪽으로 납시지요.
민씨   도시 의도를 알 수 없는 말을 하는구나!

재차 울리는 폭음.
바들바들 떨며 칙서 끝에 옥쇄를 찍는 고종. 환관 유재현이 용포를 고종의 몸에 걸치게 하고, 옥쇄를 함에 넣는다.
칙서를 김옥균이 받아 펼쳐보는 순간, 어디선가 일제히 외치는 소리,

합창   천!

김옥균, 칙서를 박영효에게 건네자, 그는 목례로 답을 대신하고 사라진다.

고종   어서 가자, 어서!

김옥균이 앞장서서 달리기 시작하면, 그 뒤를 따라 달리는 고
종과 중전 민씨, 그리고 궁녀와 환관.
현판 대조전이 걷히고, 통명전이 걷힌다.
문의 액호 曜金門(요금문)이 드리워지는 아래, 달리고 또 달린다.
액호 요금문이 걷히고 현판 景祐宮(경우궁)이 드리워진다.

3장. 경우궁

고종과 중전 민씨, 중앙에 정좌, 그 뒤에 수직을 서는 환관과 궁녀.
일본 군사들이 오와 열을 맞추어 고종의 좌우에 도열한다.
고종은 좌우를 연거푸 살피며 눈치를 본다. 불안하고 초조한
기색이다. 그 모습 뒤로 해가 떠오르는 듯 조명이 바뀐다.

무대 일각. 아침의 해를 받고 선 김옥균과 일본공사 다케조에.
그들 뒤에 홍영식, 박영효.
김옥균과 다케조에의 일본어 대화는 한쪽에 한글 자막이 투사된다.

다케조에 (일본어로) 내가 뭐랬습니까? 북악산을 점령하면 이 주를
버틸 것이고, 남산을 차지하면 두 달은 너끈하게 버틴
다 하지 않았소. 이제 안심하고 정권 이양 작업에 착수
하시오.

김옥균 (일본어로) 갑자기 칙서를 요구한 까닭이 뭐요?

다케조에 (일본어로) 대일본제국의 명이라 어쩔 수 없었소.

김옥균 (일본어로) 알겠소. 경우궁 대문 안팎에 군을 두어 청군 침
투를 대비해 만전을 기해주오.

다케조에, 고개를 끄덕이며 능청스럽게 돌아서 호각을 불자, 일본 군들이 오와 열을 맞추어 퇴장한다. 그 뒤를 따라 나가는 다케조에.

박영효 저 쪽바리 새끼, 절대 믿어서는 안 됩니다.

홍영식 협판 어른도 이미 당연지사 알고 계시네.

김옥균 천.

박과 홍 (동시에 낮은 소리로) 천.

김옥균 선무는 전하 호위야. (박영효에게) 서재필에게 일러 사관생도들을 편전 앞에 세워. 그리고 윤계완에게 당직 병사 오십 명을 거느리고 문을 철저히 통제하여 일체의 소란이 없도록 하고.

박영효, 목례로 대답을 대신한다.

김옥균 (홍영식에게) 개혁내각을 발표해야 해. 도성 관료들이 알 수 있도록 조보에 실어 주게. 그리고 각국 공사관에 연락해 파견 공사들이 전하를 위문하도록. 그리고 정령 반포를 준비해주게.

홍영식 시정요강 말씀입니까?

김옥균 명칭을 정령으로 해야겠네.

박영효 정령이라면, 왕조의 법제, 국왕의 명령이란 뜻이 아닙니까?

김옥균 그러니 당연하고 합당한 명칭 아닌가. 정령 반포를 준비해. 명일 오전 10시, 경성 내 설치한 우초판매소 열 곳에 방을 붙여 널리 알려.

박과 홍 네, 알겠습니다.

김옥균　(비장하게) 화살은 시위를 떠났다.

밖에서부터 들려오는 대신들의 음성.

대신들　(음성) 전하! 전하!

안으로 들며 무릎을 꿇고 머리를 조아리는 한규직, 이조연.

한규직　전하. 전영사 한규직, 문안드리옵니다.

이조연　기계국총판 이조연, 문안드리옵니다.

한규직　청군이 내란을 일으켰다는 것은 거짓이옵니다!

이조연　어서 환궁하시어 기강을 바로 잡으셔야 합니다.

민씨　협판은 고하라! 대신들이 입을 모아 거짓이라 하는데 어찌 된 일이냐?

김옥균　(한규직, 이조연에게 고함을 친다) 천하의 대세를 읽지는 못할망정 무슨 근거로 이 변란 중에 전하께 거짓을 고해 천총을 흐리는 게요? 불란서는 청국과 맞서 월남을 두고 전쟁 중이오! 수세에 몰린 청국이 대조선을 속국이라며 권한을 강화시키려는 의도! 그로 인해 청군의 내란을 그 지휘부가 외면하는 것을 모르시겠소? 충언을 고하여도 모자란 판에 당쟁을 일삼고, 청국에 빌붙어 권세나 농락하는 신들은 부끄러운 줄 아시오!

민씨　협판! 어느 안전이라고 고언을 내느냐!

김옥균　중전마마! 작금의 세태가 극에 달하고 있습니다. 이번을 계기로 사대 관계를 청산하고 조선의 자주로 여정도치해야 합니다. 안으로는 제도를 혁신하고, 무식무능 수구완

루한 관료들을 멸! 문벌 당파를 철폐하고, 민의, 민력과 하나 되어 천하에 독립을 선포해야 합니다. 그래야 당당히 문호를 개방할 수 있고, 신지식을 옳게 들일 수 있사옵니다.

이조연 전하! 지금 밖은 무사태평합니다.

한규직 밖은 아무 일도 일어나지 않았으며 이 모든 조작은,

민씨 누구 소행인지 아는구나! 어서 고하라! 어서!

한규직 이 모든 조작은,

이때 들려오는 폭발음.

김옥균 지금 저 소리가 거짓이란 게요? 썩 물러가시오!

고종, 조용하라는 듯 손을 치켜든다.

한규직, 이조연 (동시에) 전하!

민씨 (한규직에게) 누구 소행인지 고하라, 어서!

김옥균 중전마마! 어찌 전하의 총을 흐리시나이까!

고종 (소리친다) 시끄럽다! … 모두 물러가시오!

민씨 전하.

고종 (더욱 크게) 모두 물러가라 했거늘! 모두 물렀거라! 모두!

거문고, 대금, 신시사이저의 연주, 고조된다.
한규직과 이조연, 허리를 굽힌 채 뒷걸음으로 물러난다.

낮의 조명이 밤의 조명으로 바뀐다.

한규직과 이조연, 무대 외곽을 돌아가면, 김옥균, 신호하듯 팔을 휘젓는다.
한규직과 이조연 뒤에 나타난 대원1, 2, 칼을 휘둘러 이 둘을 쓰러뜨린 직후 외친다.

대원1   전영사 한규직 참륙!
대원2   기계국총판 이조연 참륙!

무대 뒤에 나타나는 대신1의 그림자, 그 그림자를 쫓는 대원의 그림자, 칼을 치켜들어 베어낸다.

(대원)   후영사 윤태준, 종!

무대 뒤, 등장하는 대신2, 3, 4의 그림자.
그 뒤에 나타나 칼을 휘두르는 대원1, 2, 3의 그림자.

(대원1)   독판교섭통상사무 민영목, 종!
(대원2)   지중추부사 조영하, 종!
(대원3)   사대수구당 총수 민.태.호. 종!

무대 중앙, 그늘에 잠긴 듯 정좌하고 있는 고종과 중전 민씨,

고종   아니 된다. 살육하여서는 아니 된다!

무대 뒤, 쓰러진 민태호를 끌어안으며 절규하는 민영익.

(민영익) 아버지! 아버지! (오열한다) 내 기필코 선친의 죽음을 좌시하지 않겠다! 배수지진! 와신상담! 반드시 보복할 것이다!

무대 뒤 어둠 속으로 사라지면,
고종 주변에 김옥균, 홍영식, 박영효, 자리를 잡고 서서 외친다.

김옥균   이제 더 이상 역신은 없다! 청과 결탁하여 어제의 변란을 눈 감은 대신들을 모두 처단하였다!

홍영식   궁을 호위하는 병사들은 오늘 밤 특별 경계를 선다.

박영효   한시도 쉼 없이 외곽을 순시하라. 조금이라도 불온한 기미가 있으면 즉시 보고한다!

김옥균   폐하의 안녕은 우리 모두의 목숨으로 지킨다!

그늘 속의 고종, 일어선다.

고종   역신도 신이다. 죽이지 마라. 죽여서는 아니 된다!

좌절하여 홀로 무릎을 꿇는 고종.
그런 고종을 아랑곳하지 않고 앞으로 나서는 김옥균.
거문고와 대금, 신시사이저 연주가 긴장감을 고조시킨다.

김옥균   개혁내각을 발표한다!

당시 전화기 벨 소리와 함께 동시에 밝아지는 무대 일각.
다케조에 일본공사가 전화기를 들고 있다. 그 옆에 선 일본인 부관.

그의 머리 위에 드리워진 현판, "日本公使館(일본공사관)"
일본어 통화 내용은 한국어 자막으로 투사된다.

다케조에 (일본어) 근대국가로 가는 조선에서 정변은 필요불가결한
일입니다. 더구나 조선을 속국으로 규정하고 있는 청의 세
력을 약화시키는 데에 목적을 두고 정변을 돕는 것입니다.
… 네? 그러니까 지금 현 상태를 유지하라, 그 말씀입니
까? 아무리 청군이 강하다 해도, … 아, 네. 알겠습니다.

심각한 표정의 다케조에, 전화기를 귀에 댄 채로 허리 숙여 인
사하고 전화를 끊는다.

부관 (일본어) 어떤 지령입니까?
다케조에 (일본어) 정변에 가담치 말라는 내용이다. 아무 것도 하지
말라는 지령은 곧 내가 그 어떤 공도 세울 수 없는 뜻이다.
부관 (일본어) 명령 불복은 즉결입니다.
다케조에 (일본어) 그렇다고 방법이 없는 것이 아니야.

다케조에, 부관의 귀에 속삭인다. 그 모습 어둠 속으로.
동시에 밝아지는 무대 중앙, 경우궁.
불안에 떠는 고종, 그 옆에서 사력을 다해 의견을 펴는 중전 민씨.

민씨 흉적은 외부에 있지 않습니다. 바로 김옥균이 이끄는 급
진개화파입니다.
고종 옥균, 저놈이 대신들을 죄 살육할 줄을 내 어찌 알았겠
소? 짐이 어리석었소, 짐이!

민씨   방법이 없지 않습니다. 밀정을 보내 청군과 내통하여 원
      군을 들여야 합니다.

고종   청군에게 원군을?

민씨   그 사이 창덕궁으로 환궁을 해얍죠. 김옥균은 병법에도
      능한 자이옵니다. 자고로 애형자 아선거지[9]면 필승이라
      하지 않았습니까. 면적이 협소하고 입출구가 좁은 이 곳
      경우궁을 용처로 삼은 것은 청군의 공격에 대비한 것이
      분명합니다. 그러니 창덕궁으로 환궁을 해야 합니다. 그
      래야 청군의 힘으로 김옥균 세력을 멸할 것입니다.

고종   답답합니다. 사방 저 일당들이 들인 병사에 왜군까지 가
      세한 상황에 어찌 환궁을 명한단 말이오?

      무대 일각.
      환관 유재현이 종종 한참을 뛰어온다. 환관이 당도한 곳에 김
      옥균, 무릎 꿇고 붓글씨를 쓰고 있다. 그 옆에 큰 칼을 찬 병
      사, 수직을 서고 있다.

유재현   전하께서 환궁을 명하십니다.

김옥균   환궁은 불가하다. 돌아가 전하의 안위를 살펴라.

      무대 중앙의 고종과 민씨, 환관에게 명을 하듯 소리친다.

고종   뭐하느냐, 어서 협관에게 환궁을 이르도록 하라!

환관   (김옥균에게) 세자마마와 중전마마께서 거동이 불편하시어
      병이 들 지경이오.

김옥균, 환관의 말을 듣지 않고 외면하듯 돌아선다.

환관 이 많은 내관들과 궁녀들이 앉아 있을 자리도 없는 지경
이오. 더구나 세자마마께서 고뿔에 걸리셔서,

민씨 (소리친다) 내관은 뭐하느냐? 어서 환궁 준비를 하지 않고!

김옥균, 돌아서며 병사의 손에 큰칼을 뺏어 환관 유재현을 벤다.
놀란 고종과 중전 민씨.

고종 기어코 저놈이! (소리친다) 여봐라, 게 아무도 없느냐? 일본
공사는 어서 안으로 들라 하라!

김옥균의 수신호에 대원들이 손에 방을 하나씩 들고 무대 외곽
을 달린다. 이에 눈치를 보며 불안에 떠는 고종.
대원들이 각각 자리를 잡고 서서 방을 펼치면, 고종 앞으로 '개
혁내각의 방'이 떨어져 왕의 모습을 가린다.

홍영식, 손에 방을 펼쳐 큰소리로 읽는다.
방을 읽는 동안 박영효는 태극기를 그린다.

홍영식 영의정 이재원, 좌의정 홍영식, 전후영사 박영효, 좌우영
사 서광범! 좌찬성 이재면, 이조판서 신기선, 예조판서 김
윤식, 병조판서 이재완, 형조판서 윤웅렬! 공조판서 홍순
형, 호조참판 김옥균, 병조참판 서재필, 도승지 박영교!

김옥균 개혁 신정부 수립 완료! 전후영사 박영효는 태극기를 게
양하시오!

박영효, 한쪽에 태극기를 게양한다.
엄숙히 게양되는 태극기를 바라보는 김옥균, 홍영식.
고양되는 음악, 분위기 더욱 엄중해진다.

긴 사이.

대원1이 등장, 무대 외곽을 한참 뛰어와 김옥균 앞에 고개를
조아린다.

대원1 큰일 났습니다! 왜 공사 다케조에가 환궁을 응낙하였답
니다.

박영효 (놀라서) 뭣이?

홍영식 그게 사실이냐?

다른 쪽에서 달려오는 대원2, 그 역시 김옥균 앞에 고개를 조
아린다.

대원2 어가 행차이옵니다! 환궁하는 어가 행차이옵니다!

순간 무대 빠르게 밝아지면, 거문고, 대금, 신시사이저 연주와
함께 중앙에 자리한 어가.
그 안에 타고 있는 고종. 그 옆으로 궁녀와 중전 민씨, 일본공
사 다케조에가 서 있다. 이를 가로막는 김옥균.

김옥균 전하! 환궁은 시기상조입니다! 청군 공격에 대비가, 수비
가 어렵습니다!

고종, 어가의 창을 닫는다

김옥균 (다케조에한테 일본어로) 어찌 전하의 환궁을 유도하는 게요? 도로 물리시오, 어서!

다케조에, 호각을 불고, 이를 신호로 천천히 나아가는 어가.
그때 어가의 뒤에 나타난 검은 복면의 사내, 칼을 휘둘러 중전 민씨를 쓰러뜨린다. 비명을 지르는 궁녀.
또 다른 검은 복면이 칼을 휘둘러 홍영식과 박영효를 쓰러뜨린다.
느리게 진행되는 복면의 칼질.
김옥균, 이를 목격하고 핏발 선 두 눈으로 단총을 꺼내 겨누며 소리친다.

김옥균 안 돼! 안 돼! 안 돼! (격앙되어) 네놈들은 누구냐? 네놈들은,

김옥균, 검은 복면을 향해 총을 쏜다.
검은 복면1, 2, 칼을 겨누며 김옥균에게 다가온다.

김옥균 수구적폐, 민씨 척신들은 모두 척결하였다! 네놈들은 누구냐? 누군데 이 나라 혁명을 훼방하느냐? 네놈들은,

칼을 휘두르는 검은 복면1, 2.
이를 피하느라 몸을 돌리는 김옥균, 그 앞에 네온 불빛으로 둘러진 불가사의한 문이 나타난다.
다급한 김옥균 그 안으로 뛰어든다.

다케조에 (소리친다, 일본어) 저놈을 살려둬서는 안 된다! 끝까지 쫓아 놈의 죽음을 확인토록 하라!

수상한 조명 변화와 함께 변주되는 거문고, 대금, 신시사이저 연주.

제 3막

1장. 그림자 공간

헝클어지고 땀에 젖은 김옥
균, 지친 기색으로 뛰어 들어
온다.

김옥균 (독백) 내 분명 민씨 일파들
을 모두 척살하였거늘, 대체 누구란 말인가! 대체, 대체
누가 조선의 혁명을 가로 막느냐? 누가!

무대 뒤, '연회장 모습으로 보이는 그림자'
그 모습 위로 들리는 홍영식의 음성,

(홍영식) (소리만) 내빈들께 심심한 감사의 말씀과 함께 건
배로 연을 시작할까 합니다. (술잔을 치켜들며) 최첨단 우정
사업의 번창을 위하여!

화려한 거문고와 대금, 신시사이저 연주가 나지막이 울린다.
이를 보고 놀라 주저앉는 김옥균.

김옥균   이 무슨 조화인가? 어찌된 변고인가? 내가 어디를 통과하
였기에 또 다시 혁명 개시 정국에 놓이는가?

갑자기 자신의 팔다리, 얼굴을 확인하듯 만지는 김옥균.

연회장 그림자 중 민영익의 그림자가 벌떡 일어나 테이블을 친다.
그 모습 위로 들리는 민영익의 음성.

(민영익) 청의 신하? 뉘 앞이라고 망발이오?

더욱 불안한 곡조로 울리는 거문고와 대금, 신시사이저 연주.

무대 뒤의 그림자는 '연회장 모습'에서 '칼을 휘두르는 대원1,
2와 이를 맞고 쓰러지는 민영익의 그림자'로 바뀐다.
그 모습을 보고 놀라는 김옥균.

김옥균   (독백, 소리친다) 첩자다! 민영익의 참륙을 확인하라!

무대 뒤, 민영익의 그림자가 비틀거리며 걷다가 쓰러진다.
그 모습 위로 들리는 민영익 음성.

(민영익) 반역이다! 내란이다! 개화파 급진당 놈들에 반란
이다!

김옥균, 그림자를 등지며 돌아선다.

김옥균   천!

김옥균, 무대 외곽을 달린다.
현판 우정총국(郵政總局), 안동별궁(安洞別宮)과 액호 금호문(金虎門)이 드리워진다.
김옥균이 몇 차례 무대 외곽을 돌자, 하나씩 걷힌다.

대조전(大造殿) 현판이 내려오고, 무대 뒤 그림자는 대조전의 고종과 중전 민씨 모습으로 바뀐다. 그 모습 위로 중전 민씨의 음성.

(민씨)   시끄럽다! 왜군을 부를 것이면 청국 또한 호출해야하지 않겠느냐?

울리는 폭발음.

김옥균   천!

김옥균, 외곽을 달린다.
대조전(大造殿), 통명전(通明殿), 요금문(曜金門), 경우궁(景祐宮) 현판과 액호가 드리워지고, 이는 곧이어 김옥균의 기세에 사라진다.
달리면서 김옥균, 혼신의 힘을 다해 외친다.

김옥균   개혁내각을 발표해야 한다!
왕조의 법제, 국왕의 명령으로서 정령을 선포해야 한다!
청의 사대 관계를 청산하고 조선의 자주로 여정도치를

해야 한다!

안으로는 제도를 혁신하고, 썩은 관료들을 멸하여 문벌 당파를 철폐하라!

그리고 당당히 문호를 개방하라!

무대 뒤 그림자, 태극기를 게양하는 박영효와 엄숙히 바라보는 홍영식. 이에 울분으로 소리치는 김옥균.

김옥균   중전마마의 죽음을 막아야 한다! 자객의 정체를 밝혀야 한다!

반드시, 반드시 막아야 한다! 그래서 혁명을 완수해야 한다! 반드시!

울부짖는 김옥균.

그때 어디선가 들려오는 대원의 음성.

대원1   대감! 대감!

또 다른 곳에서 대원2가 달려온다.

조명 변화와 함께 그림자 공간이 현실 공간으로 바뀐다.

2장. 현실 공간

대원1, 2가 무대 외곽을 뛰어와 김옥균 앞에 고개를 조아린다.

대원1	큰일 났습니다! 왜 공사 다케조에가 창덕궁으로 환궁을 응낙하였답니다.
대원2	행차이옵니다! 창덕궁으로 환궁하는 어가 행차이옵니다!

순간 무대 빠르게 밝아지면,
거문고, 대금, 신시사이저 연주와 함께 중앙에 자리한 어가.
그 안에 타고 있는 고종. 그 옆으로 중전 민씨가 서 있다.
일본공사 다케조에가 들어와 소리친다.

다케조에	(소리친다, 일본어) 전하의 환궁을 호위하라!

이를 다급하게 가로막는 김옥균.

김옥균	(일본어로) 일본공사는 비키시오! 전하의 환궁 호위는 조선 신하들의 책무요! (소리친다) 친군 4군영은 전원 어가 호위 편대로 도열한다!

뛰어 들어오는 박영효, 홍영식.

박영효	(김옥균에게) 대감! 환궁은 시기상조입니다! 청군 공격을 어찌 막으려고 환궁을 하십니까?
홍영식	불길합니다! 환궁은 필시 혁명의 발목을 잡을 것입니다!
김옥균	나 역시 모르는 바 아니야. 허나 사전 협약과 다르게 왜국 공사가 환궁을 유도하고 있다! 이는 당연지사 간계! 그러니 환궁 호위를 친군진영이 맡아 양위분의 안녕을 최우선 지켜야 해!

박영효   대감! 혁명은 완수될 것입니다! 반드시 완수될 것입니다!

김옥균   당연당무!

김옥균, 객석을 향해 큰소리로 명령한다.

김옥균   용처는 창덕궁 관물헌!
         호위 대열은 충의계 맹원들과 사관생도 50명이 내위를!
         중위는 친군 4영 전후영병 일천 명이 맡는다!
         외위는 왜군 150명이 위치한다!

어가가 사라지면, 마주 선 고종과 중전 민씨.
현판 관물헌(觀物軒)이 드리워지고, 호위하는 자리에 홍영식이
위치한다.

고종   역시 창덕궁이다. 벌써 정취가 다르지 않느냐?

민씨   어찌 궁의 중심, 인정전으로 들지 않고 관물헌을 택했
         느냐?

홍영식   중전마마께서 세자마마를 탄생시키신 산실이라 변란 중
         에도 편하게 모시기 위함인 줄로 아룁니다.

민씨   두고 볼 일이다.

고종   짐이 두 눈 똑바로 뜨고 두고 볼 일이다.

고종과 민씨, 어둠 속으로 사라진다.

동시에 무대 일각.
바닥에 무릎을 꿇은 김옥균, 붓을 들어 정령을 한 자 한 자 힘주어

쓰고 있다. 그 모습 위로 박영효와 홍영식의 음성이 울려 퍼진다.

박영효   정령을 선포한다!

홍영식   청국의 사대를 불허하고 자주 조선을 이룩한다. 문벌은 물론 신분, 계급제를 철폐한다.

박영효   소작인이 납부하는 토지세를 개혁, 지주 납부를 실현하며, 내시부를 철폐, 권력 부패를 금하고, 그 중 우수한 인재를 등용한다.

홍영식   부당한 세금을 부과하지 않으며, 부패관리, 탐관오리들을 발본색원한다. 당파를 금하고 협치를 이룬다. 현대적인 경찰제를 도입, 치안을 안정시킨다.

박영효   상공업 발전 과정에 조정의 개입을 금하고, 군사제도를 개혁하여 병권을 일원화, 강한 군사력으로 외세에 대비한다. 또한 정부조직법을 개편, 나라의 행정 절차를 간소화, 재정을 일원화한다.

김옥균, 일어나 장중하게 외친다.

김옥균   입헌군주제를 채택하고 내각의 권한을 강화한다.

장엄한 음악.
무대 뒤, 환호하는 군중들.

무대 뒤, 그림자로 등장하는 위안스카이와 다케조에.
그 사이에 중국어 통역이 서 있다.

위안스카이 (중국어) 일본군의 퇴로를 확보해 줄 것이니, 전원 철수 시키시오.

통역 (일본어) 일본군의 퇴로를 확보해 줄 것이니, 전원 철수 시키시오.

위안스카이 (중국어) 불응할 시 청일 간의 전쟁으로 확대될 것이고, 당신은 그 책임을 져야 할 것이오.

통역 (일본어) 불응할 시 청일 간의 전쟁으로 확대될 것이고, 당신은 그 책임을 져야 할 것이오.

다케조에 (일본어) 네, 전군 철수를 명하겠습니다.

통역 (중국어) 네, 전군 철수를 명하겠습니다.

다시 이어지는 백성의 환호 소리, 그러나 이 소리는 곧이어 원성과 탄핵의 소리로 바뀐다.

군중1 반역을 꾀한 역적 놈들을 죽여라!

군중2 역모를 꾸민 북촌 양반 놈들을 죽여라!

군중들 반역자를 죽여라! 대역부도 역모자를 죽여라!
반역자를 죽여라! 대역부도 역모자를 죽여라!
반역자를 죽여라! 대역부도 역모자를 죽여라!

대원1, 2가 무대 외곽을 달려와 고개를 조아리며 소리친다.

대원1 백성들이 돌을 던지고 있습니다!

대원2 백성들이 왜국 공사관에 불을 놓고 있습니다!

김옥균, 두려움에 떨며 뒷걸음친다.

홍영식과 박영효, 김옥균에게 다급히 다가간다.

김옥균 아니 된다, 이것만은, 이것만은 아니 된다!

박영효 토지를 개혁하는 것이 백성을 위한 일일진대, 어찌하여?

홍영식 소작인이 납부하는 토지세를 개혁하여 지주 납부를 실현
하겠다는 것이 무엇을 의미하는지 모른단 말이야?

박영효 무지몰각한 백성들을 어찌하면 좋단 말입니까?

김옥균 가르쳐야 한다! 백성들한테 우리의 뜻을 알리고, 역모가
아닌, 반역이 아닌 혁명임을 주지시켜야 한다!

무대 뒤, 붉은 불기둥이 솟고, 온통 화염에 휩싸인다.
포성이 울리고 곳곳에서 불길이 일어난다.

대원1 대감! 김옥균 대감! 위안스카이가 이끄는 청군이 창덕궁
을 향해 진격하고 있습니다!

대원2 일본군이 철수하고 있습니다!

김옥균 전하의 안위를 보위하라! 중전마마의 안전을 목숨으로
지켜라!

홍영식과 박영효, 무대 외곽을 달려 퇴장한다.
대원3이 무대 외곽을 달려와 고개를 조아리며 소리친다.

대원3 청군이 돈화문을 점했습니다! 청군이 단봉문을 점하였습
니다!

대원1, 2가 대원3에 합류하여 소리친다.

대원1	백성들이 왜국공사관을 불태웠습니다!
대원2	중전마마는 세자빈과 함께 북묘로 피신하셨습니다! 각심사로 향하신다는 밀전입니다!
대원3	임금께서는 시종 몇을 데리고 옥류천을 건너신다는 밀전입니다!
김옥균	전하의 용체를 확보해야 한다! 전하를 연경당으로 모셔라! 어서!

무대 일각, 뒷걸음으로 등장하는 고종, 그 뒤를 이어 박영효와
홍영식. 고종은 이 둘의 기세에 밀리고 밀리다 넘어진다.
그 앞에 당도하는 김옥균.

김옥균　전하! 제물포로 피신하셔야 합니다!

고종, 일어나 위엄을 되찾는다.

고종	짐은 대왕대비가 계신 북묘로 가겠다!
김옥균	전하! 작금의 위기를 기회로 삼아야 합니다! 필히 청의 사대 관계를 혁파하고 자주 조선으로 거듭나야 합니다!
고종	신은 조선의 26대 왕인 이 몸의 위에 있는가?
김옥균	그 무슨 말씀이십니까? 천부당만부당 하신 말씀입니다!
고종	신의 작태는 훗날 역사의 심판을 받을 것이다!

고종, 가로막는 김옥균 앞에 버티고 선다.

김옥균　전하, 제발! 이 절호의 기회를, 천우신조의 기회를 저버리

지 마소서!

고종　신은 여기서 하직하고 떠날 것을 명한다.

김옥균　전하! 통촉하옵소서!!

고종, 노려보다 김옥균을 비켜 퇴장한다.

박영효　(김옥균한테) 대감! 이 거사의 완성은 전하 옥체 확보에 열쇠가 있소이다! (홍영식한테) 나와 전하께 갑시다, 어서!

응하지 않는 홍영식.

박영효　뭐하시는 게요? 이러다 늦겠소!

홍영식　… 나는 전하를 보위하려네!

박영효　지금 뜻을 달리 하시겠다는 게요?

홍영식　신이 군을 보위하는 것은 천명이야!

박영효　혁명 실패가 예견되어 살 길을 찾으시겠다는 거야?

박영효, 홍영식의 멱살을 잡는다.

홍영식　영효! 자네 친형 박영교도 나와 뜻이 같아. 그대는 조선의 신하 아닌가?

홍영식, 박영효의 손을 뿌리치고 퇴장한다.
무대 뒤, 포성과 함께 불길이 다시 일어난다.
무대 외곽을 달리는 대원1, 2, 3.

대원1	청군이 인정전을 점하였습니다!
대원2	청군의 총탄이 빗발치고 있습니다!
대원3	대감, 피하셔야 합니다!
박영효	청군의 진격을 당할 재간이 없습니다. 피합시다! 후일 다른 쓰임을 위해 목숨을 보전합시다! 대감, 어서!
대원1	우영사 민영익이 청군에 합세하여 대감을 쫓고 있습니다!

김옥균, 울분에 가득 차, 박영효의 멱살을 잡는다.

김옥균 이대로 물러나란 말이냐? 조선의 혁명 과업을 이렇게 중단하잔 말이냐?

무대 뒤, 포성과 치솟는 불기둥.
고종을 호위하며 지나가는 홍영식의 그림자. 뒤에 나타난 청군의 그림자가 홍영식의 등을 칼로 벤다. 이를 돌아보다 태연하게 다시 가는 고종의 모습.

대원2 어서 피하셔야 합니다!
박영효 갑시다, 어서!

김옥균, 박영효의 멱살을 놓고, 광기 어린 눈으로 천하를 바라본다. 실성한 듯 눈물 가득한 두 눈으로 똑똑히 보고, 또 본다.

김옥균 되돌려야 한다! 또 다시 혁명 개시 정국으로 되돌려야 한다! 아니 하루라도, 아니 반나절이라도 되돌려야 한다! 반드시 돌려 다시 시작해야 한다!

치솟는 불기둥, 곳곳에서 들려오는 포성.

김옥균의 외마디 비명과 함께 암전.

《막간 장면》

형조판서 홍철주[10](50세, 실존 인물), 판결문을 들고 걸어온다.
눈치를 보며 들어서는 꼴이 우스꽝스럽다.

홍철주 대역부도의 죄는 머리, 몸통, 팔, 다리, 육체를 여섯 부위
로 잘라 죽이는 능지처사, 재산을 몰수하는 적몰가산, 집
을 헐어 연못으로 만드는 파가저택의 형벌을 내린다.
죄인 김옥균, 홍영식, 박영효, 박영교, 김봉균, 신중모, 윤
경순, 윤경완, 서재창, 신복모, 신중모, 이은종, 임은명, 이
인종, 이창규, 이응호, 이희정, 이석이, 이은석, 최은동, 김
봉균, 박삼용, 고영석, 황용택, 오감, 박제망, 윤영관, 이점
돌, 이우석, 신흥모, 최성욱, 전흥룡, 민창수, 김창기, 차홍
식, 남흥철, 오창모, 고흥종, 최영식, 이윤상.
대역죄인들의 일가족은 역모사실을 알고도 고하지 않은
지정불고죄에 연좌제를 적용하여, 친가와 외가, 처가, 삼
족을 멸함을 원칙으로 삼고, 죄값에 따라 삭탈관직, 교수
형, 징역, 노비로 신분 격하를 명한다.

숨을 쉬고 침을 삼키고는 다시 판결문을 읽는다.

홍철주 김옥균의 양부 김병기 삭탈관직. 김옥균 생부 김병태,
징역.
김옥균의 처 유씨와 둘째 딸은 노비 신분 격하. 김옥균의
아우 각균, 징역.
김옥균의 생모 은진 송씨와 큰딸은 음독자살한 연고로

판결하지 않는다.

홍영식의 부, 전 영의정 홍순목과 홍영식의 열한 살 아들, 홍영식 처 한씨는 음독자살한 이유로 판결하지 않는다.

박영효, 박영교의 아비, 전 공조판서 박원양과 박영교의 아들은 음독자살하여 판결하지 않는다.

서광범의 아비, 전 이조참판 서상익은 징역에 처한다.

서재필의 아비, 서광효, 징역. 아우 서재창, 목을 베어 죽이는 참형. 아내 광산 김씨는 관기로 신분 격하.

서재필의 두 살 아들은 아사하였고, 양부 서광하와 양모 광산 김씨, 형 서재춘 부부와 이복형 서재형 부부는 자결했으므로 판결하지 않는다.

대역부도 죄인들은 생가, 양가, 외가, 처가 등 4대가 멸문지화를 명한다.

또한 반역자와 같은 항렬을 쓰지 않겠다는 상소를 받아들여 김옥균의 '균'자는 '규'로, 서광범의 '광'자는 '병'으로, 서재필의 '재'자는 '정'자로, 박영효의 '영'자는 '승'자로 바꾸는 것을 허한다.

암전.

제 4막

《일본 증기선 '치도세마루'의 기관실》

드넓은 무대는 매우 비좁은 배의 기관
실, 최소의 공간으로 변한다. 한쪽에
"千歲丸"라고 적힌 한자가 보이고, 다
른 한편에 계단이 있다.

온몸에 피칠갑을 한 대원1, 2, 3, 배의 밑바닥으로 내려가는
계단을 구르다시피 하여 내려온다. 그 뒤를 이어 어깨에 총상
을 입은 김옥균과 다리에 총상을 입은 박영효가 내려온다.

대원1 대감! 우리는 이제 어찌 되는 겁니까?

대원2 밖에 민영익과 묄렌도르프가 와서 우릴 인도하라 야단을
떨고 있습니다.

김옥균 ….

대원3 생가, 양가, 외가, 처가 등 4대가 멸문지화 처형이 시작됐
어! 대감! 이 난국을 어찌해야 하는지 말 좀 해보시오!

대원1, 2, 3, 울부짖는다.
김옥균, 대원들의 격앙된 심사는 전혀 아랑곳하지 않고, 초조

하고 불안하고, 의문투성이인 제 생각에 빠져 있다.

김옥균 (혼잣말로) 처음 되돌이는 분명 민씨 일파가 혁명거사의 첩보를 입수하여 꾸민 계략이다. 그런데 두 번째 되돌이는, 두 번째 자객은 누가 보낸 것이란 말인가?

박영효 지금 무슨 소릴 하는 거요?

김옥균 (혼잣말로) 두 번째는 민씨 일파일 리가 없다. 청국의 앞잡이 수구적폐, 민씨 척신들은 모두 척결하였다! 이는 분명, 이는 분명,

박영효 옥균 대감!

김옥균 혁명 계획을 다시 수립해야 해.

박영효 1884년 9월 17일, 내 집에서 처음 거사 계획에 대해 얘기할 때 뭐라 했는지 잊었어? 모든 행동은 우리 군인들 중심으로 하기로 했어. 헌데 일본군을 끌어들인 건 옥균, 당신이야!

대원1 조선을 먹이로 생각하는 건 일본이나 청이나 마찬가지 아니요!

대원2 박영효 대감이 일천 명 병력을 양성하려던 이유를 잊었소?

박영효 내 계획대로 천 명 정예군이면 청군 일천오백 따윈 능히 제압할 수 있었어!

대원3 그 계획을 실현시키려고 옥균 대감이 애를 쓴 건 몰라? 왜 차관을 도입하려 했는데? 일천 명 병력은 부족한 국가 재정 때문에 못한 거야. 옥균 대감 탓이 아니라고!

박영효 돈을 구하겠다 큰소리를 쳤으니까! 군자금을 밀송하겠다고 약조하고 흐른 시간이 1년이야! 그 사이 난 어떻게든

해보려고 집까지 팔아 군자금을 댔어!

대원3   옥균 대감! 가만히 듣고만 있을 겁니까?

김옥균   영효 말이 다 옳은 걸. 이제 와서 아니라고 한들 무슨 소
용 있겠나?

대원3   대감!

누군가 계단을 뛰어내려오는 소리.

그 소리에 소스라치게 놀라는 박영효와 대원1, 2, 3, 주변에
삽과 불쏘시개 쇠막대 등을 들고 숨는다.

계단을 내려온 것은 2막 3장에 등장했던 다케조에 공사관의 부관.

그는 주먹밥을 훔쳐 맨 보자기를 던져주며 소리친다.

부관   (일본어로) 조용히들 하시오! 조선인들이 죄 몰려와 당신들
을 하선시켜라 아우성이란 말이오! 그러니 아무 소리도
내지 말고 조용! 조용히!

김옥균, 부관을 넘어뜨려 제압한다.

김옥균   (일어) 다케조에는 어딨어?

부관   (일어) 갑판에서 선장과 실랑이를 벌이고 있소!

대원3   쪽바리 새끼! 협력하겠다 해놓고 이제 와서 우릴 넘기려
들어?

김옥균   (일어) 본국에서 지령이 인편으로 오나?

부관   (일어) 그건 때가 따라 다르오.

김옥균   (일어) 부산과 나가사키를 잇는 해저 전선이 연결 된지 한
달이 지났어.

부관	(일어) 갑자기 그게 무슨 소리요?
김옥균	(일어) 이 배, 치도세마루호가 본국의 전령을 전한다고, 혁명거사를 이 배가 들어오기 전에 완료해야 한다고 했어! 하지만 다케조에는 이미 본국 지령을 받았던 거야!
부관	(일어) 난 모르는 일이야.
김옥균	(일어) 청과 전쟁이 시기상조라 판단한 본국의 지령을! 그래서 혁명 거사를 지원하지 말라는 본국 지령을 받아놓고 부추겼던 거야! 이유가 뭐지?
부관	(일어) 몰라서 묻는 거요? 조선의 정변이 우리한테 실보다 득이 많다는 것은 이미 잘 아는 바 아니요? 그걸 이용해 정변을 성공하려고 한 속내가 없었다는 거요? 청과 전쟁을 일으키지 않고 조선에 대한 권한이 강해지면 다케조에 공사 역시도 손해가 아니니까! 상부상조 하는 거니까 다케조에 공사와 협동했던 게 아니란 말이요?

박영효, 부관의 멱살을 잡은 김옥균을 떨어뜨린다.

박영효	그만해, 그만!

대원1, 부관의 옷을 털어준다.

대원1	이해하시구료.
대원2	(일본어) 김옥균 대감도 이렇게 피신시켜 준 것을 고마워하고 있습니다. 다만 상황이 이래서 질문 몇 개가 과격하게 나간 것뿐입니다.
부관	(일어) 목숨을 부지하고 싶거든 조용히들 하시오.

부관, 계단을 올라간다.
부관이 사라지자 보자기에 달려들어 주먹밥을 먹는 대원1, 2, 3.

박영효 끝까지 이럴 거야? 끝까지 어설프고 설익은 행동으로 그나마 쥐고 있는 명줄까지 기어이 끊어놓을 작심이야?

김옥균, 분노로 두 주먹을 떨며 입술을 깨물고 서 있다.
감정이 복받쳐 눈물을 흘리며 소리친다.

박영효 어머니, 아버지, 아내와 자식까지 모조리 죽이고 여기 이렇게 갇혀 목숨을 구걸하는 신세가 되어서도 모르겠어? 철수하는 일본군에 머리 털끝 하나 건드리지 않은 청국의 군사들을 보고도 모르겠어? 우릴 믿고 따르던 수십 명 아니 수백 명의 종놈, 종년들이 모조리 참수형을 당했는데도 모르겠어?
옥균, 당신은 개화라는 열망을 담보로 담보되지 않은 계획을 남발한 얼뜨기, 엉터리야! 상감의 신병이 혁명 과업에 열쇠라고 그렇게 떠들고서 결정적인 순간에 상감을 놔쳤어. 동지를 믿기보다 왜놈들을 더 믿었어!
이 혁명은 혁명이 아니었어! 실패가 자명한, 실패가 담보된 헛된 망상이었어!

밖에서 총소리가 들린다.
동시에 울분을 토하던 박영효도, 주먹밥을 먹던 대원1, 2, 3과 함께 자세를 낮추며 밖의 소리에 귀를 기울인다.

김옥균 영효. 네 말이 모두 옳다. 나는 치밀하지 못 했다. 내 조국이 후안무치 청국의 속박에 놓여있는 것을 참지 못했다. 토사구팽 왜국의 근성을 알면서 그들의 손을 잡고 혁명 과업을 완수하려는, 그렇게 개화를 이루어 자수자강 하려는 덧없는 계획을 담보로 동지들을 죽였다. 무모한 계획으로 내 아버지, 어머니, 어여쁜 내 딸들까지 모두 사지로 내몰았다.

그러나 이 혁명의 실패는, 백성을 해방시키고 평등한 사회를 만들려는 이 혁명의 실패는 오직 무지몰각한 백성을 계몽하지 못한 탓이다! 글 한 줄 모른다고 백성을 무시하면서 그들을 해방시키겠다는 오만함이 실패의 원인임을 나는 이제 알았다. 지금 살아남은 민영익과 밀렌도르프가 이백 명의 군사를 이끌고 저 밖에서 우리를 끌어내리지 못해 안달이다.

비록 비굴하고 용렬할지라도 우린 반드시 살아야 한다. 구걸을 해서라도 살아서 누란지위에 있는 이 나라, 도탄에 빠지고도 수렁인지 모르는 백성을 구해야 한다! 이 나라 조선도 자주국으로 우뚝 서야 한다!

대원3, 일어서서 김옥균을 바라보며 울음을 삼킨다.
대원1, 2도 김옥균을 향해 일어선다. 침통하다.

김옥균 실패한 개혁으로 청국은 더욱 조선에서 기승을 부릴 것이다. 교활한 왜국은 이번 거사를 빌미로 어떤 주장을 펼지 모른다. 살아남은 우리는 대역부도 죄인이라는 오명을 뒤집어쓰고 죽는 그날까지 도망자가 될지 모른다.

조선 반도의 운명. 유약한 내 마음을 다시 잡을 것이다. 천명이 바뀌는 것이 혁명. 천명이 백성임을, 백성에게 내 뜻을 알려야 했음을 새겨둘 것이다.

나, 조선인 김옥균은 하늘을 향해, 백성 앞에 엎드려 다시 결의한다. 교만과 방만으로 배청독립을 꾀하고, 개화진취를 하여 천명을 바꾸겠다는 운동은 실패했다. 그러나 개혁은 이제 시작이다.

뱃고동이 울린다. 계단 위에서 부관의 음성이 들린다.

(부관) (일본어로) 배가 떠납니다! 여러분들은 이제 살았어요! 목숨을 부지하게 되었다고!

대원3이 무대 뒤로 걸어가 쪽창문을 연다. 그곳에서 태양빛이 쏟아져 들어온다. 잠시 햇빛을 바라보며 선 대원1, 2, 3과 박영효.

김옥균 창문 닫아. … 더 이상 일방적인, 일방적인 태양 아래 희망을 품지 않겠다!

목숨을 부지했음에도 아무도 기뻐하지 않는다.
김옥균, 창문을 닫는다.
창문틀에서 새어나오는 빛에 도드라지는 김옥균과 박영효, 대원1, 2, 3의 실루엣. 비장한 음악이 흐른다.

막.

참고 자료

1. 인물 소개

1) 정변 중심인물

① 김옥균[11](33세, 외아문 협판)

② 박영효[12](23세)

③ 홍영식[13](29세, 우정국 총판)

④ 서광범[14](25세, 해외시찰단)

⑤ 서재필[15](19세, 사관생도 훈련 담당)

⑥ 다케조에[16](일본공사, 43세)

⑦ 대원1, 대원2, 대원3

2) 반대세력

① 고종(32세, 조선26대 왕이자, 대한제국 제1대 황제)

② 중전 민씨(33세, 김옥균과 동갑)

③ 심상훈(30세, 경기도관찰사)

④ 민영익[17](24세, 친군영 실시 뒤 우영사로 재직)

⑤ 한규직[18]((39세, 전영사)

⑥ 유재현[19](극 중 60세로 설정, 환관)

⑦ 위안스카이[20](청군 지휘관, 26세)

3) 살해당하는 그림자

윤태준(45세, 후영사), 이조연(41세, 협판군국사무 겸 기계국총판), 민태호[21](50세, 민영익 부친), 민영목[22](58세, 독판교섭통상사무), 조영하[23](39세, 지중추부사)

2. 현판 및 액호 소개

- 우정총국(郵政總局) : 1884년에 설치된 우리나라 최초의 우편업무 관청.
- 안동별궁(安洞別宮) : 갑신정변의 시작을 알리는 방화가 일어난 곳.
- 대조전(大造殿) : 중전 민씨가 거처하며 고종의 침전으로 쓴 창덕궁 내전.
- 통명전(通明殿) : 왕의 생활공간이자 연회장소로 쓰인 내전.
- 경우궁(景祐宮) : 조선 23대 왕 순조의 생모, 수빈박씨 사당.
- 일본공사관(日本公使館)
- 돈화문(敦化門) : 창덕궁 정문. 임금과 외국사신, 사헌부 대사헌 등이 출입했던 문.
- 금호문(金虎門) : 창덕궁 서문. 승정원승지, 홍문관 등 궁내 관서에 근무자 출입문.
- 숙장문(肅章門) : 창덕궁 내전으로 드는 중문.
- 요금문(曜金門) : 창덕궁의 서북문.
- 북장문(北墻門) 또는 건무문(建武門) : 창덕궁 북문. 가파른 고개가 있다.

각주 내용

[갑신의 거]

1) 그 외에 미국공사 푸트, 영국총영사 애스턴, 청나라영사 천수탕, 일본공사
   관 서기관 시마무라, 김홍집, 이조연, 민병석, 윤치호, 신낙균은 등장인물들
   의 대사와 행위로 마치 함께 있는 듯 표현된다.

2) 한국 최초 문위(文位) 우표, 체전부(현 집배원)가 착용한 모자와 제복, 우
   편물의 중량과 규격을 달고 재던 저울과 자, 그리고 경성 10여 곳에 우표판
   매소와 집배구역이 표시된 지도.

3) '뎌죠션국'

4) 승패병가지상사:勝이길 승, 敗패할 패, 兵군사 병, 家집 가, 之갈 지, 常항상
   상, 事일 사. 이기고 지는 것은 병가에서 일상적인 일이다.

5) 흥진비래 : 興흥할 흥, 盡다할 진, 悲슬플 비, 來올 래. 즐거운 일이 다하면
   슬픈 일이 닥쳐옴, 흥망과 성쇠가 바뀐다는 뜻.

6) 침전 앞에 좌하여 지키는 일.

7) 日本公使來護朕 (일본공사래호짐) : 일본공사는 와서 짐을 지켜라.

8) 비극태래 낙극생비 : 否極泰來 樂極生悲

9) 애형자 아선거지 (隘形者 我先居之) : 손자병법 지형편에 나오는 구절로,
   면적이 협소하고 입출구가 좁으며 지세가 험준한 곳을 아군이 먼저 차지하
   면 유리하다는 의미이다.

10) 홍철주 : 1884년 갑신정변 실패 후, 사대당의 내각에서 형조판서를 맡은
    인물. 당시 나이 50세.

11) 김옥균 : 승정원 우부승지, 참의교섭통상사무, 이조참의, 호조참판, 외아
    문협판 등 요직 거친 개화사상가.

12) 박영효 : 한성판윤을 거쳐 한성순보 발간 준비, 광주유수로 재직.

13) 홍영식 : 1873년 문과 급제, 정자와 대교를 지내고, 조사 시찰단의 일원으
    로 일본을 시찰하고 돌아와서 통리기무아문부경리사로 부임, 이듬해 부제
    학을 거쳐 참의통리 내무아문사무, 참의군국사무, 참의교섭통상사무를 역
    임, 1883년 협판교섭통상사무를 지내고 전권부대신으로 미국에 다녀왔으
    며, 이듬해 병조참판이 되었다. 정변 당시 우정국의 총판.

14) 서광범 : 1880년 증광별시 문과 급제, 규장각대교, 규장각검교, 홍문관부수찬, 홍문관부응교, 세자시강원 겸 사서, 세자시강원 겸 필선, 승정원동부승지, 참의군국사무 등을 지냈다. 김옥균을 수행, 일본의 국정을 시찰, 이후 수신사 박영효의 종사관으로 일본행, 직후 보빙사 민영익의 종사관으로 미국의 주요 도시 시설을 시찰하고 유럽 각국을 순방, 여러 차례의 외유를 통해 개화와 자강의 필요성을 절감.

15) 서재필 : 알성시 합격 후 교서관의 부정자로 임명.

16) 다케조에 : 1875년 이토 히로부미에게 인정을 받아 톈진영사, 베이징공사관의 서기관을 거쳐 1882년 하나부사 요시모토의 후임으로 조선공사가 된 인물.

17) 민영익 : 경리통리기무아문군무사당상, 별기군의 교련소당상, 친선사절 보빙사 정사. 혜상공국총판, 이조참의, 금위대장, 협판군국사무 등을 역임, 정변 당시 친군영 실시 뒤 우영사로 재직, 개화파를 압박.

18) 한규직 : 기기국 혜상공국 총판을 겸하며, 전영사가 되어 모든 군사 훈련을 통할한 인물.

19) 유재현 : 실제 나이는 알 수 없다. 이 극에서는 60세의 노인으로 설정.

20) 위안스카이 : 청국 군인, 북양군벌의 기초와 변법운동을 좌절시킨 후, 신해혁명 시 임시총통이 된 인물.

21) 민태호 : 총융사, 어영대장, 무위도통사와 대제학을 역임.

22) 민영목 : 이조판서, 한성부판윤, 1883년 독판교섭통상사무로 조·미수호통상조약, 인천일본조계조약 등을 체결, 박문국당상으로『한성순보』발간.

23) 조영하 : 판리통리기무아문,독판교섭통상사무 역임, 1883년독판군국사무, 공조판서 거쳐 지중추부사까지.

24) 우정국 개관 축하 연회(그림 1-2)
   참석자 : 미국공사 푸

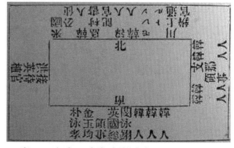

그림 1-2. 우정국 연회 좌석 배치도

트, 영국총영사 애스턴, 청국영사 진수당, 일본공사관 서기관 시마무라, 김홍집, 이조연, 서광범, 민병석, 윤치호, 신낙균, 그리고 민영익, 한규직, 홍영식, 박영효, 김옥균, 그 외 접시관 몇을 포함한 20여 명.

25) 무라이 구라마쓰 총영사, 우에다 겐키치 사단장, 시라카와 요시노리 대장, 노무라 기치사부로 해군 사령관, 시게미츠 마모루 공사, 가와바타 사다지 일본인 거류민단 행정위원장, 도모노 모리 민단서기장 순으로 만든, 그림자 모양의 설치물.

작가 발문

　역사는 현재의 거울이다. 기록이 아닌 평가라는 의미가 더 중요한 역사는 깨진 거울로 기능한다. 깨진 거울에 비추어진 현재의 본질을 파악해야 또 다른 성찰이 시작된다.

　현재 대한민국의 정치현실과 국제정세는 많은 숙고를 요구한다. 촛불과 어버이 연합 사이에서 대통령 탄핵과 투표를 통한 정부가 교체되었지만, 국제관계에서 북한의 핵 도발과 신자유주의를 부르짖는 세계열강들 사이에 끼어있다. 조국의 미래가 위태롭게 조망되는 일면이다. 지금과 같은 진퇴유곡 현실을 역사적 사건에서 찾아 무대 위에 제시하고자 희곡 〈갑신의 거〉를 창작했다.

　조선 최초의 진보적 정권교체라는 목표를 둔 정변, 그러나 배척한 청나라 대신 일본을 택한 것이 아니냐는 부정적 시선 또한 없지 않은 사건, 결국 실패로 끝나 혁명이 아닌 정변이라는 오명을 뒤집어쓴 갑신정변. 신분제, 연좌제를 타파하고 자주조선이라는 목표를 지향했으나, 일본이라는 제국주의 야욕에 기대어, 백성 계몽을 등한시 한 정변이라는 역사학자들의 분석. 그러나 이것만으로는 창작의 동력을 얻지 못한다. 그렇다고 주동인 '김옥균'의 드라마틱한 인생유전에 기대는 것은 문제의 본질을 흐린다.

　정변의 실질적인 과정을 오롯이 드러내고 그 상세한 과정을 들여다볼 장치로 "타임 루프(time loop)"를 적용, 중요한 지점에서 '실제와 다른, 가상의 실패 요인'이 작동되고, 이에 따른 주인공 김옥균의 격정적인 감정, 무대 효과와 함께 타임루프가 발생, 다시 정변 처음의 정황으로 돌아가, 일련의 과정을 되풀이한다는 설정이다. 이 타임루프는 극 중 총 2번에 걸쳐 일어난다. '가상으로 꾸며진 실패 요인'이 전개되고, 다시 되풀이되면서 실제의 역사 상황으로 극복되는 것이다.

온 가족의 목숨은 물론 나라의 미래를 걸고 일으킨 거사에서 김옥균은 분명 어느 순간 실패를 예감했을 것이다. 시대의 엘리트로서 가부장제 가치관을 인식도 하지 못한 상태에서 내면화한 김옥균. 그가 이 같은 정변을 계획한 것은 당시 조선의 부조리를 똑바로 보고 있었다는 증거다. 그러나 지적 우월감이 행동으로 옮겨지는 과정에서 서툴고 미숙한 결과를 낳는다.

이는 21세기 지금의 한국에서도 여전히 되풀이되고 있다. 훌륭한 목표와 의도를 가진 혁명 계획, 그러나 미숙한 실천 방안과 과정으로 실패한 김옥균. 실제 역사의 모든 과정을 고증하여 "타임루프"라는 장치를 가동, 무대 위에 구현할 때, 어떤 극적 재미와 현실에 대한 사유가 가능할까? 자각 없이 되풀이되는 혁명의 과정은 필연적인 실패를 담보한다. 그 자각은 곧 백성의 계몽이고, 지지기반의 확대일 것이다.

현재의 대한민국은 구한말 계몽주의 상황과 다르다. 이제는 국민 모두가 김옥균이 되어야 한다. 스스로 자각하여 스스로 전략을 세우고, 스스로 또 다른 가치관과 세계관을 구축해야 한다.

희곡 〈갑신의 거〉를 상연하는 것은, 지금, 여기의 현실이 단순한 거사(擧事)로 끝날 수도, 또는 의거(義擧)로서 미래를 개척하는 과정일 수도 있음을 우리 스스로 뼈저리게 자성하기 위함이다.

역사의 제단

(남산 윤우의, 4·29 상하이 의거)

• **등장인물**

  남산 윤우의

  백범 김구

  신암 안공근

  김홍일, 중국이름 왕웅

  고영선, 가명 김광

  해설배우 남녀 1, 2, 3

  그 외

• **무대**

  최소한의 소품과 특이점을 강조한 대·소도구, 의상을 동원,
  사실적인 무대를 지양한다.

  ....

  2020 제38회 대한민국연극제 대통령상 수상 (연출·이승원, 극단 예촌)

1장. 프롤로그

해설 배우(남녀 배우들) 등장.

윤봉길… 본명은 윤우의.

널리 알려진 호는 매헌.

그러나 스스로 지어 쓴 호는 남산.

스물다섯 젊은 나이에 순국한.

남산 윤우의.

우리는 남산이 김구의 지시에 따라 상하이 폭탄 거사를

해낸 것으로 알고 있습니다.

김구의 백범일지에 그렇게 기록되어 있기 때문이죠.

스물다섯이라는 나이가 어려서,

어린 나이에 피가 뜨거워서, 그래서 시킨 대로 한 걸까요?

잠시 두 장의 사진을 보겠습니다.

이 사진이 한인애국단 입단선서식을 마치고 찍은 사진입니다.

확대해볼까요?

긴장이나 불안, 초조와 같은 감정이 조금도 읽히지 않습니다.

백범과 같이 찍은 사진입니다.

남산의 입가에는 여유가 배어나오고 오히려 백범 얼굴이 굳어있

습니다.

이 당시 백범 나이가 쉰여섯.

남산과 서른한 살 차이가 납니다.

아들 뻘 되는 남산을 사지로 내모는 입장에서 어두운 표정은 당연한 거겠죠.

한인애국단은 상설적인 조직도 아니었습니다.
거사 직전에 사진 찍고 선서하는 게 전부입니다.

만에 하나 백범 지시가 아니었다면.

죽음을 각오한 남산의 의지와 결기로 시작된 의거였다면.

이 또한 바로 잡아야 하지 않을까요?

백범 지시에 따른 거사라는 것은 어쩌면 목숨을 바친 남산의 업적을 폄하하는, 또 다른 정치적 계산이 깔린, 요즘 말로 가짜 프레임은 아니었을까요?

우린 오늘 이 무대에서 우리나라 사람이면 누구나 아는 매헌 윤봉길 아니, 남산 윤우의에 대해 알아보고자 합니다.

누구나 알지만 아무도 이름조차 제대로 아는 이 없는 남산 윤우의.

> 배역 배우들 등장.
> 위에서 내려오는 의상들.
> 저마다의 역할에 따라 의상을 착용, 극 속으로 진입한다.

2장. 거사

천장절 축하연 분위기.

7인[25]의 일본인 그림자 등장.

객석 뒤에서 들어오는 남산, 당시 유행한 양복 차림에 도시락과 물통을 들고 있다. 그를 멀리서 지켜보는 김광과 왕웅.

김광   정말 어마어마한 축하식이네요.

왕웅   상하이에 왜놈 거주민만 11만 명이야. 그놈들이 다 모였으니.

　　　　왜군 9사단과 해병대가 1만 2천, 거기다 각국 사절들이며 초청자까지 족히 3만은 넘겠어.

김광   무사히 근접해야 할 텐데.

왕웅   단상이 그닥 높지 않아서 조금만 가까이 가도 될 걸세.

무대 위에 일본 기마병.(말에 오른 듯 기마배우 2인 위에 올라탄)

기마병   (일본어) 앞으로 나오지 말고 거기서 봐.

남산   (일본어) 우리 대일본의 천황 생신을 맞이하여 대륙정복의 꿈을 실현시켜주실 장군님들을 가까이에서 뵙고 싶소!

기마병, 고개를 끄덕여 허락한다.

김광   통과했어요! 무사통과!

기마병 말에서 내려 큰소리로 외친다.

기마병   (일본어로) 지금까지 핵심인사 분들의 연설과 차량부대의 분열! 보병부대의 행진! 18대의 비행기 곡예까지 마쳤습니다. 기미가요 제창이 있겠습니다!

기마병, 악단을 향해 지휘하듯 손을 들어올리고, 이내 시작되는 기미가요 제창. 왜색 짙은 행렬 또는 무대 위 무희 공연.

きみがよは(기미가요와)	임의 치세는
ちよに(지요니)	천 대에
やちよに(야치요니)	팔천 대에
さざれいしの(사자레이시노)	작은 조약돌이
いわおとなりて(이와오토 나리테)	큰 바위가 되어
こけのむすまで(고케노 무스마데)	이끼가 낄 때까지

마지막 구절이 제창되는 순간, 남산, 객석 맨 앞자리에서 벌떡 일어나 무대 위로 뛰어올라간다.
기마병과 일본군을 제치고 물통에 심지를 뽑아 힘껏 던진다.
그 행위 슬로우로 진행, 일순간 정지된다.

단상 왼쪽으로 조그마한 물통이 굴러갔습니다.

일본군이 남산의 손에 들린 물통을 집어 굴린다.

남산은 물통 폭탄이 시라카와 발 아래로 가는 것을 보고 적중했음을 직감했죠.

시라카와는 군부대 대장입니다.

단상에는 일본요직에 인사들 총 7명이 있었죠.

　　해설배우들, 그림자 앞에 차례로 가 서며,

무라이 구라마쓰 총영사!
우에다 겐키치 사단장!

노무라 기치사부로 해군 사령관!
시게미츠 마모루 공사!

가와바타 사다지 일본인 거류민단 행정위원장!

도모노 모리 민단서기장!

그리고 시라카와 요시노리 대장!

　　장렬한 폭발음이 천지를 뒤흔들었습니다.
　　폭발음, 동시에 붉은 조명과 기타 무대효과.
　　그림자들, 무릎이 꺾이며 엎어진다.

남산　　조선 독립 만세!

정확히 1932년 4월 29일 오전 11시 40분!

남산, 도시락 폭탄을 집느라 허리를 굽힌다. 그때 몰려들어 남
산을 소총으로 가격하고 구둣발로 밟는 일본군들.

도시락 폭탄 투척을 막은 자들은 육전대 지휘관 호위병 고모토 다
케히코 일등병조와 헌병들이었습니다.

일본군　(일본어로) 이 조센징! 당장 끌고 가!

실신한 남산. 그 얼굴에 물을 뿌리는 일본군.

남산은 잠시 의식을 잃었으나 곧 회복했습니다.

일으켜지는 남산, 이마에서 피가 흐른다.

온통 피범벅이 되어 홍커우 공원 앞 파견대에 구금됐습니다.

남산과 일본군, 그림자 퇴장.

단상에 도열했던 제국 침략의 원흉, 일곱 명은 크게 다치거나 죽었
습니다.

자기 발 아래에서 터진 폭탄으로 시라카와 대장은 치명상을 입고
신음하다 죽었고, 가와바타 거류민단 행정위원장은 창자가 끊어져
열다섯 시간 만에 죽었습니다.

우에다 9사단장과 시게미츠 공사는 다리가 절단됐죠.

제3함대 사령관 노무라 중장은 실명했습니다.

시라카와 대장은 일본군부에서 존경받는 인물이었습니다.

일본육군사관학교를 수석 졸업하고 중국 주둔군 사령관, 육군사관학교 교장, 11사단장, 1사단장, 육군성 차관, 관동군 사령관을 지내다 육군대신까지.

상하이 사변을 일으켰다가 중국인들 저항에 부딪혀 실패할 위기에 퇴역군인들을 재임용해 상하이 살육을 저지르게 한 장본인이죠.

대단한 인물이었으나 남산의 폭탄에 즉사했죠.

조선의 청년, 스물다섯 살 남산 윤우의의 손에.

　　　　배우, 무대 위에 덩그러니 놓인 도시락을 집는다.

바로 이 폭탄 때문입니다.

윤봉길… 혈혈단신으로 상하이에 온 남산은 누구를 만나 어떻게 폭탄을 입수했을까요?

거사 전으로 가보겠습니다.

3장. 폭탄 전문가 왕웅

김광, 남산 등장.

남산   오늘 교육칙어반포식이 거행됐네만, 이 아까운 절호의 기
회를 놓치고 말았잖은가!

김광   이봉창 선생처럼 되면 안 될 일이네.

남산   수가 없다고 그냥 좌시하고 있을 수는 없는 일일세.

김광   안공근 선생이 방도를 찾아주신다고 했으니 기다리세.

남산   천장 절은 하늘이 준 기회야.

김광   남산, 죽음을 재촉하는 겐가? 거사를 열망하는 겐가?

남산   화살처럼 하루가 가는데, 어찌 기다리라고만 하는가?

신암 등장.

신암   아무리 뜻이 고매해도 실패하면 물거품이야.

김광   선생님 오셨어요?

신암   남산.

남산   네, 선생.

신암   정히 뜻이 그러하신가?

남산   … 추호도 변함이 없습니다.

신암, 남산의 주변을 한 바퀴 돌며 기색을 살핀다.

신암 다시 묻겠네.

남산 입만 아프실 일입니다. 장부출가생불환. 대장부가 집을 떠나 뜻을 이루기 전에는 살아서 돌아오지 않겠다. 집에 그렇게 일러두고 떠나온 길입니다.

김광 그 뜻이라는 게 이루지는 순간 목숨이 끊어질 뜻이 아닌가!

신암 일본군 몇 놈 죽인다고 독립이 되겠는가? 23년 전 내 형님이 이토 히로부미를 처단했지만 여태 이 나라는 꼴을 벗지 못했네.

남산 잘 알고 있습니다. 이토가 죽었다고 조선 독립이 이루어지지 않은 것을. 하지만 안중근 선생님의 거사로 조선인 모두가 독립을 원한다는 것을 알렸지 않습니까. 저는 그 뜻을 이어 일본제국주의의 기세를 꺾어야 합니다. 23년이 지났어도 아니, 230년이 지나도 조선인은 독립하는 그날까지 끊임없이 분투할 것임을 각인시켜야만 하겠습니다. 부모를 위해서 죽는 것이 아닌, 내 자식을 위해서 죽는 것이 아닌, 지금은 없는 내 나라를 위해. 그 일을 다른 누가 하기를 기다리지 않겠습니다. 바로 이 두 손으로 해내겠습니다.

백범 등장. 이에 놀라는 남산, 경계하는.

백범 결기가 가상하네.

신암 김구 선생일세. 폭탄을 제공하실 분이야.

남산 알아 뵙지 못하고 죄송합니다.

김광, 신암을 이끌어 구석으로.

김광　한인애국단에 입단식이라도 시킬 작정이십니까?

신암　폭탄을 구하려면 그 방도밖에 없네.

백범　대장부들이 무엇을 그리 속삭이시나?

신암　아닙니다. 의지촬영 장소에 대해 논의했습니다.

남산　의지촬영이라니, 무슨 말씀이시나?

백범　거사에 앞서 성공을 다짐하는 사진촬영이네. 한인애국단 입단선서이기도 하지.

남산　촬영이고 선서식이고가 이번 일과 무슨 관련입니까?

신암　폭탄을 제조하는 일은 매우 밀도 높은 일일세. 그 일을 맡아줄 이에게 확신을 주어야 하고.

백범　본뜻은 기록에 있어. 누가 언제 무엇을 목적으로 어떤 거사를 행했는지에 대한 기록… 독립운동 자취를, 근거를 남겨야 뜻이 바로 서지 않겠나.

신암　선생. 괜찮다면, 우리 집에서 선서식과 의지촬영을 거행하는 것이 어떻겠습니까?

백범, 남산을 쳐다본다.
김광, 남산을 쳐다본다.

남산　안공근 선생님. 댁이 어딥니까?

김광　패륵로 신천상리 20호.

남산　홍커우 공원 답사를 마치고 찾아뵙겠습니다.

암전.

왜 안공근 집에서 선서식과 의지촬영을 진행했을까요?

백범의 지시에 의해 일으킨 거사라면 마땅히 백범이 기거하는 거류민단 사무실에서 진행했어야 하지 않을까요?

다른 의문을 제기할 수도 있습니다.

남산 윤우의 스스로 계획하고 실행한 거사라면 왜 굳이 백범과 만났을까요?

왜 평소 지니고 다니던 수첩에 이력을 적어 건네고, 또 한시까지 한 수 지어 백범 김구한테 줬을까요?

김구와 아무런 교감이 없었다면 왜 거사 전에 시계를 바꾸었을까요?

물통 폭탄과 도시락 폭탄.

> 해설 배우 한쪽으로 비켜서서 구경하듯 돌아보면, 선서문을 가슴에 걸고 수류탄과 권총을 들고 사진 포즈를 잡는 남산.
> 셔터 음과 동시에 터지는 플래시.
> 의자에 앉은 백범과 옆에 선 남산. 셔터 음과 동시에 터지는 플래시.

백범 홍커우 공원 사전 답사에 나도 동행하겠네.
남산 선생, 굳이 그러지 않으셔도….

백범　　함께 참관할 인사가 있네.

장제스 군대 군복을 착용하고 중령 계급장을 단 왕웅 등장.

왕웅　　뵌 지가 처음이라 인사가 늦었습니다. (웃는)

펼쳐지는 홍커우 공원 지도.

왕웅　　여기서부터 여기까지 동선을 따라 진입합니다.

백범　　검문 위기가 닥칠 수도 있을 것이네.

왕웅　　일본말 좀 하십니까?

남산　　일상어 정도 합니다.

왕웅　　그렇다면 일본 거류민으로 위장을 하면 되겠군요.

김광　　돈푼 꽤나 만지는 쪽바리처럼 양장을 입고,

신암　　머리에 뽀마드도 바르고.

왕웅　　인사들이 도열할 식단이 여깁니다. 높이 6척.

6척이면 1.8미터 정도 되는 높이입니다.

왕웅　　가로, 세로가 11척.

11척이면 3.6, 7미터 됩니다.

왕웅　　거사는 본격 행사가 끝나고 축하연을 시작하기 전, 기미
　　　　가요를 불러 제낄 때가 좋겠습니다.

남산　　무엇보다 폭탄 성능이 중요합니다. 성능이 보장돼야 하

고 또 숨겨서 진입하는 데 어려움이 없어야 하지 않겠습니까?

백범   천장절이 열리는 것도 기회지만, 무엇보다 하늘이 돕는 것이 바로 그것일세.

신암   이번 천장절 축하행사에 도시락을 지참해도 된다는 일제 놈들 공표가 있었어.

김광   도시락이요? 그것과 거사가 무슨 상관입니까?

왕웅   밀도 높은 폭탄을, 지참을 허용한 도시락과 물통 속에 넣어 당당히 들고 가면 된다는 말씀입니다.

놀라는 김광, 웃으며 남산을 바라본다.

김광   그런 기술이 가능합니까?

왕웅   최첨단 폭탄 제조 기술입니다.

신암   그래서 왕웅 선생을 모신 게지.

남산   아니 어떻게 그런 기술이.

백범   이 분은 중국 19로군 상하이 병기창 병기주임과 후방정보국장을 맡고 계시는 왕웅 중령이시네.

남산   장제스 군대 아닙니까?

김광   우리 독립군들은 장제스 사상을 반대하지 않습니까?

왕웅   한국독립당 당원이기도 하지요. 김홍일이라고 합니다.

고개 숙여 인사하는 남산.

신암   중국은 일본과 식민대일투쟁을 벌이고 있네.

왕웅   중국군이 들으면 기분 나빠할 말입니다. 식민대일투쟁이 아니라 일본 침략을 막아내는 중일전쟁이라고 생각하니까.

신암 어쨌든 그런 연유로 군대를 운영하기에 같은 첨단 기술이 존재하는 게지.

왕웅, 도시락 폭탄과 물통 폭탄을 가방에서 꺼내 백범한테 건넨다. 이를 진중하게 받으며 고개를 숙이는 백범. 이윽고 남산한테 건넨다.

백범 남산. 받게.

왕웅 도시락 폭탄과 물통 폭탄입니다.

남산, 2개의 폭탄을 받는다.

왕웅 도시락 폭탄은 폭발력이 상당합니다. 터진 자리 30평 안에 인사들을 골로 보낼 위력입니다.

도시락 폭탄을 쳐다보는 남산.

왕웅 그러나 바람에 닿는 면이 넓어 목표한 지점에 정확히 떨어질 확률이 낮아요. 자결용으로 쓰거나, 육탄 공격하는 적들까지 섬멸할 쓰임새로 생각하면 될게요. 물통폭탄은 목표지점에 정확히 투척할 수 있고, 폭발점 10평 이내 살상이 가능합니다.

신암 단상에 왜놈들 처단척결에 맞춤이구료.

남산, 물통 폭탄을 던지듯 자세를 취한다.
김광, 터질까 놀라 백범 뒤로.

신암   (김광한테) 놀라기는. (웃는)

백범, 일본식 보자기와 일장기를 남산에게.

백범   이 왜놈보에 도시락을 싸고, 왜기를 들고 가면 위장이 될
         걸세.

김광, 일본식 보자기를 받아 살펴본다.

남산   모두 감사드립니다.
신암   입단 선서식도, 작전 폭탄과 전략도 완벽히 갖추었네.
         이제 드디어 (모두에게 무거운 어투로) 남산이 곧 동삼성으
         로 돌아갈 지경에 놓였습니다. 마지막 식사를, (말을 잇지
         못한다)
김광   요 앞 한식당에 자리를 마련해두었습니다. 그리 가시죠.

신암, 왕웅, 김광, 무겁게 퇴장.
백범과 남산, 둘이 남아.

남산   선생.

남산, 주머니에서 회중시계를 꺼낸다.

남산	이 시계, 모자공장에서 일하고 받은 월급, 동료 빌려주고 그 대신 받은 것입니다.
백범	자네도 빠듯한 지경에 일해주고 받은 돈을 어이 이런 시계와 바꿔?
남산	사내는 자기 시간을 자기가 관리해야 한다는 아버지 말씀이 생각나 그리 했습니다.
백범	동료 어려운 사정을 봐주고 또 그렇게 이유를 만들었군.
남산	선생, 그 오래된 시계와 바꾸시지요.
백범	아닐세. 넣어두시게.
남산	선생. 이 땅에서 내 시간은 이제 예닐곱 시간뿐입니다. 허나 선생은 조선이 독립할 그날까지 아직 투쟁의 시간이 많이 남지 않았습니까?

남산, 백범 주머니 밖으로 보이는 시계줄을 잡아당겨 시계를 들어올린다. 그리고는 자기 시계를 백범한테 건넨다.

| 남산 | 내 시간까지 하나 되어 써주세요. |
| 백범 | 남산… 잊지 않겠네. 자네, 이 뜨거운 시간을 잊지 않겠네. |

백범, 어둠 속으로.
혼자 남은 남산, 도시락 폭탄을 일본 보자기에 싼다. 그리고 당시 유행한 양장 조끼와 재킷을 입는다. 머리에 뽀마드를 바른다. 비장하다.

남산은 그렇게 폭탄 2개와 일장기, 백범의 시계를 품에 품고 식당을 나와 걸었습니다.

거사를 일으킨 4월 29일 아침 7시.

남산, 도시락 보자기를 어깨에 두르고, 물통 어깨걸이 줄을 메고 일장기를 들고 걷는다.

홀로 황푸 강가를 하염없이 걸었습니다.

남산, 표정 없는 얼굴에 뜨거운 눈물이 흐른다.

남산 사람은 왜 사느냐. 이상을 이루기 위해 산다.
이상이란 무엇이냐. 목적의 성공자다.
보라! 풀은 꽃이 되고, 나무는 열매를 맺는다. 만물의 영장인 사람,
나도 이상의 꽃이 되고, 목적의 열매 맺기를 다짐하노라.
우리 청년시대에는 부모의 사랑보다 더 한층 강의한 사랑이 있다.
나는 깨달았다. 나라와 겨레에 바치는 그 뜨거운.
내 우로와 내 강산, 내 부모를 버리고라도 강의한 사랑을 따르기로 나는 결심하고 택하였다.
피 끓는 청년 제군들아. 왜 모르는가.
되놈 되 와서 돼 가는데, 왜놈은 왜 와서 왜 아니 가는지.
아들아. 종아. 담아.
너희도 피와 뼈가 있거든 반드시 조선을 위한 투사가 되어라.
태극 깃발 높이 드날리고 내 무덤에 찾아와 술 한 잔 부어라.

너희는 아비 없음을 슬퍼하면 안 된다.

사랑하는 어머니의 교양으로 성공자 길을 걸은 많은 이들이 있다.

동양으로는 맹자가, 서양 불란서에는 나폴레옹이, 미국에는 발명가 에디슨이 있다.

아들아. 나는 바라건대 너희 어머니는 그 어머니가 되고, 너희는 그 사람이 되거라.

남산, 울부짖고는 잠시 서서 유유히 흐르는 강을 바라본다.

터오는 동녘 하늘을 바라보고 도시락과 물통, 일장기를 내려놓는다. 절을 올린다.

그 모습에 조명 극도로 밝아졌다가 일순 암전.

4장. 고문취조

상하이 홍커우 공원에 물통 폭탄을 던진 남산은 일본 최대의 국사범이 되었습니다.

결국 남산은 군법회의로 처리됐습니다.

있을 수 없는 일이었습니다. 테러를 한 폭력행사범은 형사법정에 세우는 것이 관례입니다.

그러나 남산은 민간인 신분으로 군사법정에 섰던 것입니다.

홍커우 공원 헌병대에 끌려가 10시간 동안 취조와 고문을 받으며 조서를 작성했죠.

> 의자에 결박된 피범벅 남산.
> 그 앞에 일본군 2명, 취조하며 고문한다.

일군1 (일본어로) 만행을 함께 도모한 게 누구지?

남산 나 혼자한 일이다.

일군2 이 새끼, 바른대로 불어! 도모, 공모한 자들 이름을 대란 말이다!

남산 처음부터 지금까지 오직 나 혼자 한 일이다!

일군1 (일본어로) 최첨단 폭탄을 누가 제공했어?

일군2 이 폭탄 기술은 독일 기술을 기반으로 한 최첨단 기술이야. 이걸 니가 혼자 만들었다는 걸 믿으란 말이냐? 자, 바른대로 불어! 공모한 자가 누구냐?

일본군이 가한 고문에 비명을 지르며 고통스러워하는 남산.

남산 이유필. 이유필 선생과 함께 꾸몄다.

일군2 안창호는 무얼 했지? 김구는?

무대 일각, 백범과 신암 등장.
일군의 고문취조와 백범, 신암의 대화, 교차된다.

신암 단독 성명이라니, 당치도 않은 일입니다!

백범 내가 없는 일을 꾸며서 성명 발표를 한 것이 아니지 않나?

신암 남산의 거사가, 독립운동의 일대 쾌거가!… 선생 지시를 따른 것이란 말이오?

백범 아닌가?

신암 무슨 정치속인지 모르겠소만 그건 엄연히 사실과 다르오!

일군2 이유필과 공모했다는 진술은 거짓이야. 니놈이 상하이까지 흘러든 동선을 역추적한 바, 넌 아무 연고 없이 이곳에 왔다는 사실이 밝혀졌다!

남산 춘산 이유필 어른을 만나 뵈러 온 것이오!

일군2 도대체 누구를 은폐, 엄호하느라 자꾸 이유필 얘기만 하는 것이야?

일군1   (일본어로) 말해! 어서 바른대로 불어!

고문, 그리고 남산의 비명.

신암   남산의 거사 계획이 선생 외에 아무도 몰랐다고 발표한 내용에 대해 해명하시오!

백범   난 더 이상 할 말이 없네!

신암   도산 선생이 체포됐단 말이오! 도산 선생이!

백범   나는 엄연히 남산 거사 전에 피신하라는 서신을 보냈어.

신암   도산 선생을 모략한 문건이 발견됐소. 이를 배포한 놈이 김석! 그 놈 배후에 누가 있는 지 아시오? 바로 선생 측근 김철! 엄항섭! 그리고 이승만 상하이 동지회 조소앙! 이래도 모르겠단 말만 하려오?

일군1   (고문을 가하며 일본어로) 말해!

일군2   이유필이 누구야?

남산   난 이름만 알 뿐이오. 독립운동을 하고 싶다 하니 중국사람들이 소개시켜준 사람이란 말이오!

일군2   임정 의정원 의원 이유필! 우리도 아는 정보를 모른다고? 내무총장, 재무장, 교민단장을 지낸 이유필! 안창호 최측근! 이! 유! 필!

일본군1, 남산 앞에 백범의 성명서를 제시한다.

일군1   (일본어로) 자, 이걸 똑똑히 봐!

일군2   김구가 발표한 성명서다. 이래도 공모에 이유필 뿐이야?

남산	김구 선생은 안공근 선생 소개로 인사만 했을 뿐이오. 안창호 선생은 아무 관련 없어!
일군2	안공근? 안공근은 또 누구야?
일군1	(일본어로 일본군2한테) 안중근 동생입니다. 상하이에서 해방 지하조직 활동을 한다는 첩보가 있었습니다.
일군2	이 새끼! 우릴 교란시키고 있는 거야! 이유필은 우리가 체포했다가 석방시켰던 적이 있는 놈이다. 그래서 니놈들이 배척하지 않았어? 그래서 그 놈 이름만 대는 거야!
남산	그 역시 니놈들 반간지계임을 내 모르지 않는다!

일본군1, 남산을 격렬하게 고문한다. 남산의 고통, 비명.

신암	책임지시오! 책임!
백범	대체 무슨 책임을 어찌, 왜 지란 말인가?
신암	남산의 거사를 정치적 공작용으로 탈바꿈 시킨 죄!
백범	난 김철, 엄항섭, 조소앙 동지들한테 들은 바가 없네!
신암	내, 이 일을 끝까지 추궁하여 조치할 것이외다!
백범	내 모든 것은 오직 조선의 독립에 초점되어 있어.
신암	선생의 뜻이 그렇다 해도 독립 이후 정부 요직을 차지할 또 다른 야망이 서려있는 자들, 없다고는 못할 게요.
백범	신암! 독립을 위한 이 모든 일은 전부 과정일 뿐이네. 그걸 이해하지 못하겠나?
신암	선생 주도로 남산이 거사를 일으켰다고 허위사실을 유포한 이유를 모르시겠소? 선생의 업적으로 돌리고 그 몸집을 불리려는 이유를 정녕 모르시겠소? 임시정부에 선생 입지가 넓어지고, 발언권이 세지면 저들이 무엇을 얻겠

소? 그 또한 권력이고, 이 일 또한 권력쟁탈입니다.

침통한 백범. 그를 지켜보는 신암.

신암　나, 안공근은 남산의 홍커우 공원 거사에 핵심 인물로서 이 모든 일이 남산 스스로의 뜻이었으며 계획이었음을 만천하에 공표할 것이요. 또한 김철, 엄항섭, 조소앙! 허위사실 유포의 죄를 물어 임시정부 모든 직책을 내려놔야 할 것입니다!

고문당하는 남산. 그 모습에서 암전.

남산의 배후로 의심 받은 도산 안창호 선생이 체포당했습니다.

상하이에서 국내로 압송돼 형식적인 재판을 받고 구금됐죠.

백범 김구는 추종 독립지사들과 상하이를 탈출해 유랑 길을 떠나야 했습니다.

신암 안공근은 남산의 거사가 백범 주도였다는 성명 발표를 부인했고,

김구 주도설을 퍼뜨린 세 명을 허위사실 유포를 문제 삼았습니다. 이는 매우 의미심장한 일입니다.

남산을 고문하고 취조하던 당시 일본은 중국 측에 정전협정을 받

아들였습니다.

중국으로서는 일본과 전쟁을 멈추는 것이 간절한 상황이었죠.

그랬기 때문에 중국은 자신들이 직접 할 수 없는 일본군의 타격, 일본군 수뇌부 암살을 조선 사람이 해주길 바랬던 겁니다.

그 일을 남산 윤우의가, 매헌 윤봉길이 대신 해준 것이죠.

안창호 선생은 조중친선협회를 이끌었습니다.

이 조중친선협회를 통해 자기들 대신 일본군 타격을 해달라 요청했던 것이죠.

중국으로서는 바라던 바를 모두 이룬 셈입니다.
정전협정과 일본군 타격.

남산은 군법재판에서 이런 질문을 받은 바 있습니다.

　　　　해설배우, 일본군 판사 복장을 걸친다.

해설배우 피고는 누구를 존경하는가?

　　　　어둠 속에서 모습을 드러내는 남산.

남산　　안창호, 김동우, 김구, 이유필, 조소앙, 이춘산을 존경한다.

남산, 다시 어둠 속으로.

백범 주도로 일으킨 거사라면 당연히 첫 번째로 꼽은 이가 백범이 되지 않았을까요?

또한 이유필도 존경하는 인물이라 말했다는 점을 주목해야 합니다.

처음 취조에서 이유필과 모의했다고 진술한 것은 백범의 도피 시간을 벌기 위한 교란 작전이라고 보는 사람들이 있습니다.

백범의 지시라 믿는 이들이죠.

이유필에 대한 진술로 과연 남산이 그토록 존경하는 인물을 죽을 지경에 놓이게 만들었을까요?

남산은 상하이 생활 내내 안창호, 이유필, 그리고 젊은 친구들 김광, 임득산, 계춘건, 최석순, 박창세, 그리고 안창호의 흥사단 원동위원부 사람들과 깊은 관계를 맺고 있었습니다.

상하이 생활 1년 동안 김광과 한 방을 쓰며 생활했고,

임득산, 계춘건, 최석순 등이 같은 건물에 살아 그들 집에서 식사를 해결했죠.

남산에게 가장 큰 영향을 준 안공근.

안중근 동생 안공근.

그는 형 안중근이 1909년 이토 히로부미를 하얼빈 역에서 사살한 의거에 공범으로 심문 받고, 뤼순 감옥에서 안중근 유언을 들은, 최후까지 함께 한 인물입니다.

그런 그가 한인애국단의 돈을 도박으로 날렸다고,

중국 광동인한테 사기를 당해 거액의 독립자금을 날렸다고,

백범과 다른 독립운동가들한테 배척을 당했다고

백범일지에 기록되어 있습니다.

만일 배척을 당한 게 사실이라면 왜 굳이 암살을 했을까요?

네. 안공근은 누군가에 의해 암살당했습니다.

1939년 5월, 충칭에서 실종되었고 그 시신은 지금까지 찾지 못했습니다.

남산의 상하이 홍커우 거사가 일어나고 7년이 지난 때였습니다. 암살 배후로 일본군의 첩자라는 얘기와 독립자금 문제로 백범 측근의 짓이었다는 얘기가 있습니다만, 어느 것 하나 확인된 것은 없습니다.

그러나 안공근 죽음과 무관하지 않은 몇 가지 상황은 확인을 할
수 있죠.

첫째! 안공근이 주장한 백범 측근의 허위사실 유포. 이를 백범이
모르지 않았다.

둘째! 백범 측근들의 투서와 모략이 안창호와 흥사단에 집중된 것
은 중국 측이 안창호와 흥사단에 집중적으로 자금 지원을 했기 때
문이다.

셋째! 이 자금지원을 백범 김구와 그 측근들로 방향을 되돌릴 필
요가 있었다.

넷째! 남산의 거사 후, 백범의 지시였다는 성명서 발표 후 실제로
중국 지원은 김구한테 집중되기 시작했고,

임정 안에서 김구의 입지도 튼튼해졌다.
이 같은 이유를 들여다보면 누가 안공근을 암살했는지 집히는 게
있을 것입니다.

5장. 일본제국주의의 야욕

남산이 상하이에 있던 2년간, 그러니까 1931년부터 1932년까지 가장 중요한 상황은 만주국 건설입니다.

일본 제국주의는 조선에 어느 정도 식민지 기반을 다졌다고 생각을 했습니다.

그래서 관동군을 보내 중국을 먹겠다고 발톱을 아니, 이빨을 숨기지 않았습니다.

동북 3성. 길림성, 요령성, 흑룡강성.
백두산 위쪽 그 드넓은 땅에 만주국을 건설했죠.

여긴 중국의 중심 민족이라 할 한족이 점령한 중원이 아닌 게 만주국 건설의 기본 명분입니다.

청나라 중심 세력인 만주족 본거지라는 거죠.

단순히 군사를 보내 침략, 점령하는 것이 아닌, 나라를 세우겠다는 일본제국주의의 야욕.

만주국 건설에 박차를 가하다 갑자기 일제는 상하이를 공격했습니다.

전 세계 국가들이 만주국 건설에 주목할 것을 우려해 상하이로 시선들을 쏠리게 하겠다는 속셈이었습니다.

만주국에 집중되던 국제적 시선은 그들 예측대로 영국, 독일, 프랑스의 이해관계가 걸려있는 상하이로 모아졌습니다.

남산이 처음 상하이에 도착했을 때는 일본거류민대회며, 일본인연합대회 등 각종 궐기대회가 양쯔강 유역에서 요란하게 열렸습니다.

중국인들의 항일집회도 질세라 연일 열렸습니다.

중국과 일본 간에 전쟁이 상하이에서 터졌습니다.

하늘에 비행기가 날아다녔습니다.

비행기에서 포탄이 떨어지고, 전차에서 포탄을 쏘았습니다.

밤낮없이 함포 사격으로 집들이 부서지고, 사람들이 피를 쏟으며 쓰러졌습니다.

시체더미가 도랑을 가득 메웠습니다. 그런 상하이에서 남산은,

전쟁 한복판에서 남산 가슴에 차오른 결기는 무엇이었을까요?

매일매일 앞으로 나아가는 사람이 되어야 한다!

그런 뜻을 모아서 조직한 월진회.

수없이 죽어나가는 전쟁의 참상에서 죽음을 두려워하기보다 오히려 죽음으로써 일제의 기세를 꺾어야겠다고 결심한 남산 윤우의.

남산의 상하이 홍커우 공원 거사는 그런 일제의 기세를 꺾는데 목표가 있었던 것입니다.

상하이 임정과 흥사단을 중심으로 한 독립운동가들은 힘들고 어려운 시간을 보냈습니다.

상하이에 거주하는 조선인은 천여 명이었고,

그 중 독립운동가들은 겨우 40여 명 남아있었습니다.

3.1민족만세운동 직후 곳곳에서 정부가 만들어졌습니다.

여기저기에서 발표된 임시정부가 여덟 개나 되었죠.

내각을 발표한 곳은 여섯 개였습니다. 그 중 상하이 임정, 노령 임정, 한성 임정이 대표격이었고, 결국 한성의 법령을 중심으로 상하이와 노령을 합친 것으로 재탄생했습니다.

중요한 것은 도산 안창호와 우남 이승만의 관계였습니다.

이승만의 측근들은 경쟁자 안창호를 밀어내기 위해 노동국총판으로 밀어냈죠.

임정을 고수하자는 고수파와 개조해야 한다는 개조파, 독자 노선을 걷겠다는 이승만, 이승만과 대립하며 각을 세운 이동휘,

뭐 이런 얘기는 하지 않겠습니다.

이승만이 재미교포들이 모아 보낸 자금을 탕진하여 임정이 재정난에 빠진 것도,

이승만 불신임운동이 일어나고 이 운동이 탄핵 운동으로 번져 결국 이승만이 탄핵 당한 한국 최초 대통령인 것도,

그 후로 해방되기까지 미국으로 건너간 것도 말하지 않겠습니다.

6장. 거사의 배경

김광, 남산 등장.

김광 먹고 살 길이 막막하다.

남산 인삼 장사를 하면 좀 남는다 해서 가진 거 다 털어 시작 했는데,

김광 장사는 아무나 하나?

남산 도산 선생도 구멍 난 양말을 신고 계시더군.

김광 그뿐인가? 백범 선생도 하루 한 끼 자셔. 그나마도 동가 숙 서가식 하면서.

신문팔이 소년이 "호외요!"를 외치며 뛰어온다.

소년 호외요! 호외! 일제가 만주를 노리고 만몽철도를 깐다는 호외요!

소년을 잡아 세운 김광.
남산이 소년 손에 신문을 빼앗아 펼쳐 읽는다.

소년 이거 봐요!

김광 잠깐만 신문 좀 보자고, 잠깐만!

소년 조선 분이시군요?

남산	(분노하며 신문을 구긴다) 왜놈들!
소년	아니 팔아야 되는 신문을 구기면 어째요? 이 신문 사세요!
김광	무슨 일인가? 뭐라 적혔는데?
남산	만주 곳곳에 철도를 놓는 것도 모자라,
김광	왜놈들이?
남산	마적단과 짱쬐린 같은 군벌들을 매수했다네!
김광	그러니까 누가? 왜놈들이?
남산	아편을 밀매하고 일진회 조직을 확대하겠다는 거야, 이건!
김광	누가?
소년	참 답답하시네! 왜놈 아니면 누가 이런 짓을 하겠어요? 진짜 몰라서 묻는 겁니까?
남산	뉴욕 증시가 대폭락해서 전 세계에 대공황이 타격하고 있어.
김광	그건 왜놈들과 무관한 일인 거지?
소년	무관할 수가 없죠!
남산	전 세계 각국들이 보호무역조치를 취할 수밖에 없는 걸세.
김광	아니 왜?
소년	대공황 여파를 어떻게든 줄이려니까 그런 거죠!
남산	그래서 왜놈들이 더욱 조선을 수탈할 거고, 무주공산 만주를 먹겠다고 만주국을 세우는 거 아닌가.
소년	그래서 중국인들과 조선인들이 만보산 저수지 공사하면서 좀 부딪힌 걸,
김광	우리가 중국인들과 싸운 거?
소년	아냐, 진짜, 이 아저씨, 미치겠네! 그런 가짜 뉴스 때문에 이 신문이 호외인 거예요! 호외!
김광	가짜 뉴스? 뭐가? 우리가 중국인과 싸운 거?

소년	네! 조선일보가 작년 7월 1일자로 '삼성보 동포수난 익심 200여 명 피습'이라고 지사를 냈잖아요! 근데 그게 실상은 의견 충돌 정도였다니까요!
남산	왜놈들이 우리와 중국을 이간질 시키려고 한 짓인 게지.
소년	그 이간질을 조선일보가 앞장서서 도운 거구요!
남산	이러고 있을 때가 아닐세. 어서 도산 선생을 찾아뵙고 거사를 도모해야 하네.
소년	구겨진 신문 값 내세요! 신문 값!
남산	이보게 배달소년! 훗날 반드시 갚겠네!
소년	무슨 수로? 아저씨가 누군지 알고!
김광	윤봉길을 모르시나? 조선인 박진과 중국인이 공동출자한 종품공사에 노동자 친목회를 만들어 부당한 노동 환경과 싸우는 봉길이를!
소년	아! 파업 주모자 봉길이! 그분이시라면 신문 값 안 받겠습니다!
남산	아닐세! 훗날 꼭 갚을 것이니 꼭 다시 만나세!

남산, 퇴장.
김광도 그 뒤를 따라가려는데,

소년	아저씬 돈 내셔야죠!
김광	아니 나는 왜 돈을 받는가?
소년	세계정세에 어두운 분인 걸 보아 그냥 한량 아닙니까? 한량한테는 신문 거저 안 줍니다!

암전.

이 김광이란 인물은 본명이 고영선입니다.

황해도 해주 출신으로 기차공사의 감독으로 근무해서 생활이 제법 안정적이었죠.

흥사단에 입단해서 독립운동을 도운 사람입니다.

수많은 독립운동가들을 거두어 멕였습니다.

남산도 열 달 가량 신세를 졌죠.

이 같은 시대적 배경 속에서 남산은 결심을 했던 것입니다.

미국으로 가서 영어를 익히며 세계정세에 눈을 뜨고 실력을 쌓겠다던 계획을 수포로 돌렸습니다.

절박했습니다.

일제가 세운 만주국이 자리를 잡으면, 영원히, 영원히 조선 독립의 꿈은 꿀 수 없다는 것이 확실했으니까요.

다급했습니다. 어떻게든 일제의 기세를 꺾어야 했습니다.

일제의 중심에 선 군대들을 흔들어야 했습니다.

중국 침략의 선두에 선 인사들을 처단해야만 했습니다.

부모를 버리고, 아내와 자식을 버리고 목숨을 바칠, 강의한 사랑!
조국을 지켜내기 위해 행동해야 했습니다.

거사를 계획하면서 남산은 도산 선생과 여러 독립운동가들의 거처가 있는 김광의 집에서 나왔습니다.

그들의 신변을 보호하기 위해서였죠.

흥사단 단우인 계춘건의 집으로 거처를 옮기고 채소 장수로 위장해 홍커우 공원과 그 주변을 면밀히 확인하고 또 확인했습니다.

7장. 처형

저 멀리서 점차 가까이 들려오는 기미가요 제창.
왜색 짙은 행렬 또는 무대 위 무희 공연.

きみがよは(기미가요와)	임의 치세는
ちよに(지요니)	천 대에
やちよに(야치요니)	팔천 대에
さざれいしの(사자레이시노)	작은 조약돌이
いわおとなりて(이와오토 나리테)	큰 바위가 되어
こけのむすまで(고케노 무스마데)	이끼가 낄 때까지

마지막 구절이 제창되는 순간, 폭발음과 붉은 조명, 그리고 기타 무대 효과. 그림자들, 무릎이 꺾이며 엎어진다.

남산   조선 독립 만세!

남산, 도시락 폭탄을 집느라 허리를 굽힌다.
그때 몰려들어 남산을 소총으로 가격하고 구둣발로 밟는 일본군들.
실신한 남산.
그 얼굴에 물을 부리는 일본군.
일으켜지는 남산, 이마에서 피가 흐른다.

그 앞에 정좌하는 일본군 재판관.

재판관　폭탄을 터뜨린 이유를 말하라.

남산　독립을 위해 그리하였다.

재판관　조선은 일본이 주는 혜택의 덕을 보고 있다. 그럼에도 독립을 해야 한다는 주장을 하는가?

남산　조선은 조선 고유의 문자와 언어, 풍속과 습관이 있다. 조선은 조선인이 다스리는 것이 당연한 법도! 이를 깨닫지 못하겠는가?

재판관　미개한 조선에 문명의 혜택을 주는 것이 일본이다. 이를 부정하는가?

남산　조선은 반드시 세르비아, 폴란드처럼 독립할 것이다.

재판관　홍커우 공원에 폭탄을 터뜨리면 독립이 될 것이라 생각했는가?

남산　상급군인 몇 죽여서 독립이 될 것이라고는 생각하지 않는다. 그러나 이번 폭탄 투척이 독립에 직접적인 효과는 없으나, 조선인의 각성을 촉구했을 것이다. 나는 확신한다. 세계인에게 조선의 존재를 명료하게 알렸을 것이다!

재판관　판결을 내리겠다!

남산　일본은 얄팍한 무기로 조선의 정신을 지배하겠다는 꿈을 버려야 한다! 다시 태어나도 또 응징할 것이다! 독립하는 그날까지 제2, 제3의 내가 네놈들 발아래 폭탄을 던질 것이다. 무력으로는 절대 굽힐 수 없는 정신! 그게 조선이다! 이것이 내 행동의 이유이다.

재판관　죄명! 살해 모의, 폭탄 투척으로 시라카와를 비롯한 일본인들 인명 피해!

폭발물 단속법 제1조, 살인은 형법 제199조, 신체 상해는 형법 제204조, 폭발물단속벌칙위반죄도 중첩되는 바, 윤우의, 사형!

해설자 일제히 외친다.

사형!
사형!
사형!

백범, 김광, 왕웅 등장.
신암이 신문을 들고 뛰어온다.

신암　오사카 아사히 신문입니다! 남산이 일본국으로 끌려가 고베 항에 도착했다는 소식이오!

백범, 신문을 받아들어 펼쳐본다.

백범　아니 이럴 수가!
김광　왜요? 어떻게 됐는데요?

왕웅, 신문을 빼앗아 펼쳐 읽는다.

왕웅　고베 헌병분대와 수상서원 수십 명은 정오부터 대기소에 쾌속선을 준비해놓고 대양호를 기다렸다. 배가 도착하자 헌병들이 올라갔지만, 사진기자 등의 접근을 차단했고,

호송 경로도 극비에 부쳐져 있었다.

김광과 신암, 울컥.

왕웅　세 시 지나서 3등 421호실부터 끌려 내려와 근처의 의무
실에서 간단한 건강검진을 받았는데, 말없이 창백한 얼굴
이었고, 여름용 메리야스 셔츠 위에 얇은 갈색 양복에 춘
추복 외투를 입었다.

김광, 대성통곡.

왕웅　머리는 길게 길었으나 수염을 깎은 흔적이 푸르고 날카
로운 눈빛과 함께 매우 섬뜩한 느낌을 주었다.

무대 한켠에 등장한, 초췌한 남산.

남산　(일본어로) 사진은 찍지 않도록 해주시오.
스기야마　사진 못 찍게 할 테니 안심하시오.
왕웅　쥐색 중절모를 쓰고 수갑을 찬 채로 사복 헌병에 포위되
어 갑판으로 나왔다. 네 시가 돼서 자동차 세 대에 나눠 타
고 고베 시내를 종단해 한신국도를 통해 오사카로 향했다.

남산, 쥐색 중절모를 쓰고 수갑을 찬 채로 일본의 사복 헌병에
포위되어 걸어간다.
일본군1, 2, 3 등장.

일군1   (일본어로) 가나자와 9사단 법무부에 우에다의 후임 9사단 장이 시달명령 2통을 보내왔습니다.

일군2   (일본어로) 처형 장소와 시기, 동원 인원 및 주의사항이겠 지요.

일군1   (일본어로) 맞습니다. 현 지사와 경찰 본부로부터 경찰 300 명, 보병, 헌병, 공병 200명, 총 500명을 동원하라는 명령 입니다.

일군3   (일본어로) 총살형 집행 시간 12월 19일 오전 7시. 장소는 이시카와 육군 작업장. 미리 막료 및 감찰관한테 실사하 여 범인, 사수, 입회자, 입장 허가자들의 위치를 구체적으 로 명시하라는 명령입니다.

일군2   (일본어로) 입회관은 누구누구입니까?

일군1   (일본어로) 9사단장 아라마키 요시카츠, 9사단 군법회의 검 찰관 겸 육군 감옥장 외 총 7명입니다.

일군3   (일본어로) 상하이 투탄 범인 윤우의만을 위한 미고우시 육 군 작업장 특설형장이 마련되는 셈입니다.

일군1   (일본어로) 총살형에 관해 엄중 비밀령을 내리고, 경계 또 한 삼엄하게 하라는 지시입니다.

제식 하듯 등장하는 일본 헌병단.

헌병대장 (일본어로) 12월 18일 오후 5시부터 19일 오전 7시까지 가 나자와시 15만 명과 군, 경 500인에게 비상경계 태세를 선포한다!

십자형의 나무를 무대 복판에 세우는 일본군인들.

남산, 끌려 나와 바닥에 앉혀진다.

법무관 (일본어로) 아침식사가 제공된다. 할 것인가?
남산 (일본어로) 하지 않겠다. 소금물로 목을 축이고 싶다.

일본군한테 지시하는 법무관.
일본군이 건네는 소금물 대접을 받아 마시는 남산.
간수장 다지다 소령 다가선다.

다지다 (일본어로) 최후 진술이 있는가?
남산 (일본어로) 더 할 말 없다. 이대로 빨리 집행하라.

고개를 꼿꼿이 드는 남산.
다지다 소령, 기세에 눌려 꾸벅 인사를 한다.
이내 인사를 올린 자신의 행동에 당황, 주변을 살피며 뒷걸음질.
헌병 5인이 남산을 형틀에 묶고 물러선다.

남산, 두 눈과 이마 부위에 흰 띠가 묶여있다.

니시노 중위, 수신호로 격발을 준비시킨다.
사수 2인이 남산 앞에 엎드려 쏴 자세를 취한다.

니시노 중위, 격발 신호.
총소리와 함께 남산의 이마 부위에 붉은 피가 동그랗게 번진다.

두 번째 격발. 총소리와 동시에 후두결절부에 피가 솟아나온다.

세가와 군의관, 달려가 남산의 신체 상태를 확인, 돌아서서 소
리친다.

군의관 (일본어로) 1932년 12월 19일 오전 7시 40분, 사형집행 무
사 완료!

헌병대장 (일본어로) 1932년 12월 19일 오전 7시 40분, 사형집행 무
사 완료!

일군1 (일본어로) 시라카와 대장이 순직한 시간이 언제입니까?

일군2 (일본어로) 사망 시각이 6시 25분입니다.

일군3 (일본어로) 시차를 생각하면 동일 시각에 사형집행이 이
루어진 것입니다.

일군1 (일본어로) 시라카와 대장님께 작은 보답이 되었으면 합
니다.

일본군2, 고개 숙여 일본군1한테 대답을 대신한다.
일본군2, 부하들한테 소리친다.

일군2 (일본어로) 조선 예산의 본가에서 유해 송환 요구 요청에는
응답하지 않는다!

일동 (일본어로) 넵!

일군2 (일본어로) 화장하지 않는다!

일동 (일본어로) 넵!

일군2 (일본어로) 전사한 일본군 유족들이 제를 지내기 위해 드나
드는 입구의 쓰레기장에 암장한다.

일동   (일본어로) 넵!

일본군들, 남산을 포대에 눕히고 둘둘 마는 모습에서 암전.

남산 윤우의.

매헌 윤봉길은 그렇게 죽었습니다.

죽어서도 그 기세가 무서운 일본 군부는 쓰레기장에 암장하여 일본군 유족들이 밟고 지나다니도록 만들었습니다.

환하게 웃으며 등장하는 남산. 그러나 눈에 눈물 가득.

남산   어머니.
가을바람에 떨어지는 단풍잎을 보며 왕사를 회고하니 새삼 세월이 빠름을 느낍니다.
어머니의 하서를 봉독하오니 구구절절에 훈계하신 말씀에 전신에 소름이 끼치고 뼈끝까지 아르르하여지며 인정 없는 이놈의 눈에서도 때 아닌 낙숫물이 뚝뚝 떨어집니다.
두 주먹으로 방바닥을 두드리며 항상 혼자 부르짖었습니다.
사람은 왜 사느냐. 이상을 이루기 위해 산다.
이상이란 무엇이냐. 목적의 성공자다.
보라! 풀은 꽃이 되고, 나무는 열매를 맺는다.
만물의 영장인 사람, 나도 이상의 꽃이 되고, 목적의 열매 맺기를 다짐하노라.

어머니, 삼가 주신 생명, 저는 이렇게 쓰고자 합니다.

지금 이 청년시대에 부모의 사랑보다 더 한층 강의한 사랑이 있다고 생각합니다.

저는 깨달았습니다. 나라와 겨레에 바치는 그 뜨거운 강의한 사랑. 내 우로와 내 강산, 내 부모를 버리고라도 강의한 사랑을 따르기로

나는 결심하고 택하였습니다.

진정 이 세상에 신이 있다면 이 만행을 보고만 있을 수 있겠습니까?

그날에 이 만행을 어찌 잊을 수 있겠습니까?

이 죽음을 또 다시 되풀이 하려는 일본의 움직임.

우리는 결코 간과해서는 안 될 것입니다.

모든 인물들 등장, 마지막 인사.

막.

작가 발문

'역사의 제단'이라는 진부한 제목을 삼은 이유

　역사극은 역사적 사실을 바탕으로 인간과 사회 본질을 다루는 극이다. 역사적 사건은 같은 맥락 아래 현재의 연장선에 있다. 그래서 복잡한 현재 상황을 빗대어 명확한 초점으로 지금의 우리를 다시 돌이켜볼 수 있는 소재다. 하지만 역사를 있는 그대로 읽고 바라보는 것은 어렵다. 복잡한 국제정세, 이해관계 속에서 여러 방면으로 왜곡되었고, 그 수법도 다양하다. 한 나라 안에서조차 기본적인 역사적 사실을 달리 규정한다. 경쟁적 이데올로기들의 대립 양상이나 사회정치적 등의 여러 시각 차이로 복잡한 관계망을 이루고, 역사적 사실을 어떻게 해석할 것인가 하는 문제로 이어진다. 이 해석의 문제가 때로 역사 왜곡의 수법으로 악용되기도 한다. 입장을 달리하는 국가별로 왜곡된 바는 더욱 크다. 사소하게는 특정 역사적 사실을 지칭하는 명칭부터 다르다. 6·25전쟁만 봐도 그렇다. 우리나라 공식 명칭은 6·25전쟁이나, 북한은 조선전쟁, 조국해방전쟁이라고 부른다. 중국에서는 항미원조전쟁, 일본에서는 조선동란으로 부른다. 저마다의 입장과 시각 아래 명칭부터 달리하는데 역사해석에는 그 입장 차가 더욱 클 수밖에. 그러나 복잡한 국제 정세는 그 복잡함에 비해 목적은 매우 단순하다. 국익 우선이 그것이다. 노골적인 그 최종은 전쟁으로 인한 약탈이므로 역사를 있는 그대로 읽고 보는 것은 매우 중요하다.

지방 연극단체로부터 희곡을 의뢰 받는 경우, 소재가 특정될 때가 많다. 지역 콘텐츠 개발을 목적으로 지역 사회를 대표하는 인물, 역사적 사건이 그것이다. 그 중 인물 소재는 희곡으로 가치를 갖기에 어려운 점이 있다. 인물은 위인전으로 요청하는데, 위대한 인물의 삶을 통해 꿈과 희망을 갖도록 하는 위인전의 기능 때문이다. 위대한 인물의 삶. 면밀히 들여다보면 그런 위대한 인물은 없다. 설사 있다 하더라도 독자나 관객에게 '위대한'이라는 일방적인 시각을 강요한다. 이 시선은 '나는 의미 없는 존재'라는 상대적 박탈감, 패배의식의 불씨가 되기 쉽다. 이 같은 결점을 안고 윤봉길이라는 인물로 희곡 〈역사의 제단〉을 창작한 것은 윤봉길에 대해 전혀 다른 사실을 접했기 때문이다. 우리가 흔히 알고 있는 이름 윤봉길과 매헌이라는 호는 그가 사용한 바 없는 이름이고 호였다. 그의 이름은 봉길이 아닌 '윤우의'였고, 그의 호도 매헌이 아닌 '남산'이었다. 전 국민이 이름과 호마저 잘못 부르고 있었다. 확인할 수 없었으나 이 역시 또 다른 역사 왜곡의 방편이었는지 모른다. 남산 윤우의의 역사적 거사, 그 속사정을 들여다보고는 더욱 놀랐다. 이제까지 교과서에서 배운 것과는 배경도, 뜻이 세워진 과정도 달랐다. 남산 윤우의라는 청년이 최종까지 경험한 일에 대해 최소한의 기록을 남겨야겠다는 마음으로 시작했다.

코비드19 대응으로 국격이 상승하고 있다. 다방면에서 한류 열풍이 불고 있다. 곳곳에서 역사적 의미를 담은 행사들이 줄지어 행해지고, 몇 해 전부터 친일청산이라는 대주제 아래 많은 국가적 활동이 이어지고 있다. 바람직한 활동도 있을 것이고, 그렇지 않은 과장도 있을 것이다. 해석의 문제라며 궤변도, 이에 대항하는 언행도 있을 것이다. 사실 기록을 무대화 하여 연극제에서 갈채를 받은 것은 창작을 업으로 삼는 이에겐 과분한 일이다. 그래서 더욱 최소한의 기준 안에서 '있는 그대로의 사실'조차 제대로 알 수 없었던 우리 현실이 안타깝다. 역사극은 역사성와 문학성이라는 가치를 추구해야 한다. 그러나 '남산 윤우의'의 경우는 있는 그대로 사실을 바로 잡는 게 우선이어야 했다. 우리가 안고 있는 수많은 역사에 많은 부분이 '있는 그대로의 시각'이라는 문제를 안고 있다. 그게 현재 우리가 안고 있는 역사 문제 중 하나다. 윤우의라는 인물이 역사의 제물이 되기를 자청했던 뼈아픈 사실. 이 사실을 있는 그대로 우선 알아야 하기에 '역사의 제단'이라는 낡고 고루한 표현을 제목으로 삼는 것을 주저하지 않았다. 진부한 단어에 담긴 진정한 무게를 되새겨야 하지 않을까? 이를 변명할 수 있는 지면이 할애된 것에 감사하다.

아나키스트 단재

• 등장인물

1장 - 단재[1], 자명, 이승만[2], 요인要人[3] 6인

2장 - 단재, 회영[4], 자명[5], 종원[6], 정옥[7], 정희[8], 린선생[9], 김천우[10]

3장 - 단재, 야마모토[11], 야마시타[12], 우편국 직원[13], 정옥, 일경들, 여행객들

4장 - 단재, 투옥자 3인[14], 제복의 일경, 일경들, 간수들, 3·1운동 인파

5장 - 단재, 투옥자 3인, 제복의 일경, 일경들

6장 - 자혜[15], 수범[16], 서세충[17]

　6-1장 - 단재, 김원봉[18], 안재홍[19]

　6-2장 - 자혜, 수범, 서세충, 간수1, 2, 3, 사내

　6-3장 - 단재

7장 - 자혜, 수범, 세충, 단재, 회영, 자명, 종원, 정옥, 정희 (요인1)

• 무대

사람 키 높이의 단과 그 뒤로 이어지는 구부러진 길이 있다. 이는 여러 가지로 사용되는데, 때로는 회의장의 단상으로, 때로는 머나먼 여정의 길, 또는 비밀스러운 장소가 된다. 그 외의 바닥은 경사면이나 단차를 두어 다양한 활용방안을 모색한다.

....

단재 신채호 서거 80주년 기념공연 / 한국문화예술위원회 지원
(극단 청년극장)
※ 주석, 미주 표기

1장

임시정부 요인1이 걸어 나온다.

요인1 (인사하려다 객석 보고) 아, 네. 대한독립만세. 안녕하세요, 상하이 임시정부에서 일하는 김아무갭니다. 때가 때인지라 이름은 밝히지 않고 있습니다. (허리 숙여 인사한다) 모양은 이렇지만 눈 씻고 잘 보시면 저도 독립투삽니다. 이 동네, 독립투사분들 수두룩합니다.

여기뿐이 아니죠. 연길, 연안 쪽에 홍범도 장군이 이끄는 대한독립군, 김좌진·이범석 장군의 북로군정서군, 백두산 자락 여기저기에 거점을 둔 서로군정서군, 광복군 사령부, 대한독립단, 대한독립청년단! 곳곳에서 아주 그냥 확 그냥 막! 쪽바리, 왜놈덜을 그냥! ⋯ 뭐 가끔 독립투사들끼리 뜻이 갈려 등 돌릴 때도 있고, 종종 독립군을 가장한 왜놈 첩자도 있지만, 대부분 우리나라 우리민족 자주독립을 위해 목숨 내놓고 사시는 분들입니다. 그런 분들, 이, 삼백 명 수준이 아닙니다. 무진장 어마어마하게 많아요. 정확하게 모르긴 해도 십만 명 이상일 겁니다.

그분들 중에, 네, 아시다시피 단재 선생 얘길 하려고 이 자리에 섰습니다. 그러니까 음식물 드시면 실례가 되겠죠? 당연히 갖고 계신 손전화 이런 거 전부 건전지를 꺼내고 전원을 꺼서 가방이나 포켓 속에 넣으시구요, 대화는 끝난 이후에 나가시면서… 네, 고맙습니다.

음악이 흐른다.
요인1, 까불던 자세를 바로하고 스스로 긴장감을 차린다.

요인1 일천구백십구 년 사월십일일 대한민국 임시정부가 구성
됐습니다. 정확한 명칭은 임시의정원!

사선으로 쏟아지는 조명 아래 거대한 태극기가 2개, X자 모양
으로 서 있다.
멀쑥하게 차려입은 임시정부 요인들이 태극기를 향해 객석을
등지고 서있다.

요인2 국호를 대한민국으로 정한다. 민주공화제를 골간으로 한
임시헌장을 채택한다. 내무총장에 안창호, 외무총장 김규
식, 군무총장 이동휘, 재무총장 최재형, 법무총장 이시영,
교통총장 문창범 임명. 행정수반인 국무총리에 이승만 박
사가 추대되었음을 선포한다!

사이.

요인3 연해주 블라디보스토크에서 출범한 대한국민의회는 어
떡할 겁니까?
요인4 그래요, 그, 노령정부는 어떡할 겁니까? 정부가 2개가 되
는 거 아니요?
요인3 서울에서 수립된 한성임시정부까지 3갭니다.

요인4 나눌 게 아니라 합쳐야 합니다!

요인5 강도 일본이 갈수록 기승입니다. 통합해서 산발적인 독립
운동에 체계를 바로 세워야 합니다!

"합쳐야 합니다!", "합쳐야 하오!", "하나로 합칩시다!" 여기저
기 외치는 소리 들린다.

요인1 (방백) 불과 5개월 만에 일입니다. 3개의 임시정부가 하나
로 통합된 기간이.
하나로 통합된 정부의 대통령에도 이승만 박사가 재차
추대되었습니다.

요인2 일천구백십구 년 구월육일! 대한민국 통합 임시정부 출
범을 선포한다!

요인들, 박수를 치며 객석을 향해 돌아선다.
정장 차림의 이승만, 등장.

승만 이 사람은 학창시절 정치적 자유라는 사상을 배웠습니다.
혁명적이었습니다.
저는 청년시절 명성황후 시해 사건이 억울하고 원통하여
이를 응징하기 위해 싸웠습니다. 7년여 간 감옥살이를 하
면서 마음속에 태극기를 그리고 또 그렸습니다. 독립만을
기원했습니다.

요인5 한성임시정부 집정관총재라는 직함을 대통령이라고 번
역해 외교문서에 사용한 게 사실입니까?

요인4 이는 엄격히 헌법 위반이오!

승만   (잠시 소리 난 방향을 쳐다보다 말을 잇는다) 올해, 기미년 삼월 일일, 만세운동을 잊어서는 안 됩니다. 독립을 선언했습니다. 전국적인 만세운동으로 세계만방에 선포했습니다. 그 정신 아래 온 겨레의 염원이 우리나라 대한민국의 정부를 설립했습니다. 대통령의 자리에서 이 사람, 성실히 임무를 완수할 것을,

요인5   대한민국 임시정부의 행정수반은 본디 국무총리를 채택하지 않았습니까? 근데 대통령이란 용어를 맘대로 사용하면,

요인3   헌법을 수정하지 않았습니까?

요인4   헌법 수정 전에 발생한 사건입니다! 이건 명명백백 위반입니다!

단재와 자명, 등장한다.

승만   오랜만에 귀국해보니 시원한 것 세 가지가 있습니다. 첫째는 왕이, 임금이 없어진 것이요, 둘째는 양반이 없어진 것이요, 셋째는 상투가 없어진 것입니다. 이는 자유민주주의가 뿌리 내리기 시작한,

단재   자주성을 잃은 독립이 독립입니까?

승만   단재!

단재   친미도 친일과 다르지 않소!

승만   그건 오해입니다.

단재   독립을 위한 매진보다 임시정부 내 지휘를 놓고 분쟁이 일어날 것이라는 걱정이 눈앞에 벌어지는군요. 우당 선생의 예측이 한 치도 오차가 없음을 오늘 이 두 눈으로 확

인합니다.

곳곳에서 "뭐라고 주절거리는 거야?", "그 입 다물라!" 외치는 소리가 들린다. 분노에 찬 자명, 품에서 문서를 꺼내 읽는다.

자명 미국 대통령 우드로 윌슨 각하.
대한인 국민회위원회는 본 청원서에 서명한 대표자로 하여금 다음과 같은 공식 청원서를 각하께 제출합니다.
우리는 자유를 사랑하는 2천만의 이름으로 각하에게 청원합니다. 한국을 일본의 학정으로부터 벗어나게 해주옵소서.
완전한 독립을 보증하시면서 당분간은 한국을 국제 연맹 통치 밑에 두게 하옵소서. 반도는 만국 통상지가 될 것입니다.
한국을 극동의 완충국이자 1개 국가로 인정하게 되면 동아대륙에 침략 정책이 사라질 것이며, 동양 평화는 영원히 보전될 것입니다.
일천구백십구 년 이월이십오일 대한국 대통령 이승만.

단재 이는 분명 매국 매족의 청원이므로 그 죄상을 성토한다! 을사오적! 경술국치 합병의 괴수 박제순, 이지용, 이근택, 권중현, 이완용의 천인공노할 죄와 다를 바 없다!

요인2 조용히 하시오! 우리 모두가 추대한 대통령이오!

요인3 이승만 박사는 상해임시정부에서 국무총리로, 노령정부에서 국무급 외무총장으로, 한성임시정부에서는 집정관 총재로 임명된 어른이신데, 어찌 망발입니까?

단재 2천만 동포한테 사과문을 공표하고 자성하시오! 아니하면 난 승복할 수 없소!

요인2　독립도 하기 전에 주도권을 쟁취해 권력을 잡겠다는 야욕을 부려?

요인4　그 입 다물어! 어디서 망발이야?

요인3　누가 누구더러 망발이라는 거야? 다물어, 주둥이!

요인5　다물라, 그 입! 다물어!

자명　단재 선생님과 뜻을 같이 한 쉰네 명의 동지가 이 성토문에 서명했소. 이는 정치적 야욕이 아니라는 것을 증거합니다.

고함이 터져 나오고 책상을 치는 소리 등 장내가 웅성거리는 소리로 가득하다.

단재　나, 신채호는 사퇴하겠습니다! 전원위원회 위원장직은 물론 의정원 의원직을, 아니, … 탈퇴하겠습니다.

단재의 고함에 장내가 조용해진다.

단재　여기 계신 분들 모두 독립투사임을 모르지 않습니다. 허나 방법은 곧 뜻입니다. 꿈꾸는 독립의 방법이 다르므로 동지는 아닙니다.

승만　단재! 잃어버린 영토를 되찾아야 우리 민족을 재생시킬 수 있지 않겠나?

단재　맞는 말씀입니다, 우남… 그러나 역사를 잃어버린 민족은 재생할 수 없다는 걸 왜 모르시오. 이완용은 있는 나라를 팔아먹었으나 우남 당신은 잃어버린 나라를, 빼앗긴 나라를 되찾기도 전에 팔아먹었소!

단재, 퇴장한다. "쿵!" 문 닫히는 소리, 크게 울린다.
우두커니 서 있는 이승만과 청중들.

자명   여기 이 성토문을 정독하고 뜻을 바로 잡으시길!

자명, 들고 있던 '성토문'을 던져 흩뿌리고 퇴장한다.
요인1, 움직이지 않는 요인들 사이를 걸어가 성토문을 집는다.

요인1   1910년 8월 29일 한일병합조약이 반포되면서 우리는 나
라를 빼앗겼습니다. 요원하기만 했던 독립. 폭정에 10여
년을 시달려 온 민족이 일어났습니다.
3·1 만세 운동. 그 날의 독립선언은 수많은 사람을 독립
투사로 다시 태어나게 했죠. 하지만 그런 와중에도 일본
을 이길 수 없으니까 일본으로부터 자치권을 얻는 것이
최선이라는 자치론자들이 꿈틀거렸죠. 독립을 이룩하자
는 의견도 꾀하는 방법에 따라 갈라졌습니다.
국제 여론의 지지를 통해 독립을 이루자는 외교독립론,
교육과 산업을 발전시켜 실력을 양성해야 독립할 수 있
다는 실력양성론, 아니다, 모두 소용없다, 독립은 쟁취해
야 한다. 오직 직접적인 무력, 폭력으로 강도 일본을 무찌
르자는 무장투쟁론까지.

어느새 조명은 어두워져 요인1의 모습만 좁게 비춘다.

어느 것이 옳다고는 말하지 않겠습니다.
어쨌든 모두가 독립군이었고,
목적은 오직 하나. 독립이었으니까요.
…

역사학자이자 사상가, 문필가로서 책상 앞에만 있을 것
같은 단재 신채호 선생은 사실 무장투쟁론의 중심에 있
었습니다.

암전.

2장

정옥   "떴다 보아라 안창남[20]의 비행기 내려다보아라 엄복동[21]의 자전거,"

밝아지면, 정옥이 비질을 하며 흥얼거리는 소리다. 벽에 '동방연맹 재중국한인대회'라는 플랜카드가 붙어있다.
자명, 남장을 한 정희와 함께 등장한다.

자명   무슨 노래야?

정희   (정옥한테 경례하며) 파괴는 곧 건설!

정옥   (심드렁하게 경례 받는) 파괴는 곧 건설. (자명에게) 복동이 형을 몰라요? 전조선자전차경기대회! 강도 일본놈덜을 깡그리 제낀 엄복동 선수 형님! 진짜 몰라요? 모르시네.

자명   형님이라니?

정옥   형보다 형이니까 나한테야 당연지사 형님이지!

자명   이게 형님 아래 형한테 말버릇 봐!

정옥   (자세 고쳐 경례) 파괴는 곧 건설.

자명   (구석 바닥을 손으로 훑고는) 요즘 태도가 많이 느슨하다?

정옥   네, 비질 갑니다. 쓸어요, 청소합니다! (혼잣말로) 아무리 이역만리 타향에서 응? 이 모양 요 꼴이래지만 응? 복동이 형도 모르고 뭔 독립운동이냐고.

정옥, 구석에서 비질하는데, 갑자기 뒤에서 한 무리를 이루어 소리치듯 노래하는 자명과 그 일행들.
정옥은 그 바람에 깜짝 놀라 자빠졌다가 투덜투덜, 이내 웃으며 함께 합창한다.

함께　떴다 보아라 안창남의 비행기! 내려다보아라 엄복동의 자전거!

정옥　깜짝이야! 아이참, 알면서 능청은!

합창　간다 못 간다, 얼마나 울었나, 정거장 마당이 한강수 되거라
싫거든 두어라 너 하나 뿐이랴,
산 넘어 산이 있고 (좋다!) 강 건너 강이 있다!
떴다 보아라 안창남의 비행기, 내려다 보아라 엄복동의 자전거[22]

정옥　(신나서 주절댄다) 경기 못 봤어요? 난 딱! 제대로 봤잖아! 복동이 형, 경주 시작하면 힘 조절 들어가시거든. 처음엔 그냥 힘 빼고 달려요. 설렁설렁, 달리면서 딱! 보다가 완주까지 반 남았다 싶으면, (엉덩이를 들썩) 요거, 알지? 요거! 요로코롬 궁뎅이를 들썩! 요따구로 들었다 놔! 그럼 벌써 관중들이 알거든!

정옥, 의자에 올라가 자전거 타는 포즈로 한쪽 발만 죽어라 페달질을 하며 소리친다.

정옥　으랏차차차차! 박차를 가합니다! 속도가 냅다 빨라져! (조용히 쳐다보고 있는 일동들에게) 아녀, 반응들 차암, 응원들 안

해요?

일동 이겨라! 이겨라!

정옥 네! 엄복동 선수, 일본의 쓰메끼리를 제껴불고 앞으로 나아갑니다! 덴뿌라! 덴뿌라 쉐키도 제낍니다! (정희를 지목한다)

정희 빠, 빠께쓰 넘어졌습니다!

정옥 (페달질 하며 차례로 지목한다) 네! 빠께쓰 넘어지면서 가발이 벗겨졌습다! 아, 대머리 안타깝습니다! 애초에 벗고 달렸으면 공기저항 덜 받았을 텐데요!

자명 와, 와, 와루바시 제껴버리고! (자기 몫은 해냈다는 듯 안도한다)

종원 쓰레빠 제낍니다! 쓰레빠! 제꼈습니다! 이제 앞에 한 명,

정옥 아니 세 명 남았습니다!

자명 세명? 다음 누구야? 죽었다, 이제

자명, 낄낄대는데, 정옥이 자명을 가리킨다.

자명 나 아까 했잖아! 왜 또, 왜!

정옥 엄복동 선수, 앞에 있는 쪽바리 세 명 때문에 질 것 같습니다! 그 세 명 때문에 온 민족에 사기가 꺾여! 될 일도 안 되고! (자명을 연신 가리킨다)

자명 (주변 성화에 엉겁결에 시작한다) 아, 네 엄복동 선수, 다마네기! 다마네기 제치고! 쓰봉! 쓰봉! (전전긍긍) 제칩니다, 아! 다꽝! 다꽝!

일동 웃음보가 터진다.

자명	다꽝 제치고 선두로 나섭니다!
일동	엄복동! 일등입니다! 결승점이 얼마 남지 않았습니다! 엄복동 만세! 만세!

모두들 흥겹다.
순간, 화가 난 듯이 의자를 팽개치고 앞으로 거칠게 숨을 몰아쉬며 나서는 정옥. 모두 의아해 한두 발 물러난다.

정옥	… 그렇게 선두로, 2등보다 몇 바퀴나 빨리 달리고 있을 때였어. 쪽바리 심판 놈이 해가 졌다는 핑계로 중지를 외쳤지. 데씨23), 데씨!
종원	한국인이 1등하는 걸 막겠다는 속셈이야! 치졸하고 졸렬한 놈들!
정옥	엄복동 선순 분통을 터뜨렸어. 우승기를 꺾어 땅바닥에 힘껏 내동댕이쳤지. 그러자 쪽바리 심판 놈이 주변에 원숭이 새끼들과 합세해 엄복동 선술 두들겨 패기 시작했어. (소리친다) 엄복동이 맞아죽는다! 맞아죽는다, 엄복동이!
일동	엄복동이 맞아죽는다! (울컥 울음이 터진다) 엄복동이 맞아죽는다!

침울해진 분위기.
23세의 어린 정희, 눈물을 흘리며 낮고 느리게 노래한다.

정희	떴다 보아라 안창남의 비행기, 내려다보아라 엄복동에 자전거, 간다 못 간다, 얼마나 울었나, 정거장 마당이 한강수 되거라

사이.

안채에서 단재가 나온다.

자명　오셨어요, 선생님.

일동, 고개 숙여 인사한다.

단재　대회 끝난 지가 언젠데.
종원　그 당시 생각에 열불이 나서 그만.
단재　자전차대회 말고 저 플래카드 말이네. 첩자가 보면 큰일 아닌가.
자명　아, (후배들에게) 뭣들 해, 어서 떼지 않고.

종원과 정희, 벽에 붙은 플랜카드를 떼어 접는다.
자명은 의자를 끌어다 단재에게 내어주고, 정옥은 단재에게 차를 대접한다.

단재　부당하지. 당연하지 않은 처사니까 우승길 꺾은 게고, 우리가 여기 있는 거 아닌가.
자명　선생님. 우리 모두 선생님의 뜻을 배우고 익혀 가슴에 새겼습니다.
정옥　저는 접때 중국 대만 월남, 인도, 필리핀, 우리 조선, 심지어 쪽바리들까지,
종원　뜻이 같은 사람이면 일본인도 동지라고 선생님께서 그토록 강조하셨건만.

정옥	아! 죄송합니다. 암튼 그때 일곱 개 나라에서 무려 200여 명이 모여서 무정부주의,
자명	아나키즘!
정옥	아, 아나키즘동방연맹을 결성했을 때 말입니다. 그때 하신 말씀이 여적 얼얼합니다.
단재	그땐 불참이었는데.
정옥	아닌가요? 아니구나! 아! 엊그제 여기서 동방연맹재중한인대회 때 발표하신 그, 그,
자명	선언문?
정옥	그래, 그거! 아니, 네, 형. 그거요. 선언문.
종원	거기서 뭐?
정옥	일본 강도정치가 우리 조선민족 생존의 적임을 선언한다! 우리는 혁명수단으로 우리 생존의 적인 강도 일본을 살벌함이 바로 우리의 정당한 수단임을 선언하노라.
정희	그건, … 선생님께서 쓰신 건 맞는데….
정옥	맞는데?
종원	의열단 선언문이잖아! 동방연맹 선언문은, (우렁차게) 세계 무산민중의 생존! 동방무산민중의 생존!
정옥	그래, 그거!
자명	동서 역사에 전하여 온 제왕 강도, 야수를 옹호한 주구들이다.
종원	소수의 야수들이 다수의 민중을 유린해온 것이다.
자명	이 야수세계에서 정의와 진리가 다 무슨, (정옥을 쳐다본다)
정옥	(엉겁결에) 방귀이며,
자명	일본 제국주의 강도사회에서 문명, 문화가 무슨, (정옥을 쳐다본다)

정옥	(말하기 싫다) 또, 똥물이냐?
함께	우리 민중은 알았다. 깨달았다. 일체의 정치는 곧 우리의 생존을 빼앗는 우리의 적이니, 이제 일체의 모든 정치를, (함께 제창하지 않은 정옥을 본다)
정옥	응? 아! 부인! 네, 선생님, 부인. 아니 선생님 부인 말씀이 아니라, 물론 선생님 부인께서 미인이시긴 한데, 아니 제가 감히 선생님 부인의 미모를 평가하는 건 아니구요, 일체의 모든 정치를 부인한다. 네, 그 부인, 아, 거참,

일동 웃는다.

단재	하나만 기억하면 되네… 행동하지 않는 지성은 헛것이다.
일동	행동하지 않는 지성은 헛것이다.

밖의 인기척을 느낀 정희, 문 앞에 가 동태를 살핀다. 모두 긴장하여 숨을 죽인다.

정희	우당 선생님과 린 동지입니다.

정희, 바깥문을 열자 회영과 린빙원이 들어온다.
서로들 목례로 인사를 나눈다. 이후 정옥이 통역을 한다.

단재	고생하셨습니다, (회영에게) 가신 일은 어찌 되었습니까?
정옥	(중국어로) 오시느라 고생하셨습니다.
회영	일경들 동태가 예사롭지가 않네.
자명	언제는 안 그랬나요? 연유가 무엇인지요?

회영	김천우 때문일세.
종원	북경한인유학생회, 북경한인청년회의 집행위원 김천우 말입니까?

종원, 자명, 서로 눈빛을 교환한다.

린빙원	(중국어로) 김천우 처단 사건, 알고 있었나?
	你知不知道 关于金天宇的 处决事件 ? (ni zhībuzhīdao guānyú jīntiānyǔde chǔjué shìjiàn?)
정옥	김천우 처단 사건을 아느냐는 데요?
린빙원	(중국어로) 나석주 동지가 경제침탈의 총본산 동양척식주식회사와 조선식산은행에 폭탄을 투하하고 수십 명 일본인을 사살한 사건,
	罗锡畴 同志, 针对 日本 经济侵略的总部 东洋拓殖公司和 朝鲜 殖产 银行 投下了炸弹 , 并击毙了几十个日本人的事 件 , (lúoxīchóu tóngzhì, zhēnduì rìběn jīngjì qīnlüède zǒngbù dōngyáng tuòzhígōngsī hé cháoxiān zhíchǎn yínháng tóuxiàle zhàdàn, bìng jībì le jǐ shí ge rìběnrénde shìjian,)
정옥	나석주 동지가 경제침탈의 총본산 동양척식주식회사와 조선식산은행에 폭탄을 투하하고 수십 명 일본인을 사살한 사건, 그 배후로 김창숙 선생이 지목, 체포되고, 이후 의열단 단원 이화익과 최천호까지 체포된 바,

정옥의 통역이 진행이 되는 동안 무대 한쪽, 다른 시공간이 펼쳐진다. 핏빛 조명이 사선으로 그어진다.
그 앞을 오래도록 도망쳐온 듯 '김천우'라는 작자가 뛰어간다.

정옥 이 모든 사단이 김천우의 밀고 때문이라고 판단한 한국인, 같은 한국인 동포 김천우를 처단했다는 단서, 이를 포착한 일경 전체에 비상경보가 떨어진 상황, 그래서 당분간 삼엄할 거라는 정보… 랍니다.

이미 땀과 피로 범벅인 김천우, 거칠게 숨을 몰아쉬며 뛰다가 넘어지고 다시 일어난다.
상해임시정부 사무실 진영에 있던 종원이 어느새 김천우의 등 뒤에 나타나 육혈포의 해머를 코킹하고 방아쇠에 검지를 대고 있다.

김천우 고향 어머니가 위독하네. 더구나 내자 뱃속에 있는 아이가, 독립운동 하다 잡힌 형을 아니, 아버질 죽인다는 위협에 그만! 제발, 제발 목숨만, 제발!

종원 나, 이종원, 의열단의 이름으로 일본제국주의의 첩자 김천우를 처단한다.

김천우 이봐, 종원! 나라 주인이 누가 되던 우리야 마찬가지 아닌가! 이래 굶나 저래 죽나 똑같잖아!

격발되는 총소리, 극장을 가득 메운다.
그 소리와 함께 조명 바뀌어 '김천우' 공간은 어둠 속으로 사라지고, '상해임시정부 공간'이 도드라진다.

단재 위험은 오히려 실수를 방지하는 법이오. 포기할 수는 없습니다.

린빙원 (중국어) 다시 생각해봐. 진정 괜찮겠나?

你再考虑一下，真的 没问题吗？ (nǐ zài kǎolǜyíxià, zhēnde méi wèntí ma?)

정옥 (통역) 다시 생각해봐. 진정 괜찮겠나?

종원, 단재한테 반말하는 정옥의 뒤통수를 친다.

정옥 (종원한테) 토씨 하나 틀리지 않은 정확한 통역입니다.
단재 (중국어로) 그 무엇보다 중요한 것은 무산 계급의 진정한 해방을 이루는 사회 건설입니다.

最重要的 就是 无产阶级的 真正地 解放事业。 (zuì zhòngyàode jiùshì wúchǎnjiējíde zhēnzhèngde jiěfàngshìyè)

정옥 해방된 무산 계급의 사회 건설이 가장 중요합니다.
린빙원 (중국어로) 나 역시 바라는 바야. 내가 그걸 왜 모르겠나?

这就是 我也 愿望的。我 怎么 不知道呢？ (zhèjiùshì wǒyě yuànwàngde。wǒ zěnme bùzhīdào ne?)

정옥 나 역시 바라는 바야. 내가 그걸 왜 모르겠나? (눈치) 라고 하셨습니다.
회영 (린에게) 불순한 조선민족운동 반대! 일체의 정치운동 부정! 사이비 혁명의 허식인 공산전제의 배격! 공산당 이용주의자의 애매한 사대주의 사상의 청산! 우리의 아나키즘은 곧 독립이네!
단재 (린에게) 러시아, 독일에서 폭탄제조 기사를 불러들였고, 여기 북경 근처에 폭탄과 총기공장을 건설하고 있습니다. 앞으로 대관 놈들을 암살하고 놈들의 기관건물을 파괴해야지요! 동방연맹의 기관지 『동방』을 영어, 일본어, 중국어는 물론 열강국가의 언어로 번역하여 세계 각국에 배포해야 합니다.

모두가 정옥을 쳐다본다.

정옥   (당황한다) 요약하면 엄청난 돈이 필요하다 그겁니다. 아니, (중국어로) 요약하면 엄청난 돈이 필요하다 그겁니다.

简单的说，我们 需要 很多钱。(jiǎndānde shuō, wǒmen xūyào hěn duō qián。)

린빙원   (중국어로) 그렇겠지. 허나 방약이 문제네. 자금 조달 방약이.

是的，问题就是需要一个筹钱的方案。(shìde, wèntí jiùshì xūyào yíge chóuqiánde fāngàn。)

정옥   그렇겠지. 허나 방약이 문제네. 자금 조달 방약이.

단재   (중국어로) 묘안이 하나 있습니다.

我有个好主意。(wǒ yǒuge hǎozhǔyì。)

정옥   묘안이 하나 있습니다.

린빙원   (중국어로) 그래? 뭔데? 어서 얘기해봐!

是吗？是什么呀？快说吧！(shìma? shì shénmeya? kuàishuōba!)

정옥   그래? 뭔데? 어서 얘기해봐!

자명이 정옥의 뒤통수를 친다.

자명   또 반말! 그 정돈 우리도 다 알아들어!

단재와 회영을 중심으로 작전을 도모하는 저들의 모습, 낮은 조도로 희미해진다.

정희, 머리 모양 하나 바꾸어 요인1로 변신, 회의 진영에서 빠져나와 관객 앞에 선다.

정희   6명의 정승과 2명의 대제학을 배출한 명문대가, 삼한갑족의 후손 우당 이회영 선생이 전 재산을 독립자금에 보탰지만, 지금 돈으로 1조 원 가량 되는 그 돈도 바닥이 난 상태였습니다. 자금난에 허덕이며 독립운동의 활로를 찾는 중에 린빙원 선생을 만났던 겁니다.

당시 동아시아는 외국환 해외 송금이 우편국 업무였습니다. 린 선생이 북경우편사무관리국에 근무한다는 것을 알고 '외국환 위조'라는 계획을 생각할 수 있었던 거죠. 해외로 송금한 것처럼 위조한 문서를 우편국에 반입하고, 해당되는 각각의 지역 우편국에서 현금으로 인출하는 방법이었습니다.

다시 밝아지는 '단재, 회영, 린빙원 등의 회의 진영'

단재   여기 북경의 화베이물산공사에서 발행한 외국환을 다이렌과 뤼순의 우편국에 총 4천 원 발송합니다. 수령인 임병문. (린빙원 선생이 거수하여 자신의 임무임을 신호한다) 타이난에 2천 원, 수령인, (종원에게) 본명을 써도 괜찮겠나?

종원   물론입니다. 일본놈들한테 드러나지 않아 가명이나 다름없으니까요.

단재   타이난 수령인 이종원. 그리고 타이베이 우편국과 지룽의 우편국에 각각 2천 원, 총 4천 원을 발송합니다. 신쥬국

우편국에 2천 원, 총 1만 4천 원.

무대 일각의 정희.

정희 1928년엔 쌀 한 가마가 13원, 시내버스가 7전이었죠. 그러니까 당시 1원의 가치는 물가 비교가치까지 더해 대략 현재에 견주어 3만 배, 아니 6만 배 이상이었습니다. 그러니까 1만4천 원이면 6억 원 이상이 되는 셈이죠.

회의 진영.

단재 수령인 유문상과 유맹원.

회영 단재. 유문상과 유맹원은 자네 가명 아닌가? 몸소 행하기엔 너무 위험해.

단재 늙은 몸이라 의심이 비켜갈 겁니다.

회영 우리 독립군에게 죽음은 마지막 행동일세. 허나 자네는 정신이 행동 아닌가. 몸이 잡힌다면 정신이라고 온전하겠는가?

단재 지금까지 글로, 사상으로 투쟁을 독려해왔습니다. 더 이상은 아니 됩니다. 이제 행동해야합니다.

회영 수많은 젊은 독립투사들 죽음을 안타까워하는 마음, 내 모르는 바 아니네만.

단재 우당 선생님… 다시 뵙겠습니다.

회영 … 이 세계 어느 누가 단재의 뜻을 꺾을 수 있겠나… 꼭 다시 만나세.

단재와 회영, 악수를 한다. 종원, 린빙원도 다른 이들과 악수를 나눈다.

소변이 마려워 화장실을 갈까 말까 안절부절 하는 정옥, 자명의 눈치에 별 수 없이 머문다.

회영의 손짓에 자명이 카메라를 들고 나와 자리를 잡는다.

자명 혁명 과업 성공을 기원하며 기념사진을 찍겠습니다.

모두 자리를 잡고 선다. 한쪽에서 쭈뼛거리는 정희에게 다가와 마주서는 단재.

단재 독립은 결과지만, 독립운동은 과정이네. 여기 모두가 늘 죽음을 준비해. 그러니까 항시 용모를 단정히 하면 좋지. … 오늘이 마지막이란 마음으로 말이야.

단재, 정희의 모자를 똑바로 씌워주고 함께 사진 대열에 가 선다.

자명 자, 찍습니다. 하나, 둘, 셋!

타이머를 맞춰놓고 얼른 대열에 합류하는 자명. 이내 찰칵 소리와 함께 플래시 불빛이 번쩍이며 암전된다. 정옥, '쌀 거 같애!, 나 진짜 급하다구'를 소리 없이 입 모양만으로 투덜대다 결국 플래시가 번쩍인 직후 어둠 속에서 "아! 쌌다!"를 외친다. 연이어 이들의 흑백 사진이 스크린에 투사된다. 음악이 고조된다.

3장

객석 앞으로 다가서는 요인1,

요인1 린빙원 선생은 다이렌과 뤼순이라는 곳에서 4천 원을 인출해 한국으로 갑니다만 결국 체포되고 맙니다. 이를 모른 채 단재 선생은 작전을 수행하기 위해 중국인으로 위장하죠.

한쪽에서 단재, 중국인의 복장을 입고 거울을 보는 듯 선다.

요인1 북경을 떠나 일본을 거쳐 최종 목적지인 타이완 지룽 항으로의 여정을 시작합니다. 1928년 5월5일, 일본 모지 항에서 고슌마루라는 배에 승선하죠.

뱃고동 소리 들리고, 음악이 더욱 고조된다.
고슌마루 호에서 하선한 수많은 여행객들이 어지럽게 걸어 다닌다. 사복의 일경들과 제복 차림의 일경들이 검문검색을 하듯 여행객들을 하나하나 확인한다.
단재, 그 사이를 민완하게, 주변 눈치를 살피며 간다.
일경의 검문과 마주치는 단재, 일경들 요구에 신분증을 제시한다.
사복 일경은 잠시 신분증과 얼굴을 확인하고는 그냥 보내준다.
단재가 퇴장하고, 일경은 서로 눈짓으로 신호를 주고받으며 그 뒤를 따라간다.

음악이 고조된다.
다른 곳에서 재등장하는 단재, "지룽우편국基隆郵便局"이라는 간판 아래, 창구로 간다. 아래의 외국어 대사들은 스크린에 그 자막이 투사된다.

직원 (중국어로) 용무가 무엇입니까?

您要办理什么业务? (nín yào bànlǐ shénme yèwù?)

단재 (중국어로) 북경의 화베이물산공사에서 송금한 외국환을 인출하려고 합니다.

我要提取北京华北物产公司发的外汇 (wǒyào tíqǔ běijjīng huáběi wùchǎn gōngsī fāde wàihuì。)

직원 (중국어로) 성함이 어떻게 되시죠?

您贵姓？(nín guì xìng？)

단재 (중국식 발음으로) … 유문상. (yōu mén shàng)

잠시 주변을 돌아보는 단재, 다시 창구를 쳐다본다.
여직원이 사라지고 없다. 낌새가 이상하다. 덜컥 놀란 가슴으로 뒷걸음질을 친다. 등 뒤에 '야마모토 경부보'와 '야마시타 경부'가 등장, 양 옆으로 대열을 맞추어 선 일경이 소총을 겨눈다.

모토 시채호! 모하야 민조쿠오 우라깃테 추우고쿠진니키카 시타노카?

자막 : 신채호 선생! 이제 민족을 배반하고 중국인으로 귀화하셨소?

시타 초오센진 야로오도모, 도쿠리츠운도오 코지츠니, 사이스 테키니와 네라우노와 오카네데아루? 세에토오나 호오호 오데 카치톳테코소, 신노도쿠리츠데와나이카?
자막 : 조센징 놈들, 독립운동을 빌미로 결국 노리는 게 돈이야? 정당한 방법으로 쟁취해야 진정한 독립 아닌가?

모토 코레데 이누, 부타, 초오센진와 호라나케 베바나라나이토 잇타! 나호시테
자막 : 이래서 개, 돼지, 조센징은 패야 된다고 했잖아! 체포해!

단재 (중국어로) 내 이름은 유문상이다! 나는 사업가로서,
我的名字叫 我是个企业家 (wǒde míngzi jiào yōu mén shàng! wǒshìge qíyèjiā。)

일경들이 휘두르는 소총 개머리판에 맞아 단재, 쓰러진다. 동시에 조명 꺼진다.

모토 하여간 민족 전체가 거짓말엔 소질이 없다니까.

슬그머니 나타나는 정옥, 눈치를 보며 야마모토 경부보한테 인사한다.

모토 고쿠로오사마!
자막 : 수고했다.

시타 마다 쇼오타이가 바레나캇타노?

	자막 : 아직 정체가 밝혀지지 않았지?
정옥	네, 아직.
시타	(웃는다) 신채호가 징역 가서 불면 탄로가 날 테지.
모토	핫카쿠사레루마에 마데도오스루?
	자막 : 발각되기 전까지 어떻게 한다?
정옥	사이젠 오츠쿠시마스
	자막 : 최선을 다 하겠슴다!

야마모토와 야마시타, 낄낄거리며 비웃는다.
야마시타가 고개를 끄덕여 신호하자, 지룽우편국 직원이 외국
환 2천 원을 정옥에게 건넨다.

| 정옥 | (허리 숙여 인사하며) 감사합니다, 진심으로 고맙습니다. 아픈 어미 약도 사고, 누이 결혼도 시키고, 갓 태어난 아들 네미도…. (흐느낀다) |

야마모토, 정옥의 어깨를 감싸 한쪽으로 데려간다. 조명, 좁아진다.

모토	왜 울고 그래? 설마 동지들을 배신했다는 죄책감 때문은 아니지?
정옥	네, 결코 그런 것 때문은 아닙니다.
모토	그래, 그래, 그래야. 나라를 위해 죽는 것만 의미가 있고 가족을 위해 내 한 몸 던지는 게 의미가 없는 건 아니니까. 옛날부터 수신제가치국평천하라 하지 않던가. 집안 단속을 한 후에 나라를 세우는 것이지. 가족이 다 죽게 생겼는데 어찌 나라를 건사하나? 안 그래? … 그러니까 그

누구도 자네를 나쁜 놈이라고 할 수 없네. 무슨 일을 하든 지 믿음이 중요해. 도둑질도 저게 내 물건이다라는 믿음이 없어서는 성공할 수가 없는 법이야. 그러니까 가족을 건사하기 위해 내가 하는 모든 일을 옳다는 믿음으로, 정정당당하게 임하도록. 알겠나?

정옥　네, 알겠습니다!

정옥, 어둠 속으로 사라지고, 그 자리에 야마시타가 들어서서 야마모토와 함께 미소 짓는다.
또 다른 곳의 좁은 조명 안에 들어서는 요인1.

요인1　단재 선생은 체포되고도 한동안 중국인이라고 증언했습니다. 일본어나 한국어는 전혀 할 줄 모른다며 버텼죠. 하지만… 일경이 중국인 앞잡이를 내세웠고, 결국… 신원이 밝혀집니다.

4장

제복의 일경이 생각에 잠겨 호젓하게 거닌다.

제복   하지메테!
        자막 : 시작해.

제복의 말이 떨어지자, 고문실이 드러난다.
조명으로 구분한 고문실이 횡렬로 4개[28], 나열되어 있다. 앞에 염산이 든 병 하나가 비치되어 있다. 간수 2명이 독립군들을 동시에 고문한다. 이미 독립군들은 피폐해진 모습으로 피 범벅이다.

1번 방은 사람 모양의 형틀에 독립군[29]을 묶어 놓고 물을 먹이고 솟아오른 배를 발로 밟는다. 2번 방은 책상 위에 올린 독립군의 손, 손톱에 대나무를 찔러 넣는다. 3번 방은 관처럼 생긴 상자에 밀어 넣고 발전기를 돌려 치익, 칙 거리며 불꽃이 튀는 전선을 관 속에 넣어 감전시킨다. 4번 방은 여자 독립군을 의자에 묶어놓고 음부에 나무를 때려 박는다.
비명 소리는 들리지 않는다. 간수들의 힘에 부친 헐떡이는 숨소리만 들린다.

제복   (뇌까린다) 다물단 단장이 누굽니까? 의열단의 배후가 누굽니까? 조선 놈들 동방연맹 근거지가 어딥니까? 신채호, 이회영, 김원봉 거처가 어딥니까?

그렇게 한동안 시간이 흐르는데, 1번 방의 간수2가 소리친다.

간수2 시니마시타!
자막 : 죽었습니다!

간수1 바코!
자막 : 상자!

간수2가 작은 상자를 가져와 간수1과 함께 죽은 독립군을 우겨넣는데, 잘 들어가지 않는다.

간수1 모오미가 카타쿠테 하이라나이 데스
자막 : 이미 몸이 굳어서 들어가지 않습니다!

제복 손나토키니 츠카에토 엔산가 하이비사레타 모노다
자막 : 그럴 때 쓰라고 염산이 배치된 것이다.

간수1 하이!

간수1은 염산을 죽은 독립군의 뻣뻣한 다리에 부어 강제로 꺾는다. 연기가 피어오르고 우두둑 뼈가 비틀어지고 녹아 접힌다. 그렇게 독립군을 꺾고 접어서 상자에 넣고 못을 쳐, 상자를 봉인해 내간다.

제복의 신호에 일경 2인이 단재를 끌고 나와 의자에 앉힌다. 둘은 단재 등 뒤에 선다.

단재, 피 범벅에 흉측할 정도로 초췌한 모습이다.

제복   (객석을 향해) 쇼쿠지와… 시마시타?
            자막 : 식사는… 했습니까?

단재 등 뒤에 선 일경1이 엉겁결에 대답을 대신한다.

일경1   타베타가, 젠부 하이테 시마이마시타
            자막 : 먹었으나 전부 토하고 말았습다!

제복이 일경1을 신경질적으로 쳐다보자, 일경2가 일경1의 따귀를 후려친다.

제복   단재 선생님. 그 많은 돈을 어디에 쓰실 계획이셨습니까?
단재   물 좀 줘.
제복   북경 어디쯤이죠? 조선인 동방연맹 근거지 말입니다.
단재   모른다. 기억이 나지 않아.
제복   기억을 되찾게 도와드려야겠다!

일경2가 단재의 허벅지를 해머로 장작 패듯 서너 차례 내리친다. 신음도 없다. 고통으로 일그러지는 표정도 없다. 오히려 내려친 일경의 호흡만 거칠 뿐이다.

제복   국제위체를, 외국환을 사기해서 어디에 쓰실 계획이었소?
단재   잡지를 발간하여 동지를 규합하고 동방연맹 사업 자금으로 쓸 계획이었다.

제복　신채호. 당신은 민족의 어른 아닙니까? 그토록 염원하는 독립을 이루겠다면서 비루하고 비천한 사기행각이 웬 말입니까?

단재　강도들 화폐로 강도들한테 약탈당한 주권을 되찾는 것은 으뜸의 전략이다.

제복　(웃는다) 후학들이 보고 뭘 배우겠습니까? 부끄럽지 않아요?

단재　부끄러움? 털끝만큼도 없다. 일본제국주의 앞잡이 입에서 별 소리를 다 듣는구나.

일경2가 또 다시 단재의 허벅지를 해머로 내리친다.

제복　지금부터 사실 관계를 확인해주셔야겠습니다. 박재혁, 최수봉, 김익상, 김상옥, 김지섭, 나석주, 모두 의열단 단원이지요?

단재　모르는 이름들이다.

제복　박재혁, 부산 경찰서에 폭탄 투척
　　　　최수봉, 밀양 경찰서에 폭탄 투척
　　　　김익상, 조선 총독부에 폭탄 투척
　　　　김상옥, 종로 경찰서에 폭탄 투척
　　　　김지섭, 일본 도쿄에서 황궁 앞 이중교에 폭탄 투척
　　　　나석주, 조선식산은행, 동양척식주식회사에 폭탄 투척
　　　　이 만행들! 네놈이 조정한 결과가 아니란 말이야?

단재　난 모르는 일이다.

일경2, 수도 없이 해머로 단재의 허벅지를 친다. 그 사이 일경

1이 문서를 읽는다.

일경1   (보고 읽는다) 이름 신채호
18세, 성균관 입학, 독립협회운동에 가담
22세, 문동학원 강사로 계몽운동
25세, 산동학원 설립, 신교육운동
26세, 성균관 박사 이수, 그러나 관직을 거부하고 '황성신문' 논설 집필
27세, '대한매일신보' 주필로 시국론, 역사론 집필, 항일언론운동 전개
이때까지 쓰고 발표한 글은,

제복   그만!

해머를 내리치던 일경2와 문서를 읽던 일경1, 모두 멈춘다.

제복   글 따위, 뭐가 대수라고, 그깟 걸로 무슨 일을 한다고 일일이 읊어? 글이란 게 읽어야 힘을 쓰는 건데, 조선 놈들 글 읽는 거 봤어? 행동에 대한 것만 읊으란 말이다! 행동! 이리 줘!

일경1의 손에서 문서를 뺏어 직접 읽는다.

제복   28세, 항일비밀결사단 신민회 조직
30세, 신민회 방계조직 청년학우회 발기
31세, 중국 망명, 러시아령 블라디보스토크에서 광복회 조직, 부회장 활약

32세, 상해로 이주, 박달학원 설립
39세, 북경에서 대한독립청년단을 조직, 단장
상해임시정부 임시의정원 의원, 한성정부 평정관, 전원위
원회 위원장에 선출
42세, 의열단 선언문 〈조선혁명선언〉 발표, 국민대표회의
에서 활동
44세, 무장불법단체 다물단 조직
45세, 동아시아 무정부주의자 연맹, 동방연맹에 가입
49세 현재, 외국환 위조사건으로 체포, 여기 뤼순 감옥에
투옥
이 기록이 하나도 틀린 게 없음을 인정하고 여기 서명날
인 하시오!

단재   나보다 나를 더 잘 아는구나. 요망한 것들.

제복   서명하란 말이야, 서명!

단재   역사도 조장하는 놈들이 내 서명 따위가 왜 필요해?

제복   다물단 단장이 누구야? 의열단의 배후를 불어! 조선 놈들
동방연맹 근거지가 어디야? 김원봉, 이회영의 거처를 대!
어서!

단재   네놈이 나, 신채호 전문가 아니더냐? 그러니 네놈이 답을
하거라.

제복   (일본어로 소리친다) 다신 걷지 못하게 조져!
아루케나이 요오니나굿테!

일경2가 다시 해머 질을 시작한다. 일경1도 또 다른 해머를 집
어 번갈아가며 내리친다.

일경1 정신을 잃었습니다!

키오우 시나이 마시타

제복 끈질긴!… 처박아!

일경1, 2가 단재를 의자에서 끌어내 바닥에 내동댕이친다.

제복, 잠시 단재를 쳐다보다 일경1, 2를 이끌고 차갑게 퇴장한다.

5장

단재의 뒤편으로 병렬 배치된 고문실 4개가 희미하게 밝아진다. 3번 방 관의 뚜껑이 열리고 그 속에서 사내가 일어나 관에 걸터앉는다. 2번 방, 책상에 엎드려 있던 사내는 고개를 들고, 4번 방, 만신창이가 된 여성 독립군은 비틀비틀 객석을 향해 돌아앉는다. 1번 방은 비어있다.

3번   이봐요, 선생.

4번   정신 차려요. 안 그럼 죽습니다.

2번   손바닥에 침을 뱉어 그거라도 빨아 잡수. 아니면 손가락을 빨던지. 그래야 살아.

단재, 힘겹게 일어나 앉는다.

4번   … 어쩌다 이렇게 나라가 망한 건가요?

3번   이게 나라야? 대답해보시오!

2번   선생은 독립운동의 3대 거물 아니시오! 왜 이렇게 됐는지 잘 알 거 아닙니까? 대답해 보란 말이오!

단재   … 봉오동 전투를 기억하나?

2번   봉오동으로 쳐들어온 일본군 1개 대대를 홍범도가 해먹은 전투 아니요!

3번   누가 들으면 홍범도 혼자 한 줄 알겠소.

2번	아니 홍범도가 대한독립군 애들 데리고. 일본군 백쉰일곱을 저승 보내고 200명 넘게 병신 만든 전투를 모르면 한국인이 아니지.
3번	모르면 일본놈도 아니야. 열 받은 일본놈들이 5천 명을 기관포, 대포로 중무장시켜 또 보냈잖소!
2번	그래서 김좌진이가 홍범도랑 합세해서 싹 다 죽였지. 백운평으루, 어랑촌으루, 여기루 저기루 유인해서 일주일동안 열 번도 넘게 싸웠어!
단재	천이백 명이 넘는 일본군을 척살한 청산리 대첩까지 모두 1920년 일이지. 그 힘이 어디서 왔겠나? … 일천구백십구 년 삼월일일.
4번	똑똑히 기억합니다. … 오후 2시, 종로구 인사동 태화관에서 시작된 3·1만세운동! 민족 대표 서른세 명. 맨 앞에서 만해 선생이 독립선언서를 낭독했어요!

녹음된 만해[30]의 '기미독립선언서' 낭독 음성이 들린다.

만해	(소리만) 우리는 여기에 우리 조선이 독립된 나라인 것과 조선 사람이 자주 국민임을 선언하노라.
4번	사람들이 모여들기 시작했죠.
만해	(소리만) 오늘 우리 민족의 거사는 정의, 인도, 생존, 번영을 찾는 겨레의 요구이니, 오직 자유의 정신을 발휘할 것이다. 질서를 존중하고, 우리들의 주장과 태도는 공명정당하게 하라.

고문실 뒤편으로 드넓은 무대가 3·1운동 회상 공간으로서 어

슴푸레 밝아진다. 그 공간에 하나 둘, 사람들이 모여든다.

만해 (소리만) 나라를 세운지 사천이백오십이 년 되는 해 삼월 초하루

4번 사람들이 만해 선생의 선창에 따라 대한독립만세를 외쳤어요! (소리친다) 대한독립 만세! 대한독립 만세!

어느새 3·1운동 회상 공간을 가득 메운 사람들.

인파 대한독립 만세! 대한독립 만세!

4번 어느새 몰려와 포위를 하고 있던 일본 경찰들이 단상에서 내려온 만해 선생을 체포했어. 그러자 사람들이 일어나기 시작했어요!

인파들이 품에서 태극기를 꺼내 흔들며 일제히 외친다.

인파 대한독립 만세! 대한독립 만세! 대한독립 만세! 대한독립 만세!

복받치는 설움에, 감격에 겨워 통곡하듯 외치는 인파 속의 사람들.
고문실 투옥자들도 함께 울부짖으며 외친다.
한동안 귀가 찢어질 듯이 들리는 "대한독립 만세!"
총소리, 호각 소리, 일본어로 "조선인들 전부 잡아 처넣어! 쏴 갈겨!" 악쓰는 소리가 들린다.
끝으로 마지막 총성이 울리면서 회상 공간은 어둠 속으로 사라진다.

고문실의 3인과 단재의 모습만 보인다.

단재 그렇게 시작된 3·1 만세운동은 이틀 만에 함흥으로, 해주로, 수안, 강서로 번졌지. 사흘째엔 예산, 개성, 곡산, 통천까지, 며칠 뒤엔 온 나라가 만세를 외쳤어… 전 세계가 놀랐지. 열강국들의 지배를 받던 동아시아 곳곳에서 3·1 만세운동 하듯 독립을 외쳤네.

3번 3·1 만세운동이 수출이 됐다는 얘기가 그 얘기군.

2번 수출이라니?

3번 중국에서 같은 해 5·4운동이라고 아주 똑같이 했다잖수.

2번 하여간 비단장사 왕서방 떼놈들, 별 걸 다 베끼고 본 뜨고!

3번 인도도 3·1운동 소식을 듣고 지들 독립운동을 대대적으로 준비하고 있대요.

단재 인도뿐인가? 필리핀에 이집트까지 모두 우리의 독립운동을 흉내내고 있네. .

2번 하여간 발 없는 말이 빠르. 아니, 무진장 멀리 간다니까!

3번 인도 독립 만세! 필리핀 독립 만세! 이집트 독립 만세! (웃는다) 그랬겠지?
(웃음 거두고) 원제길, 이쪽은 아주 전부 식민지구만.

4번 만세 소리를 들으면 꼭 불 난 것 같애. 그때가 선해요. 불길 번지듯 온통 태극기가.

3번 죽기도 많이 죽었지. 곳곳에서 일본 헌병 놈들이 무차별 사격을 해댔으니까.

2번 2백만 명이 넘게 만셀 불렀는데 만 명이나 총칼로 죽였어! 학살이야!

3번 죽은 거야 죽었으니 속이라도 편하지! 살아서 병신 된 것

	들은 어쩌구? 그것들까지 합치면 3만이 넘을 거야!
2번	병신된 것들이야 병신으로 살면 되지!
	체포당해서 앞으로 병신이 되거나 죽을 애들은 어쩌구?
4번	우리처럼?
2번	그래, 우리처럼! 우리까지 안 쳐도 통 털어 5만, 아니 7만이 넘어!
단재	… 3·1 만세 운동으로 우리 민족은 확신을 한 거야. 그 이후로 결성된 독립군들이 일본군을 부수고부수고, 또 부수고.

잠시 원통한 마음에 모두 입을 열지 못한다.
3번 사내가 화가 치밀어 관을 걷어찬다.

3번	그래서 아니, 그러니까 왜 이 나라가 망한 거요?
2번	왜 망했냐는데 뜬금없이 3·1 만세 운동 얘기나 꺼내고.
3번	말 돌리는 거 먹물들 수법 아니요? 자기도 모르니까 여기서 이 꼴인 게지!
단재	… 나라를 빼앗긴 이유야 간단하지 않나. 힘이 없으니까 빼앗긴 게지.
4번	나라를 되찾으려면, 도로 찾아오려면 무엇을 어떻게 해야 하죠? 단재 선생님… 역사를 읽으면 되나요?
단재	역사를 읽는다고 나라가 찾아지겠나?
4번	역사를 알아야 한다고 선생님께서 그러셨잖아요!
단재	왜곡된 역사를 읽으면 나라를 미워하고 올바른 역사를 읽으면 나라를 이해하고 사랑하게 될 뿐이지. 그게 시작이지만, 그게 시작이 되어야 하지만.

4번	영웅이 나타날 때까지 기다려야 하나요? 아니 영웅을 길러내야 하나요?
3번	나라가 쑥밭인데 어디서 무슨 수로 영웅을 길러냅니까?
4번	말씀하신 대로 우리 모두가 영웅이 되면 되나요?
3번	개소리하고 있어! 이렇게 갇혀서 무슨 영웅이야!
2번	안 해봤어? 우리 모두가 영웅이 되겠다고 안 나섰어? (소리친다) 강도 일본이 우리의 국호를 없이 하며, 우리의 정권을 빼앗으며, 우리의 생존적 필요조건을 박탈하였다. 독립을 못 하면 살지 않으리라.
3번	(소리친다) 이제 폭력, 암살, 파괴, 폭동의 목적물을 열거한다. (더욱 악) 조선총독급 각 관공리! 일본천황급 각 관공리! 첩자! 정탐노예! 매국놈! 적의 일체 시설물!
4번	폭력은 우리 혁명의 유일 무기이다. 우린 폭력, 암살, 파괴, 폭동으로써 강도 일본의 통치를 타도한다! 인류로써 인류를 압박치 못하며, 사회로써 사회를 박삭치 못하는 이상적 조선을 건설할지니라.
3번	젊은 청년들 죄다 독립군에 입대시켜서 목숨 바쳐 싸우게 했잖아! 죽어나가는 젊은 애들한테 더 이상 할 말이 없으니까, 직접 영웅 노릇하려다 이렇게 된 거, 모를 줄 알아?
단재	(소리친다) 그만! 그만! … 힘이 없어 박탈당한 자유, 힘을 내서 싸워야 한다는 건 만고불변의 진리야!
2번	근데? 독립운동 지도층에 분열이 일어났나? 누가 배신했어?
단재	배신과 분열, 변절자까지도 우리가 싸워야할 적일뿐이야.
4번	선생님. 선생님은 처음부터 실력양성론을 반대했어요. 힘

이 없으니 힘을 키워야 한다고, 산업과 교육을 일으켜 실력부터 키워서,

3번 우선 살아서, 살아남아서 독립을 이루자는 패를 비난했어.

단재 그렇게 사는 건 살아도 산 게 아니니까. 강해진다는 건 육체가 아니라 정신의 문제니까! 우리 스스로 강해져 일본 제국주의 침략을 이길 수 있다는 희망이 있으니까!

2번 정신? 그러면서 한두 명의 영웅이 나타나길 기대하셨나?

4번 그 나라 인민의 용기와 용맹은 먼저 깨달은 한두 명의 영웅이 나타나 파도를 치게 해야 한다! 그렇게 시작되는 것이다![31]

단재 민족은 하나야, 한 몸통! 몸통이 물에 빠졌으면 머리든 팔이든 다리든 나가려고 용을 써야지! 그렇게 용을 쓰고 살겠다는 의지를 시작하는 게 영웅이야.

2번 이웃나라 전부 식민지화 시켜 온통 제들 세상 만들겠다는 제국주의에 맞설 영웅이 나타난다는 거, 환상 아닙니까? 설사 나타났다 칩시다! 그 영웅을 중심으로 뭉치면? 영웅은 명령만 하고 나가서 총알받이로 돼지는 건 젊은이고?

3번 그 영웅이 군주가 되고 그 군주가 폭군이 되면? 폭군의 탄압 착취는 제국주의 탄압, 착취랑은 달라? 그 따위 영웅주의를 설파하겠다고 밑밥으로 민족주의를 깔았던 거야? 민족 운운 하면서 젊은 애들 폭탄 들고 뒤져라 조정한 거야?

2번 씨발, 민족주의가 국가주의가 되고 국가주의가 제국주의가 되고 제국주의와 맞서 다시 민족주의를 일으키고! 영웅이 나타나고! 다시 국가주의가 되고!

4번   … 민족의 아버지가 되고 싶으셨나요? 아들 하나 건사하지 못해 죽이고 민족의 아버지를 자처하시나요? 지금의 아내한테서 태어난 두 아들은 아니, 얼굴은 아시나요? 아버지로서, 남편으로서 무엇을 해줬죠? 해준 건 있나요?

호각 소리가 들린다.

4번   단재 선생님… 당신은 민족주의잡니까?

호각 소리와 함께 제복과 일경들이 들어온다.

제복   이 괴뢰 새끼들, 첩보를 알아내겠다고 그렇게 간청해서 기회를 줬더니 허튼 소리로 시간을 보내? 다물단과 의열단 배후가 누구야? 조선 놈들 동방연맹 근거지며 김원봉, 이회영의 거처가 어디냐고?

일경들이 고문실의 2번, 3번, 4번 투옥자를 곤봉으로 마구 후려친다. 일경들의 곤봉질이 더욱 거세진다.
단재, 일어나 힘없이 걷는다. 내면의 세계로 들어가는 듯 일경과 투옥자들을 떠나 걷는다.

단재   … 그래, 나는 민족주의자였다. 1876년, 사리사욕에 눈 먼 고위 관료들이 우리 조선의 문을 부수어 나라의 수많은 이권을 팔아치우는 걸 보고 반드시 나라를 지키겠노라 결심했다. 쓰고 또 썼다. 을사늑약이 체결되고 나는 이 날을 목 놓아 통곡했다. 고종 황제가 독살되고 나는 이 나라 이 민족의 해방을 위해 새로운 사상이 필요하다고 생각했다. 군주와 국가를 분리시켰다. 영웅 주장은 계몽이었다. 우리도 동양인이라며 동양주의를 외치는 놈들 속셈을 알고 있었다. 세계주의를 외치는 놈들 정체를 꿰뚫어보았다.

약육강식의 원칙을 내세우는 저 강도들! 전체주의를 쫓는 저 매국노예들!

안과 밖으로 싸워 이겨야 해방이 온다고 나는 믿었다. 나, 신채호는 민족주의자였다.

바람이 거세게 부는 소리.

단재, 망연히 서 있고 음악이 쏟아진다.

저 멀리 아내 박자혜와 장남 신수범, 강추위에 몸을 사리며 걸어오고 있다.

단재   아들아. 아내여.

음악이 울려 퍼진다.

느리게 암전.

6장

다시 밝아지면, 수범, 여인숙에서 나온 듯 뛰쳐나오고, 그 뒤를 박자혜가 쫓아와 잡아 세운다.

자혜 수범아, 그런 소리 어디서 들었어?

수범 두범이한테.

자혜 두범인 어서 들었대?

수범 사실이에요? 나한테 형이 있었던 게 진짜에요? 그 형이 굶어죽었어요?

자혜 아니야.

수범 그래서 우리도 결국 굶어죽을 거래.

자혜 아니야. 아니라니까!

수범 죄송해요, 어머니.

자혜 괜찮아. (수범이를 끌어안는다) 엄마가 아니라 그랬으니까 수범이 네가 두범이 그런 쓸데없는 소리 못 듣고 다니게 단속해야 한다. 알았지?

수범 네… 근데 아파서 누워 있으면서 두범인 어디서 들었는지 자꾸 이상한 말을 해요, 엄마가 둘째 부인이고 첫째 부인한테 태어난 내 형이 있었는데, 굶겨 죽였다고. 그래서 첫째 부인을 쫓아내고 엄마랑 다시 결혼한 거라고.

자혜 수범아…!

수범 그치만 전 괜찮아요. 우리 엄마가 둘째 부인이라고 그래도, 그게 진짜든 가짜든 전 괜찮아요. (울먹인다) 우리 엄만 옛날에 왕궁에 살았고, 숙명여학교도 다녔고, 병원에서 일했고, 우리나라 독립을 위해 의사 선생님들, 간호사 선생님들이랑 뭉쳐서 대한독립만세를 외쳤으니까요! 나한테 형이 있었든 없었든, 형을 굶겨 죽인 게 정말이든 아니든 전 괜찮아요. 우리 아빠 역사학자고, 우리 아빠 독립운동가고, 우리 아빠, (걷잡을 수 없게 울음이 터진다) … 아빠 얼굴이 생각이 안 나요! 아빠가 어떻게 생겼는지 모르겠어요. 분명히 보고 기억한다고 했는데, … 기억이 안 나요!

자혜, 수범을 끌어안고 함께 운다.
뒤에 세충이 나타난다.

세충　엄마가 간우회라는 이름 아래 의사랑 간호사를 하나로 뭉치게 했단다. 3·1 만세 운동 때 엄청나게 활약을 하셨지. … 아빠 얼굴이 생각나지 않거든 거울을 보거라. 우리 수범이가 아빠를 똑 닮았으니까.

자혜, 뺨을 훔치며 일어나 목례를 한다.

자혜　면회 신청은 어찌 되었나요?
세충　시간이 좀 있습니다. 어디 가서 요기라도 하십시다.
자혜　아네요, 미리 도착해서 기다리면 좋겠습니다. (수범에게) 여인숙에서 짐을 챙겨 오거라.

수범, 목례로 답하고 뛰쳐나온 쪽으로 퇴장한다.

자혜   다른 건 알아보셨는지요?

세충   몇 사람 만나 얘길 듣긴 했습니다만,

자혜   뭐라던가요?

세충   작전을 수립한 이도 단재 선생이요, 직접 수행한다고 배를 타고 이역만리 일본 고베로, 다시 중국 지룽으로 다니며 분투했답니다. 그러다 그만.

자혜   수범이 애비는 맥이 빠르고 소갈증이 있어요. 그런 몸으로 그랬다니 있을 수 없는 일입니다. 사상과 정신을 닦는 일은 민중직접혁명과 무관하단 말입니까? 역사 연구를 통해 민족의 정신을 재정립하는 일은 독립운동이 아니란 말입니까?

세충   많은 이들이 등불을 잃었다고 개탄합니다. 저 역시 어두운 밤길을 등불 없이 어찌 헤쳐 갈까 통탄하고 있습니다.

자혜   저도 들은 바 있어요. 산파 일로 연명하는데 누군가 찾아왔었습니다. 약산 선생과 함께 도모하던 의열단 말고도 새로운 독립단체를 결성했다더군요.

세충   다물단입니다.

자혜   다물… 고구려 시대 단어에요. 옛 조선의 땅을 되찾자는 의미라며 남편이 무척 좋아했는데.

세충   입 다물고 행동하라는 뜻인 줄 알았는데. 단재 선생이 우당 어른 장남과 우당의 둘째 형님 아들, 그리고 유자명 동지와 함께 조직한 단체입니다. 김달하라는 거물 첩자를 처단하여 혁혁한 공을 세웠는데, 그 일로 우당 선생이 입은 화가 매우 컸어요. 우당의 딸 규숙 양이 체포되고 심지어 두 살 난 막내아들과 두 손녀가 병으로 죽는 사태까지 벌어졌죠.

자혜	그리 잘 아시면서 이제야 말씀하시다니…
세충	(망설인다) 확인한 바는 아니지만 다물단을 창설하고 1년여 지난 시점부터 단재 선생의 심경에 변화가 있었던 것 같습니다.
자혜	그게 무슨 말입니까?
세충	공산주의 사상에 물들어가는 독립군을 반대하고 자본주의 사상에 젖어가는 민족주의자들 역시 부정하셨다고 하더군요.
자혜	독립군도 민족주의자도 모두 독립을 염원하는 분들인데 어찌된 일이랍니까?
세충	짧은 식견으로 어찌 그 뜻을 헤아릴 수 있습니까.

수범이 짐을 들고 나온다.

세충	가십시다.

세충, 수범이 어깨를 감싸며 봇짐을 대신 들고 앞장 서 걸어간다.
자혜, 그 뒤를 따라 가다가 멈추고 관객을 바라본다.

자혜	(방백) 여보! 도대체 무슨 변고입니까? 어떤 과정으로 사상의 변화가 오셨는지요? 여보 아니, 동지! 그 깊은 뜻을 이 소첩이 헤아릴 수가 없어 탄식이 터집니다.

세충과 수범, 자혜가 퇴장한다.

《6-1장》

　　앞의 장에 이어 무대 한쪽에 또 다른 시공간으로서 밝아지면, 단재가 정좌하고 앉아 있다.
　　단재를 중심으로 다른 한 쪽에 김원봉이 등장하여 관객과 마주해 선다.

원봉　(단재한테) 선생님. 지금도 그 날을 잊지 않고 있습니다. 저, 김원봉이 의열단을 창설하고 막연하게 일본과 상대하여 무력으로 투쟁할 때, 선생님께서 써주신 조선혁명선언은 명줄이었습니다. 우리들의 목숨줄이었습니다! 독립투쟁의 뜻을 바로 세웠으며 모든 의열단원이 가슴에 품어 죽음도 불사했습니다. 헌데 어인 연유로 더 이상 관여치 않겠다고 하시는지요?

단재　혁명이 성공하기 위해 민중이 직접 혁명에 참가하는 것은 피할 수 없는 각오네만,

원봉　선생님께서 쓰신 을지문덕을 보고 자랐습니다. 선생님께서 쓰신 이순신을 읽고 뜻을 품었습니다. 민중의 각오는 깨달은 민중이 전체를 위하여 혁명적 선구가 되어야 한다!

단재　약산. 그리 잘 아시면서 어찌하여 공산주의프롤레타리아 연합을 꿈꾸시는가?

원봉　일본 제국주의의 첩자가 되는 조선인을 보면 모두 지켜야 할 재산이 많은 자들입니다. 그들이 일본놈들과 협잡하여 조선의 민중을 수탈하는 것은 사실이잖습니까?

단재　그래서 재산이 없는 자들끼리 연합하겠다는 건가?

원봉　어떤 이들은 일본인이라 하더라도 가난한 자라면 함께

연합할 수 있다고 주장하지만 저는 그 뜻에 반대합니다. 빈곤할지라도 일본제국이 뒤에 있어 위험과 재해로부터 우선 보호되는 대상이니 연합이 불가능하다는 게 제 생각입니다.

단재　가난도 돈에 대한 얘기일세.

원봉, 분노를 애써 감춘다.

원봉　무슨 말씀이십니까, 단재 선생님!

단재　공산주의프롤레타리아로 혁명을 이룬다면 그 역시 정치활동이 불가피하지 않나. 그 역시 권력에 의한 혁명 아닌가.

원봉　그게 민중 아닙니까. 민중에 의한 혁명이 어찌하여 정치혁명이며 또 다른 정권교체라고 하십니까?

단재　공산주의자가 어찌 민중인가! 약산, 자네는 공산주의에 입각한, 공산주의라는 특정 세력을 결성하려는 것이네.

원봉　독립이 멀리 있다고 생각하십니까?

단재　가까이 있지, 매우 가까이. 그러니까 더더욱 어떤 방법으로 어떻게 독립을 이루는가가 중요해.

사이.

원봉　방법도 뜻이라 선생님께 배웠습니다. 방법이 다르므로 작별을 고합니다.

원봉, 정중하게 고개를 숙여 인사를 드리고 돌아선다. 그렇게 어둠 속으로 사라지고 또 다른 조명 아래 안재홍이 서 있다.

단재   돌아가시오, 안재홍 선생.

재홍   국산품장려운동으로 조선의 실력을 키우려했으나 실패하지 않았습니까? 우리 민족의 힘으로 학교를 세우고자했으나 그것도 좌절된 마당입니다. 신간회를 설립할 당시뜻을 함께 하신 분이 어찌하여. 단재 선생, 신간회 활동에힘을 보태주실 것으로 믿습니다.

단재   민세. 나는 눈이 멀지 않았네. 설사 눈이 멀었다 해도 사상의 두 눈은 시퍼렇게 살아있을 것이네. 어찌하여 민족주의를 내세워 독립국가를 건설하겠다면서 자본주의적인 사회건설을 계획하시는가. 동시에 공산주의 세력과 연합까지 하는 것을 난 용납할 수 없네. 그 모순은 결국 자본계급이라는 정치권력이 민중을 지배하고 착취하겠다는 속셈 아닌가.

재홍   단재 선생! 말씀이 지나치시오! 모두가 하나의 민족이오. 좌익과 우익을 하나로 모아 민족해방을 위해 고군으로분투하겠다는 결의란 말이오.

단재   지배권력이 이룩하는 민중 해방은 민중 해방이라 할 수없어.

재홍   지배계급 없이 어찌 도덕과 윤리가 바로 서고, 어떻게 법률이 서겠습니까? 어떻게 군대가, 경찰과 학교가 지배계급 없이 세워지겠습니까?

단재   …

재홍   왜 아무 말씀이 없으십니까? 왜?

단재   … 그 어떤 정치세력도 견제가 필요한 법.

재홍   반대를 위한 반대를 하시겠다는 말씀입니까? 견제라 함
           은 반 신간회 활동을 하시겠다 그 말씀입니까?

단재   말 그대로네. 이끌 견에 절제할 제. 지배계급의 절제를 이
           끌어 폭주를 막으려 함이네.

재홍   단재… 당신은 민족주의자가 아닙니까?

사이.

재홍   고매한 그 뜻을 헤아리기에 이 몸이 너무 비천하여 죄송
           합니다. … 부디 안녕하시길.

재홍, 어둠 속으로.
홀로 남은 단재, 끓어오르는 분노를 애써 잠재운다.

단재   … 그래, 나는 민족주의자였다. 그러나 나는 보았다. 똑바
           로 들여다보았다. 우리가 만든 정치와 법률이 개를 잡아
           끄는 목줄보다 잔악함을. 윤리 도덕이, 군대의 총과 칼이
           그 어떤 족쇄보다 살벌한 무기임을 나는 보았다.
           일찍이 유교는 가난뱅이와 부자를 나누어 부자들의 말을
           잘 들어라, 왕을 하늘처럼 섬겨라 가르치지 않는가! 종교
           는 너희가 고통 받을지라도 끝까지 참고 인내하면 복이
           올 거라고, 죽어서 천국으로, 극락으로 갈 거라고 속삭이
           지 않았던가.
           이는 민중한테 노예적 근성을 뿌리 심으려는 제왕과 성
           현의 만행이다. 나는 그 일체를 부정한다. 이 사회 일체의
           지배계급과 일체의 지배도구를 부정한다. 자유롭고 평등

한 사회, 능력에 따라 일하고 필요에 따라 분배 받는, 내가 꿈꾸는 사회는 아나코-코뮤니스트 사회다!… 그러니까 나, 신채호는… 아나키스트란 말이다.

암전.

《6-2장》

어둠 속에 곡하는 소리가 매우 크게 들린다.
밝아지면, 조명으로 구획지은 감옥소가 2개 있다. 2번 방은 신채호[32]이고 1번 방은 비어있다. 1번 방 앞에 웬 사내가 엎드려 과장되게 통곡을 하고 있다. 이에 간수1, 2가 득달같이 들어온다.

간수1 끌어내!

간수2와 3이 사내를 끌어낸다.

사내 왜들 이래요? 잠깐! 잠깐만요!
간수1 이곳 형무소 규칙에 대해 얘기하지 않았습니까? 일체의 곡소리, 절대금지라고, 우는 즉시 추방이라고 몇 번을 일렀소!
사내 억울하고 원통해서 그러죠. 여기 들어올 사람이 아닙니다.
간수1 끌어내!
사내 잘생긴 독립군이랑 차 한 잔 마신 게 무슨 죄라고! 누이! 누이!

간수1, 2, 어리둥절 서로를 쳐다본다.

간수1   잠깐만. 누이라니? (간수2한테) 이 작자, 누구 면횔 온 거야? 아니 어떻게 여길 들어온 거야? 아니 누가 들여보낸 거야?

간수2   누이라면 여자 아니요? (간수1과 사내를 번갈아 본다)

사내   (끄덕끄덕) 그죠. 근데요?

간수2   이 사람, 끌어내! (간수1한테) 아니 끌어내겠습니다!

사내   아니 왜들 그러십니까? 네?

간수2   왜 그러긴! 저기 누워있는 양반은 남자야! 사내라고! 어디서 누일 찾고, 어따 대고 통곡까지 지랄이야?

사내, 끌려나간다. 다른 한쪽에 자혜, 수범, 세충이 들어선다.
간수3이가 물품을 건넨다.

간수3   여기 이거. (물품 하나씩 건네며) 판결문 1통, 유맹원이라고 새겨진 상아도장 1개, 작은 수첩 2권, 편지 10통. 이건 뭐야? 크로포트킨 사상집? 안재홍의 '백두산 등척기'? 이선근의 '조선 최근세사'? 이 양반, 책 읽다가 죽은 귀신이 붙었나. 돈은 중국 돈 1원뿐이네. 이거 받으시고 저기 저쪽으로 가서 면회하시면 됩니다. 경고했듯이 곡소리 나면 바로 퇴장입니다.

자혜, 물품을 챙겨 끌어안는다. 세충이 수범의 손을 잡고 감옥소로 향한다. 자혜도 그 뒤를 따라간다.
감옥소에 누워있는 신채호를 보고 수범이 울컥하여 소리친다.

수범   아버지! 아버지!

세충   소리 낮추거라.

수범   아버지, 괜찮으세요? 아버지,

세충   미동도 않으시니, 이상합니다.

신채호는 전혀 움직이지 않고 누워있다.

자혜   수범이 아버지! 여보! 간수 나으리. 여기 411번 수감자가
          정신을 잃었습니다.

간수, 곤봉으로 책상을 쿵쿵 내리치기만 한다.

자혜   여보. 여보, 수범이가 왔어요. 제가 왔습니다. 그간 힘드셨
          지요? 내색하지 않으셔도 정히 압니다. 그러나 눈을 감고
          계셔도 당신의 정신은 온전하시지요? 제가 드리는 말씀,
          다 듣고 계시지요?

세충, 설움이 복받쳐 일어나 등지고 선다.

자혜   여보, 말씀하신 대로 했으니 걱정하지 마세요. '이두문명
          사해석', '고사상 동서 양자 바뀐 실증', 삼국지 '동이열전
          교정', '평양 패수고', '전후 삼한고', '조선 역사상 일천년
          래 제일 대사전'까지 모두 하나로 묶어 〈조선사연구초〉라
          는 제목으로 간행했고, 조선일보에 연재되고 있는 〈조선
          사〉와 〈조선상고문화사〉, 중지해달라고 요청했습니다.
          나석주 동지의 서울 과업도 열과 성을 다해 도왔어요. 말

씀하신 대로, (흐느낀다) 말씀하신 대로 다 했습니다. 친일파의 도움으로는 감옥소를 벗어날 바에 차라리 이곳에서 죽음을 맞겠다고 하신 말씀도, 모두 기억하고 이렇게 따르고 있습니다. 당신의 뜻대로 지금 차디찬 바닥에 누워 계시지요.

저는 자랑스럽습니다. 저뿐만이 아니라 독립을 염원하는 우리 모두가 한마음입니다. 저는 지금도 기억합니다. 뜻을 이루지 못하고 어찌 슬픈 조국에 몸을 들이겠냐고 하셨던 말씀을 기억합니다. 하지만 여보, 당신의 육신, 황해에 띄워 어복에 장사를 지내달라던 말씀만은 거두어 주세요. 제발, 우리나라 우리 땅에 묻을 수 있도록 허락해주세요.

간수1 면회 시간 끝났습니다.

세충 기색으로 보아 임종이 얼마 남지 않았습니다. 모시고 가 임종을 지키면 아니 되겠습니까?

간수1 허용할 수 없습니다.

자혜, 청을 하지만 굽실거리지 않고 무서운 노기가 감돈다.

자혜 여기서 임종을 지키겠습니다.

간수1, 2, 3, 자혜의 감출 수 없는 노기에 눌려 머뭇거린다.

간수1 그, 그러나 그렇게 되면 우리가 처벌을 받습니다.

수범 (소리친다) 아버지 임종도 지킬 수가 없단 말이요?

간수2 어허, 어린놈이,

간수3 여기 규칙이 그런데 우리라고 수가 있어야 말이지.

수범, 울음이 터진다. 스스로 입을 막고 소리가 새지 않도록 애를 쓰지만 소용이 없다.

자혜 울지 말거라. 울음 따위로 아버지의 죽음을 애도할 수 없다. 네 아버지의 뜻은 아직 진행 중이다. 그러니 울음을 그치고 그 뜻을 받들어 우리가, 우리 모두가 이어야 한다. 기필코 이어서 이루어야 한다.

수범, 더욱 울음이 거세어지고, 입을 틀어막는 손의 힘도 더욱 거세어진다.
호각 소리 들리고, 간수1, 2, 3이 나와 통보한다.

간수1 (호각 불며) 면회 시간 종료! 퇴장하시오!

수범, 주먹을 쥐고 부르르 떤다.

자혜 … 수범아, 저들은 아무 잘못이 없다. 그저 무능하고 무지할 뿐이다. 돌아가자. (세충한테) 가십시다.

자혜, 수범, 세충이 퇴장한다.
간수들도 따라 나가며 어서 가라고 세충의 등을 떠민다.

《6-3장》
단재가 감옥소 뒤에서 혼백처럼 나타난다.

단재   아들아. 너도 보아야 한다.

단재, 무대를 가로질러 뛰어가고 뛰어온다.
무대 전체에 광활한 백두산과 광개토대왕 비의 영상이 펼쳐진다.

단재   너도 가서 직접 두 눈으로 확인해야 한다. 이 애빈 보았
다. 올바른 역사를 만지고 읽었다. 만주 벌판, 그 옛날 고
구려의 땅에서, 부여의 땅에서 우리 민족의 땅에서 손으
로 만지고 두 눈으로 보았다.
우리민족의 역사는 광대하다. 중국에 대한, 외국에 대한
사대주의로 역사를 축소시킨 자들의 말을 믿어서는 아니
된다. 그렇게 확인하여 커다란 꿈을 꾸어라! 어떤 역사 속
에 우리 사회가 변해왔는지 분명히 깨닫거라! 그래서 진
정한 민중이 누구인지, 그 민중을 위한 일이 무엇인지, 험
난하고 어려운 길을 택해 나아가거라! 아들아!

조명, 눈을 찌를 듯 밝아지다 급격하게 암전된다.

7장

요인1이 걸어 나온다.

요인1 향년 57세, 일천구백삼십육 년 이월이십일일, 단재 신채
호 선생은 생을 마감했습니다. 다음날 오전 11시경, 옥고
를 치르던 근처 화장장에서 화장을 했죠. 아내 박자혜 열
사와 열다섯 살 아들 신수범, 그리고 동지 서세충에 의해
그분의 유해는 서울역에 이르렀습니다.

자혜, 수범, 세충이 단재의 유해가 담긴 항아리를 들고 걸어온
다.
그들 앞에 수많은 사람들이 서 있다.
한동안 침묵하던 사람들은 자혜 일행이 다가오자 갑작스럽게
울부짖는다.
요인1, 그들의 모습을 지켜본다. 이윽고 돌아서면, 그들의 모
습은 어둠 속으로 사라진다.

요인1 그렇게 홍명희, 정인보, 권동진, 서정희를 포함한 30여 명
의 마중을 받았고 또 배웅을 받아 늦은 밤에서야 이곳 청
주에 도착했습니다. 청주에 도착해서 신백우의 집에 하루
머물렀죠.
신백우 선생은 단재 선생보다 8살이나 어렸지만 할아버

지 항렬이라 단재 선생이 할아버지라고 불렀던가 봅니다. 신백우 선생도 통탄했습니다. 민적이 없어, 요즘으로 따지자면 주민등록이 안 되어 있었기 때문에 매장 허가를 받을 수 없어 암장하다시피 했습니다.

만해 한용운 선생이 비석을 마련했습니다.

오세창 선생이 '단재 신채호지묘'라고 글을 써 비석을 깎아, 채소를 실은 수레에 숨겨 청주까지 걸어서 운반을 했지만 바로 세울 수가 없었습니다… 단재 선생이 중국으로 망명했을 때는 일본 제국주의가 조선민사령을 제정해 조선인들의 호적을 장악하기 전이었죠. 그래서 무국적자가 되었습니다. 중국에서도 국적을 취득하지 않은 채로 돌아가셔서 얼마 전까지 국적이 없는 상태였습니다.

'독립유공자 예우에 관한 법률'이 제정되면서 순국선열과 애국지사에 한해 가족관계등록부 창설이 허용되었고, 그렇게 국적을 찾았죠. 자손들도 호적에 올릴 수 있게 되었습니다… 단재 선생한테도 인간으로서, 개인적으로 행복했던 순간이 있을까요? '개인적인'이라는 말을 붙인다는 것 자체가 용납이 안 될지도 모르겠습니다만, 생각해보면 이 날이 아닐까 합니다.

흥겨운 음악이 흐르고 밝고 따뜻한 조명이 내려온다.
이회영과 자명, 종원, 정옥이 초조한 듯, 설레어한다.
정희가 사뿐사뿐 걸어온다.

정희 준비 다 됐습니다, 우당 어른.

회영 옳지. 잘했다. 근데 왜 이리 안 오시나?

자명	오셨어요! 저기, 저기 오십니다!

단재 등장한다. 지금까지와는 전혀 다른, 꾀죄죄하지만 미소를 머금은 얼굴이다.

회영	단재, 어찌 이런 날도 늦을 수가 있어?
정옥	안 봐도 눈에 선합니다. 책을 읽으셨거나 글을 쓰셨거나, 분명히 둘 중 하나죠. (단재한테) 그쵸, 선생님!
단재	오늘은 틀렸네.
회영	틀렸다니?

단재, 겉옷을 벗어 속에 입은 '맨드라미 붉은 내복'을 보여준다. 여자들이나 입는 내복이다.

단재	이것 때문에 잠시 늦었습니다.
정희	아니 이건,

정희도, 자명도 정옥, 회영까지 나오는 웃음을 참느라 손으로 입을 막는다.

단재	왜들 그러시오?
정옥	이건 여성내의 아닙니까 선생님!
단재	여성 것이면 어떻고 남성 것이면 어떤가?
회영	단재. (웃는다) 사내대장부가 여성 내의를 입고도 괜찮다는 건가?
단재	우당 어른, 제 호가 단재, 붉을 단에 정진할 재 아닙니까?

회영 어릴 때 고려 말 충신 정몽주의 삶을 읽고 감복하여 그가 쓴 단심가에서 가져왔다고 하지 않았나?

단재 네. 맞습니다. 일편단생을 단생으로 줄여 쓰려다 단재로 바꾼 거죠. 그런데 오다 보니 이 내복 빛깔이 하도 좋아 이렇게 사서 입었죠.

정희 그러심 오늘 같은 날 한 벌 더 사오시지 않고.

회영 아차차! 신부를 너무 오래 기다리게 하는군! 단재, 어서 이리 오시게. 이런 날 신랑이 늦다니, 원.

무대 중앙, 밝아지면 조촐하게 상이 차려져 있다. 그 앞에 박자혜가 다소곳이 앉아있다. 일반적인 당시의 여성복에 연지곤지 족두리를 쓰고 장삼 대신 천을 팔에 감아 얼굴을 가린 모습이다.

자명 (단재한테) 선생님, 이쪽으로 서시구요, 네네.

정옥 자, 지금부터 단재 신채호 선생님과 의과대학 졸업생이자 신여성이신 박자혜 씨의 결혼식을 거행하겠습니다. 에, 오늘날 마흔이 되신 신채호 선생님 약력은 다 아실 터이고, 그 이번이 두 번째 결혼인 것은 비밀입니다. 아차, 이 건 말하면 안 되는데. 황급히 넘어가구요,
박자혜 님을 소개하자면 오늘날 스물다섯의 마흔 살 신랑보다 무려 열다섯 살 연하시구요, 제가 뭐 그렇다고 도둑놈 심보라고 감히 선생님께 말씀드릴 입장은 못 되구요,

회영 에, 혼례의 절차를 밟기 전에 고향을 떠나 머나먼 타향에서 맞는 결혼식이라 신랑도, 신부도 마음의 매무새가 다를 것으로 생각되는 바, 먼저 신랑 신채호의 작심사를 듣도록 하겠습니다.

일동, 웃으며 박수친다.
박자혜도 웃음을 참지 못하고 어깨를 들썩거린다.
단재, 헛기침을 하고,

단재 에, 역사란 무엇인가 하면, 에, 아와 비아의 투쟁이라고 할 수 있습니다. 그러니까 간단히 말해서 주관적인 입장의 내가 아이고 그 이외는 비아라 한다, 그 말입니다.
이 아와 비아가 끊임없이 싸우는 게 역사인데, 그러니까 제가 하고 싶은 말은 그, 내 입장에서 보면 나는 아이고 그대 입장에서 보면 그대가 아이고, 그러니까 내 입장에서 그대는 비아고, 그대 입장에서는 나도 비아이니, 에 또, 그, 나라는 아 속에서 아와 비아가 있고, 또 비아 속에도 아와 비아가 있으니까, 이 둘의 싸움은 결코 끝나지 않을 것이고, 에, 그러니까 우리 둘의 결혼 생활은,

일동, 더욱 크게 웃는다.

회영 맞는 말이네, 단재. 결혼생활에 싸움이 끊일 날이 있겠는가?

자명 암요! 마음 놓고 원 없이 싸우려고 결혼하는 건데요!

정옥 정희! 나와 한평생 아와 비아의 투쟁을 하지 않겠소?

정희 싫어라! 자명 오빠라면 몰라도!

또 한바탕 웃음이 왁자하게 터진다.
단재, 품에서 자신이 입은 것과 똑같은 맨드라미 붉은 내복을 꺼낸다.

일동들도 경탄한다.

정희 어머! 진짜 선생님스럽지 않다!
정옥 사람이 달라지면 일찍,

자명, 정옥의 뒤통수를 치자, 제 입을 막는다.

자혜 (감탄한다) 동지!
회영 어허, 동지라니.

일동, "여보! 여보!" 하며 연호하듯 소리친다.

단재 나와 붉은 마음으로 정성을 다해 여생을 함께 합시다.
자혜 네, 서방님.

일동, 감격에 겹다.

회영 붉을 단, 정성을 다할 재, 둘이 단재로 하나 됨을 선포하
노라!

일동, 박수를 치며 환호한다.
음악이 고조되고, 덩실덩실 춤을 춘다.

막.

각주 내용

[아나키스트 단재]

1) 신채호, 1880년생, 1928년에 49세, 1936년에 57세

2) 이승만, 1875년생, 1928년 당시 53세

3) 임시정부 근무자들은 모두 중요한 책무를 맡은 까닭에 要人이라 칭한다.

4) 이회영, 호는 우남, 1867년생, 1928년 당시 59세

5) 유자명, 1894년생, 1928년 당시 34세

6) 이종원, 출생연도 자료 없음, 외국환 위조사건으로 체포, 밀정 김천우 살해 혐의로 무

7) 정옥征頊 (가상의 인물, 32세) 기정역 언도

8) 정희, 여성 (가상의 인물, 23세, 요인1의 역할 역임)

9) 린빙원, 중국인, 한국식 이름 임병문林炳文, 외국환 위조 사건으로 체포, 1928년 8월 옥사

10) 김천우, 출생연도 자료 없음, 북경한인유학생회와 북경한인청년회의 집 행위원 (일본 첩자)

11) 야마모토, 지룽서 소속의 경부보

12) 야마시타, 타이베이 주 보안과 소속의 경부

13) 지룽우편국基隆郵便局 직원

14) 2명의 남성 투옥자와 1명의 여성 투옥자

15) 박자혜, 1895년생, 단재의 아내

16) 신수범, 1921년생, 단재의 장남

17) 서세충, 1888년 생, 1936년 당시 48세

18) 김원봉, 1898년생, 의열단 단장

19) 안재홍, 호는 민세, 1891년생, 조선일보사 사장, 물산장려회 이사로 국산 품 장려운동

20) 안창남, 1900~1930, 1921년 일본 오쿠리 비행학교 졸업 후 우리 민족의 자긍심을 불어넣은 진정한 최초 비행사

21) 엄복동, 1892~1951, 1913년, 1922년 '전조선자전차경기대회' 우승자

22) 경기민요 '청춘가', 또는 서울경기지방의 민요풍으로 창작된 '이팔청춘

가' 가락에 가사를 붙인 노래

23) '중지停止'를 뜻하는 일본어, 발음 'Teishi'

24) 1만 원 이상이었다는 기록만 있을 뿐 소상한 자료는 없다.

25) 1920년대 독일에서 만들어진 폴딩카메라 타입으로 나무 삼발이 위에 놓고 찍는다.

26) 실제 존재하는, 이때 이 순간의 사진은 없다.

27) 당시의 우편국 직원은 대부분 남자였다.

28) 왼쪽부터 1번, 2번, 3번, 4번 고문실이라 칭한다.

29) 1번 방의 죽은 독립군은 인형으로 대신 하길 제안한다.

30) 1879생, 한국을 대표하는 승려이자, 시인, 독립운동가

31) 소설「을지문덕」, 신채호 작

32) 실제 살아 움직이는 인물로서의 단재가 아닌, 누워있는 사람의 형태로서 등장한다.

작가 발문

〈단재 신채호〉의 사상과 삶을 연극으로 기획하는 이유는 단순명쾌하다. 민족의 미래를 위해 자신의 삶을 다한 단재의 정신을 기려 희미해진 역사관, 국민의 정체성, 현실을 제대로 인식하는 힘을 키우자는 것, 그것이 목적이다.

역사교과서 국정화에 이어 범국가적 사건으로 온 나라가 시끄럽다. 중국은 동북공정을 통해 고구려 역사를 흡수하려고 한다. 일본은 역사교과서 왜곡을 통해 역사적 범죄행각을 정당화하고 독도의 영유권을 내면화하고 있다. 이는 모두 제국주의적인 발상으로 후대에 전쟁의 정당성을 확보하고자 하는 움직임으로 읽어야 한다. 그런데 우리나라는 이에 대한 대비는커녕 역사교과서 국정화를 통해 국민을 전체주의 안에 가두고 이웃국가들의 야욕에 오히려 부채질을 한다.

전체주의적인 발상이 필요불가결했던 시대가 있다. 6·25 전쟁 직후 온 국민이 궁핍에 시달리던 때, 최우선적인 목적이 오로지 경제 부흥이었을 때, 그때는 유효했을 수 있다. 서울에 국민 전체의 5분의 1을 모아 최대의 생산량을 이룩해 '오직 잘 살기'를 해내기 위해서는 말이다.

선대의 노력으로 이제 우리나라는 선진국 대열에 서 있다. 통일을 눈앞에 두고 있다. 이제는 '잘 살기'보다 '제대로 살기'를 해내야 한다. 올바른 가치관, 세계관, 역사관을 갖추어야 가능한 일이다. 잘 살기 위해 의식주를 해결했으니, 이제는 제대로 살기 위해 '나는 누구인가?'에 대한 답을 찾아야 한다. 보다 창의적인 세계를 열기 위해서 내가 누군지 알아 상처를 씻어내야 한다. 다양한 관점의 역사를 읽고, 스스로 견주어 바람직한 역사관을 가져야 한다. 그런 면에서 볼 때 인문학 열풍은 필요에 의해 국민들이 찾아낸 유행이다.

역사에 대한 관심은 역사의 수레바퀴라 할 수 있는 수많은 '위인'에 대한 애정에서 시작한다. 단재 신채호는 충청도를 대표하는 역사적 인물이다. 대한민국 건국과정에서 매우 중요한 위치를 차지하고 있는 영웅이다. 단재는 고구려 역사를 그 무엇보다 중요하게 인식했다. 고구려가 차지하고 있던 만주와 발해 지역까지 우리나라 역사의 뿌리이자 추구할 목표로 보았다. 아시아 전체를 호령한 고구려의 기상을 후대에 알리고자 천신만고의 노력을 기울였다. 민족주의자로서 독립운동을 시작했고, 더 나아가 사회적 모순의 근원을 깨달아 아나키즘을 주창했던, 세계적인 사상가였다. 하지만 현재 우리는 아나키즘이란 용어조차 파악하지 못하고 있다. '무정부주의'라는 정확하지 않은, 다소 그 의미가 왜곡된 용어로 대신 할 뿐이다. 단재의 아나키즘은 단순히 정부를 부정한다는 의미가 아니다. 민중에 의해 탄생하는 매우 효율적인 정부의 탄생에 오히려 주목하고 있다. 민족의 애환을 극복하고 더 나아가 올바른 시민사회를 구축하고자 했던, 행동하는 지성 '단재 신채호'의 삶은 재평가 되어야 한다.

하지만 오늘의 우리 현실은 수많은 독립운동가의 사실 그대로조차 교과서에서 만날 수 없는 지경이다. 오히려 독립운동가들의 업적이 지배정치권력의 입장에 따라 재단되어 왔던 것조차 모르고 있다.

민족의 미래를 위해서는 그 무엇도 할 수 있었으나 아버지로서, 남편으로서는 무능력하게 차디찬 감옥에서의 죽음을 자처한 슬픈

생의 주인공 신채호. 이 분의 삶을 연극화 하는 것은 그런 의미에서 선택이 아니라 의무다. 단재 신채호 열사의 순국 80주년을 기념하며 "아나키스트 단재"를 가슴 아프게 창작했다.

몽양, 1919

• **등장인물**

몽양과 운형 외에 남녀 배우들이 1인 다역으로 진행한다.

1막	좌파 - 학생, 농민, 근로자 등으로 구성된 5인의 코러스
	우파 - 지주, 기업주 등으로 구성된 5인의 코러스
	운형 - 30대의 젊은 여운형
	김규식
	여운홍 - 몽양의 동생
	고가 렌조 - 일본 척식국 장관
	일본군들

2막	몽양 - 60대 여운형
	운형 - 30대 여운형
	장덕수
	진상하 - 여운형 부인
	난구, 연구, 원구 - 여운형의 장녀, 차녀, 3녀
	김규식
	고가, 하라, 다나까, 노다 - 일본 각료 4인
	게이샤 수 명과 좌파, 우파 인물 몇

3막	몽양 - 60대 여운형
	운형 - 30대 여운형
	이승만, 안재홍, 백범, 송진우
	하지(미군 장군), 로마넨코(소련 장군)
	김규식
	여운홍 - 몽양의 동생
	진상하, 난구, 연구, 원구 - 여운형 부인과 딸들
	박헌영 측 인사

백범 측 인사
여운형 측 인사
리처드 로빈슨
고가, 하라, 다나까, 노다 – 일본 각료 4인

• **무대**

다양한 단으로 구성된 공간.
2층 구조의 건물과 제단(역사의 제단을 상징), 너른 공간을
기본으로, 특이점을 강조한 최소한의 소품, 의상, 도구를 사
용한다.

....

2019 경기도립극단 제70회 정기 · 기획 공연(연출 · 김낙형)

1막

관객들은 극장으로 들어오기 위해 총을 멘 일본군 사이를 지난다. 입장권을 태극기와 바꿔 들고, '신한청년당 조직도'와 '강12개 조항' 요약 서류와 한 장의 종이, 연필을 건네받는다. 퀴즈를 풀거나 응모권 내용 따위를 다 적은 관객들한테 일본군이 다가가 불시검문, 정치적 모임이나 집회는 금한다고 고지하고, 이를 뺏는다.

공연 시작 전, 대형 스크린에 투사되는 영상 – 1905년 을사늑약부터 1918년 세계 1차대전 종전까지 국내외 일본제국주의의 폭압자료영상이 음악과 함께 펼쳐진다.

이윽고 자막,

자막 : 1919년, 상해

무대 밝아지면, 일본 척식국 장관 고가 렌조, 일본 전통 복식으로 등장. 기모노 여성이 다기와 잔 2개가 올려 진 소반을 들고 다소곳이 들어온다.

고가   나 대일본제국의 척식국 장관 고가 렌조, 전 이미 이 세상 사람이 아니지만 해마다 11월 27일 되면 저 멀리 조선의 청년 하나가 떠오릅니다. 여기 있는 우리들 모두 이미 이 세상 사람들이 아니지만, 혈혈단신 제국의 심장부 동경에

건너와 거침없이 독립과 민족애를 외치던 그 목소리가
제 온 기억을 그 날로 이끕니다.

저는 멀리서나마 그의 열렬한 벗이길 희망했고 그에 대
한 수많은 정보를 통해 제 기억 속에서 그와 차를 나누고
유쾌한 담소를 나눕니다. 그가 어떤 사람이었고 또 어떠
한 운명에 스러져 가는지 나는 모든 기억과 그에 관한 애
기를 모아 그를 만납니다. 그것은 지금 그와의 첫 만남부
터 시작하여, 우리의 통치를 벗어나고 미군정 시대라는
기나긴 암흑기를 관통하는 그의 모습에 다름없습니다.

우리 일본은 지금 벌어질 사건 이전부터 그를 주시해왔
고 그가 청년들의 유학과 모임을 통해 강제 징용에 필요
한 청년들을 빼돌린다는 것을 알고 있으며, 저는 훗날 그
가 젊은 지도자들의 중심이 될 것도 압니다. 하지만 중요
한 것은 그는 현재 상해에 있고 중국은 저희 일본에 점점
침략당하는 전쟁 상황인 것입니다.

로비 좌우 통로에서 좌파, 우파 인물들이 등장, 북을 두드린다.
한바탕 행진이 끝나고 스크린 주위로 도열,
이후 좌파와 우파의 대사는 좌·우파 인물들이 번갈아가며 한 문
장, 또는 한 문단씩, 때로는 전체가 동시에 코러스처럼 말한다.

좌파　상해의 대한제국 교민 여러분! 상해 동포 여러분! 1918년
11월 11일, 전 세계 연합군은 1차 세계 대전 마지막 항복
을 받아내 승리를 쟁취했습니다!
승전국 미국의 윌슨 대통령은 민족자결주의 원칙을 발표
하고 패전국들의 식민지, 그 국가들의 미래와 운명을 결

정할 것입니다. 오는 1919년 1월 18일 첫 파리강화조약
을 통해 세계는 새로운 질서를 찾게 될 것입니다!

우리 대한제국에도 한 줄기 서광처럼 반가운 소식이 아
닐 수 없습니다! 일제로부터 강제 침탈을 당한, 저 멀리
우리의 조국 대한은 일제의 횡포와 압제로부터 시시각각
병들어 죽어가고 있습니다.

더 이상은 버틸 수도 참을 수도 없는 고통과 탄식이 국내
외를 막론하고 터져 나오고 있습니다. 이러한 때에 누군
가는 나서서 우리가 처한 상황과 저들의 만행을 세계만
방에 알려야하지 않겠습니까? 그렇게만 된다면 우리의
꺼져가는 독립 또한 희망이 있는 것 아닙니까!

우파   (합창) 불행하게도 일본은 세계대전의 승전국입니다. 민족
자결은 패전국의 식민지 나라에만 해당됩니다. 그들의 군
대는 전쟁을 통해 더욱 강해졌고 자만심은 찌를듯하여
이제 동아시아 전체를 차지하고 지배하려들 것입니다.

뜻은 좋으나 어떻게 일본의 감시와 통제를 피할 것이며,
그 먼 불란서 파리까지 갈수 있단 말이오! 그렇지 않습니
까? 현실적으로 불가능한 일에 누가 목숨을 걸고 저 미지
의 세계로 간다는 말입니까?

좌파   여러분, 오늘 밤을 영원히 잊지 못할 것입니다. 오늘 밤,
숙명처럼 여러분 앞에 서있는 우리들은 조선 최초의 해
외 정치조직의 당원들이며, 그 불가능한 대한의 임무를
기적적으로 바꾸어놓았습니다.

우파   누가 말을 해주시구려. 그건 불가능한 일이라고. 잠꼬대
같은 거짓말이라고.

좌파   이 역사적인 일은 바로 여러분 한 분 한 분이 만든 것입

니다. 여러분, 우린 비밀회합으로 세계정세를 짚고 독립을 위한 준비를 해왔던 것입니다. 지난날 조국 땅, 양평에서 최후 전투를 벌였던 무장항쟁들의 시발점들은 일본군의 총칼아래 무참히 짓밟혀버렸습니다.

우파 (관객을 훑어보고) 계란으로 바위치기!

좌파 여러분과 우리는 최초의 망명 정치 조직을 결성하였고 오늘 밤 세계만방에 우리의 독립의지를 밝히고자 파리강화회의에 밀사를 보낸 것입니다.

우파 그 많은 비용을 어떻게 마련한답니까? 배편은 어떻구요? 귀하다는 여권이 있습니까? 당신들의 말하는 그 우편선은 세계 각국의 정치 망명객들과 부유층들로 인해 만원인 걸 잊으셨소?

좌파 여기 모인 모든 분들, 그리고 대한의 국민들, 만주, 연해주 동포들이 모금을,
모금을 해주었습니다.또한 배편은 중국 지도자들의 도움으로! 여기 중국인들은 자신을 희생하고 가족마저 희생하는 조선 독립운동가들을 존경과 동정으로 돕고 있습니다!

우파 모든 배는 일본과 열강들의 식민지 땅을 지날 텐데, 일제의 눈을 피할 수 있을까요? 노력은 가상하나 바다에 종이배를 띄우자는 어리석은 발상이오!

좌파 우리의 위업은 전 세계에 알려질 것입니다. 그 어떠한 식민지 국가들도, 혁명의 길을 가는 거대국가들도 이러한 전략은 일찍이 없는 것입니다. 자국민은 물론, 적국에게도 피한방울 흘리지 않고 승리를 하게 될 것입니다!
이것은 우리의 무력이 아니라 사상적 승리입니다! 우리는 세계공영, 평등과 자유, 독립과 번영을 향해갈 것입니

다! 이것은 조선뿐만 아니라 세계 모든 전제주의로부터 혁명입니다!

우파 일본은 그렇게 호락호락한 상대가 아님을 명심하시오! 저들은 무장 독립보다도 교육, 사상, 정치 활동에 더 혈안이 되어 있소! 여기 모인 모든 분들도 지금 이 순간부터 조심해야할 거요. 저들의 정보망은 타의 추종을 불허하오. 일본 본토에서조차 불온한 사상은 가차 없이 처단되고 있는 형편이오!

좌파 내 조국, 내 국민을 봉건과 전제주의, 외세의 핍박으로부터 벗어나자는 민족 자결이, 세계 곳곳의 민주주의가 불온한 사상이란 말이오!

우파 중국과 러시아의 혁명을 보시오! 그들의 혁명은 온통 유혈사태를 일으키고 있소. 민주주의라는 이름으로 수 만 가지의 생각들이 공산당과 국민당의 이름으로 결집되어!

좌파 그것은 인민 중심의 세상을 만들고자 하는 민중들의 뜻입니다! 민주주의는 대중의 뜻, 이 세계의 대세입니다.

우파 그러는 동안 일본은 중국과 러시아를 향해 진격해 나아가고 있는 거고!

좌파 우리의 독립은 하나로 모아진 이념을 통해 이루고자 하는 거요! 독립만이 아니라 그 후의 국가적 체계를 말하고 있소!

우파 수많은 생각을 떠들어대느니 지금처럼 일본의 통제 속에서 하나로 있다가 때가 되어 독립하는 것이 낫다고 생각하지는 않습니까! 동포 여러분 저희들의 생각이 어떻습니까?

좌파 조정과 봉건은 무너지고 지금부터 우리 스스로 정치조직

을 꾸려가지 않으면 해방이 된다 해도 우린 무방비와 정
치적 미숙함으로 혼란을 야기할 것이오!

여러분, 여러분은 어떻게 생각하십니까? 일제의 압제 속에서 우린
어떠한 정치활동도 할 수가 없었습니다!

우파 독립이나 하고 따져봅시다. 식민지 치하에선 우린 모두
애국자야 하오. 여러분, 오늘 우리를 이곳에 모이게 한 것
은 무슨 이유에서였소? 민족을 생각합시다. 그렇지 않습
니까?

여운홍 (좌파를 향해) 바로 그겁니다. 민족. 민족이란 민족의 삶, 민
족의 미래이지 그저 민족주의만을 뜻하는 건 아닙니다.
입에 발린 민족주의를 떠드는 것만이 민족 사상이 될 수
없습니다. 민족이란 말에는 보이지 않는 또 다른 무언가
가 베어나는 것.

우파 오늘의 그 말, 그대는 잘 간직하시길, 몽양의 아우 여운
홍! 피는 물보다 진하다는 걸 잊지 말게나. 누가 장담할
수 있겠나

여운홍 입 닥치시오, 자네야 말로 내 형님을 음해하지 말길 부탁
하네. 자네는 지금 이 순간 형님과 우리가 시대의 요구 앞
에 놓인 걸 알지 않나. 세기의 문은 늦지 않았으니 이리로
오시게.

우파 오늘 이곳으로 모이게 한 건 바로 그 때문입니다. 세계를
향한 우리 신한청년당의 천명!

북소리와 함께 문이 열리면 야외에 30대의 여운형 모습이 보인다.
여운형, 손에 파리강화조약 독립 청원문을 들고 있다.

우파 12개 조항을 밝힌 파리 독립 청원문, 그것이 과연 각국 정상들의 테이블에 올려질 수 있을까요? 거기 당신이 쓴 것이오? 일개 개인의 편지가 무슨 효력이 있을까요?

운형 여기 우리 모두의 뜻이오!

우파 그렇군요, 이곳에 우리를 모이게 한 건 바로 당신들의 당원을 모집하자는 거군. 그래서 쓸모없는 혼란을 만들어 패권을 잡겠다는 거고. 여러분 우린 돌아가야 합니다. 자 모두들 집으로 돌아갑시다. 우릴 위험에 빠뜨릴 생각은 집어치우시오.

좌파 여러분 우린 규합을 하자는 거였소. 민족자결주의, 파리 강화 회의, 세계에 우리를 드러낼 기회는 다신 없습니다. 이번 기회를 놓친다면 우린 영원히 일본의 속국으로 남을 것입니다. 저희들과 뜻을 같이하겠다는 분들은 그 표시로 손을 들어주십시오.

우파 중국 전체를 집어삼키고도 남을 일본의 목에 방울을 달자는 겁니까? 여러분 이건 불 보듯 뻔하며 상대를 알지 못한 싸움에 지나지 않습니다. 모두가 개죽음을 당할 것이오.

좌파 그럼 저들의 생각이 옳다고 생각하고, 여길 나가야 한다고 생각하는 분들은 손을 들어주십시오.

우파 그건 올바른 질문이 아닙니다. 자, 그 어떤 대표성도 없이 우릴 또 우리들의 가족을 당신들의 그 생각에 동조하게 하는 그 사심이 위험하다는 거요.

좌파 저희들의 생각이 여러분들에게 위배된다고 생각하십니까?

우파 이 모든 것이 독립을 위한 거라고 칩시다. 이러한 발상들은 도대체 어디서 나온 겁니까? 그것이 우리에게서요? 그런데 우리가 왜 동조를 해야 하는 거죠? 좋다면 그냥 당신네들끼리 하시오. 그리고 만에 하나 불상사가 생기면 당신네들이 책임을 지면 될 거 아닙니까? 그렇지 않습니까 여러분! 우린 우리 나름의 방식대로 애국을 하며 살아갈 테니. 자 모두들 헤어져서 갑시다!

운형 (노래) 너희들이 한 짓을 보아라!
너희 천황을 숭배케 하여 조선인의 정신적 발전을 저해한 죄
교육을 말살하여 세계의 공영에서 멀어지게 한 죄
조선은 경찰과 군인이 다스리는 나라, 정치적 발전을 저해한 죄
서신의 비밀도 없고, 시회도 의회도 없다
너희들이 한 짓을 보아라!
조선인이 경영하는 회사는 없고, 오로지 농지 생활 뿐
전국토가 너희 손에, 입에는 꿀을 문채 뱃속에는 칼을 숨긴 죄
그러나 우리는 독립과 정의와 평화를 위해 세계 양심에 심판을 구한다
너희의 교활한 간계와 정복에 굽히지 않는다
너희들이 한 짓을 보아라!
(대사) 우리는 결코 광기에 휩싸인 일본에게 정복되지 않을 것이며 국가는 인민의 뜻에 반드시 다스려야한다는 주장을 비호하는 윌슨 대통령과 미국 인민의 동정을 요청하는 바이다

좌파 조선인은 반드시 독립을 회복함과 아울러 민주주의가 반

드시 아세아에 존재하도록 할 것이다.

운형   여운형

좌파 인물들. 신한청년당 서명한다.
북 소리.

운형   동포 여러분, 드디어 때가 왔습니다. 저는 블라디보스토크에 도착했습니다. 저는 지금 신한청년당의 뜻에 관해 연설을 합니다. 살을 에는 바람에도 이곳 동포들은 제 말에 귀를 기울입니다. 지금 여러분들이 그러하듯 이곳에서도, 동경에서도, 경성에서도 귀를 기울입니다. 저는 지금 혼신의 힘으로, 파리로 떠나기 전에 김규식 동지가 한 말을 전합니다. 파리강화회의에서 성공을 거두기 위해선 우리는 우리의 의지를 세계만방에 보여줘야 합니다. 바로 지금입니다. 반신반의했던 기적들이 거짓말처럼 일어나고 있습니다. 단 1%의 가능성만 있다면 우리에게도 희망은 있다, 그렇게 시작한 일들이 눈앞에 펼쳐지고 있습니다. 중국이, 소련이 우리에게 도움의 손길과 응원을 보냅니다. 자 이제 우리는 동경을 시작으로 경성 한복판에서, 그리고 조선 팔도로부터 해외만방으로 우리의 행동을 보여줘야 합니다. 우리의 단결된 뜻을 보여줘야 할 때인 것입니다.

좌파   (북을 두드리며) 여러분 태극기를 들고 거리로 나갑시다! 밖으로 나갑시다. 세계인들에게 우리의 의지를 통해 일제의 만행을 알립시다.

우파   이건 무모한 짓이오. 일본인들을 쓸데없이 화나게 해서는 안 되오! 저들에게는 총칼이 있소. 무장경찰과 군인들이 있단 말이오!

좌파 자, 모두 나갑시다. 독립만세를 외칩시다. 그것만이 모든 애국지사들이 우리에게 바라는 일일 겁니다. 자, 그들과 뜻을 같이합시다.

좌파 인물들, 관객들을 이끌고 로비 밖으로 나가 만세를 부른다.
이때 일본군 몇은 이들을 향해 총구를 겨눈다.
이윽고 격발.
바닥 곳곳에 화약이 터지고 불꽃 장치가 작동된다.
좌파 인물들, 군인에 쫓기듯 관객들을 이끌고 안으로 들어온다.
북소리 울려 퍼진다.
스크린에 3.1독립 운동의 모습과 일본의 만행들이 펼쳐진다.

우파 이것은 전 민족적 비극! 그것 보시오, 우리가 경고하지 않았습니까? 우리 같은 약소국가로선 감히 감당할 수 없는 일을 저질러 버렸소. 특히나 조선에서는 지도력 부족으로 후폭풍에 속수무책, 형무소는 발 디딜 틈이 없고 고문과 비명! 온통 피범벅입니다! 여운형이란 그 자는 어디에 있는 거요?

좌파 우리는 우리가 해야 할 일을 한 것뿐이오. 여러분 그렇지 않습니까. 대한의 주인으로서 대한의 독립과 자유를 위해 세계만방에 알린 것이오. 우리 인민들이 길에서 쓰러지는 동안 당신들, 자본가들, 지주들, 공무원, 경찰들은 어디에 있었던 거요? 보나마나요, 그렇지 않습니까? 자, 저기 파리로 갔던 우리의 김규식 동지가 오고 있소. 우린 우리의 만세운동이 파리 강화회의에 기폭제가 되었으리라 고대하고 있습니다. 자 여러분 우리 모두 김규식 동지를 뜨거운 박수로 맞이합시다.

스크린에 김규식의 실제 사진이 영사된 후, 파리에서의 사진, 파리강화회의 장소의 광경들이 투사된다.

김규식 (노래) 나는 길을 잃어버렸소.
이천만 동포의 염원을 담아 떠난 파리강화회의
하늘이 배편을 도와 감시망을 뚫고 간 만 리 뱃길
독립만 될 수 있다면, 반드시 그래야 해!
나는 길을 잃어버렸소
이백 만 동포의 만세를 담아 떠난 우리의 독립의지
열강들의 벽은 높고 자국이익 서로가 외쳐대네
청원서만 건넬 수 있다면, 그럴 수만 있다면
나는 길을 잃어버렸소
베르사이유 궁전 앞, 발 구르며 하염없이 바라보았소
열강들의 벽은 높고 자국의 야욕 서로가 눈짓하네
영국-인도, 불란서-베트남, 일본-조선
민족자결이란 한낱 열강들을 포장한 구호에 지날 뿐
대한은 너무 약소하네, 눈물만 날 뿐이네

운형 (노래) 슬퍼마시오, 슬퍼하지 마시오 친구, 나의 동지여
그대로 인해 우리는 모두 하나가 되었소
그대와 함께 했던 만세운동은 세계가 놀라고 천지를 뒤흔들었소
그대가 구르던 발걸음과 노심초사, 조선에 솟아난 시민

정신

자 일어나시오, 동포여러분 다시 시작합시다

청년들은 깨우치고 농민들은 개혁하고 노동자는 연대합
시다

여성들은 동맹하고 우리는 행동합시다

비로소 세계의 흐름을 꿰뚫어 보네

자유, 평등, 공영은 올 것이니, 나 다신 벗과 동지와 인민
의 눈에서, 다신 피눈물 흐르게 하지 않으리!

(김규식을 껴안고) 어서 오시게.

좌파 (울다 웃다하며) 자 우리 다시 한 번 노고의 박수를! 낯선 땅
파리에서 수십 통의 기사와 청원서를 작성하며 각국 수
장을 찾아다닌 우사 김규식 선생께!

블라디보스토크에서 연합군 사령관들을 만나 수만 장의
항일 전단을 전하고 해외 독립운동가와 독립지도자 분들
을 찾아다니신 몽양 여운형 선생께! 또 만세운동에 동참
한 동포들에게, 그리고 여기 모인 여러분들을 위해!

우파 여러분 그대들의 목적이 무엇이었나요? 무엇을 변화시켰
습니까? 우리의 수단은 무엇이었나요? 무력? 비폭력 시
위? 우린 지금 소영웅주의에 도취된 건 아닌가요? 각자를
봅시다, 우린 너무 가난에 시달리고 나라 또한 변방의 한
점에 지나지 않소. 일본은 우리 조선이 목적이 아니오. 중
국, 그리고 동아시아 전체요. 우리에겐 이럴 시간이 없소.
그들의 철도산업을, 군수공장을, 선진산업을, 세계정세를
빨아들여야 하오! 그들 본토의 하나 된 민주주의와 천황
제를 통한 제국주의를!

운형 일본은 세계질서를 어지럽히고 있소. 세계질서를 역행하

는 것이오. 그들이 간과하는 바는, 이 세계는 열강들의 나라들만 있는 것이 아니오. 그 사실을 반영하듯 그들의 목적과 수단은 그들 민중들과는 괴리되는 길로 가고 있소. 그들의 민중 중에는 평화와 정의를 생각하는 이도 있을 것이오. 그럼 그가 우리의 친구지 우리와 같은 피가 흐를 뿐인 당신네들은 아니오.

우파 인물들, 악기를 두드리며 과장되게 웃는다.

운형 인민 한 사람 한 사람의 정의로운 생각이 민주이고 민족이오. 그러한 사상과 이념은 억누른다고 사라지는 것이 아니오. 틀을 만들어놓고 집어넣는다고 해서 인간의 생각은 만들어지지도 않소. 일본은 우리에게 당신네들이 말하는 사고방식들을 주입하고 있소. 그것이야 말로 어떤 고문과 통치보다 잔혹한 짓이오. 우리의 주의는 이번을 통해 드러났듯! 우리로부터 나온 것이라야만 하오.

우파 그것이 무엇이오? 사람의 목숨보다 중요한 것이 있습니까? 더 이상 고집을 부린다면 당신을 우리와 생각을 같이하는 사람들에게 회부하겠소. 당신들이 저지른 일들과 당신들의 생각을 우리들 다수에게 심판받게 하겠소. 여기선 잠시 박수를 받을지 모르나 민족의 안전과 발전을 위해 물심양면 생각하고 노력하는 각계의 사회지도층들과 그들과 함께하는 민중들에게 당신들을 회부할 것이오. 우린 일본의 사상을 존중한다는 게 아니라 발전을 말한 거요. 그들의 기술. 그들의 부강. 그들의 세계를 보는 안목, 우린 그들이 변화하는 동안 아무것도 하질 않았소. 서구 열강의 호의에 문을 걸어 잠근 나라들의 꼴을 좀 보시오.

김규식 어리석은 생각은 언제나 한 치 앞만을 외치죠! 힘써 찾아 돌아다녀 보시오. 세상에는 무수한 나라들 중에 자신만의 방식으로 살아가는 아름다운 나라들도 있소.

우파 당신은 누구보다도 더 경험하지 않았습니까? 열강들은 그렇게 호락호락지 않다는 걸. 아름다운 꽃밭을 가꾸는 것도 인간이지만 아름다운 꽃을 보면 꺾고자 하는 것도 인간이오. 여러분 우리가 늘 조심해야 할 것은 저런 감상 주의와 이상주의요. 우리가 약자인 이상 강대국 앞에서 얌전한 태도를 취한 다음 그들의 입맛을 우리가 길들여 야 함이 현실주의요, 우리 다수의 생각이요. 그러한 우리 들 전체의 뜻에 함께할 의사는 없는 거요? 그리고 당신은 결국은 실패하지 않았소!

김규식 나는 나의 실패로 인해 내가 죽는 날까지 나 자신이 누구 인지 잊지 못할 걸 압니다. 그러나 그 좌절감이 나를 낭 떠러지 외나무다리에서 중심을 잡게 할 것도 압니다. 나 는 이 나라의 독립과 민주적인 조선을 위해 뼈를 묻을 것 입니다! 내가 깨달은 것은 서구로부터 무엇을 본받아야 하고, 무엇을 본받지 말아야 하는가입니다. 세상은 발전 이라는 목표 아래 우리 인간이 예측할 수 없는 일들이 생 겨나고 있소. 참혹한 일들조차 서슴지 않고 말이오. 아름 다운 것은 흉측하고, 흉측한 것은 아름답기도 합니다. 그 것은 꼭 열강의 생각과 다수의 생각만이 옳지 않을 수도 있다는 겁니다.

운형 괘념치 마시오, 우리는 무엇보다 우리가 나아갈 길을 자 각하게 되었소! 여러분 이번 일로 무슨 일이 벌어진다 해도 그 책임은 전적으로 나에게 있소. 저와 저의 동지들은 멈추지 않을 것이오.

우파 차라리 그런 각오라면 무장을 하고 독립 운동가들처럼 싸우시오.

좌파 그것 역시 훌륭하오. 적과 맞서 싸우는 용기. 하지만 우리가 하려는 건 전쟁이오.

우파 (비웃는) 이것이 전쟁이라구요. 무기는 어디 있고 적들은 어디에 있소.

좌파 (자신들의 머리를 가리키며) 그들의 사상에 지배될 순 없소.

우파 여긴 안전한 곳이오, 무장 운동가, 민족 영웅들은 민중에게 해가 되지 않게 멀리서 가난과 고생에 희생하오! 그건 전투만큼이나 힘겨운 것이오.

운형 민중들에 의한 독립 또한 중요한 것이오! 이제부턴 민중들 스스로 민중들의 생각으로 싸워나갈 것이오! 그들의 생각으로 뜻을 모으고 그들이 주인이 되어야 하오.

우파 여러분 이런다고 일본이 눈 하나 까딱이나 할까요? 너무나 답답한 노릇입니다. 파리강화회의, 승전국의 테이블에 당당히 자리한 일본이 청원서도 전달할 자격조차 없었던 조선을 얼마나 비웃었을까요? 저들과 여러분의 노력에도 일본은 세계열강들 앞에서 조선의 주인임을 당당히 주장했습니다. 조선에서야 총칼을 앞세운 체포, 고문을 시작했지만 정작 그들의 본토에서는 코웃음도 치지 않습니다. 도대체 여러분과 이들의 뜻, 조선 민중이 무슨 일을 했다는 겁니까? 다 소용없소, 민중의 이름으로 우릴 위험 속으로 몰아가지 말란 말이오! 자, 눈을 돌려 조선을 보시오, 거기에 수많은 사람들이 과연 어떤 생각에 동조하는

지. 과연 여러분들의 뜻일까요? 어찌 보면 총독부가 세워진 그곳이야말로 가장 위험하다고 생각지 않습니까? 합법적으로 살아 가야하는 다수를 위험에 빠뜨리지 말란 말이오!

운형 그 합법이란 게 누구의 것입니까?

우파 일제의 것. 그렇지 않습니까?

운형 그럼 그 합법적인 생활이란 건 어떤 걸 말하는 겁니까?

우파 일제가 만든.

좌파 웃기지 마시오. 인류의 발전, 전 세계적인 산업흐름이오. 그렇지 않습니까?

운형 좋소, 그럼 조선에 합법적인 다수라고 말한 사람들은 누구인 겁니까? 세계인입니까? 아니면 일본인입니까? 도대체 누구란 말입니까?

좌파 (북과 함께) 여러분, 자 따라 외쳐주십시오!
모두들 대한의 함성으로!
신한청년당 강령
하나, 대한 독립을 기한다.
둘, 사회개혁을 실행한다.
셋, 세계대동을 촉성한다.
(모두 함께) 그로부터 몇 달 뒤! 1919년 4월 11일!

음악과 함께 임정 초기의 단체 사진이 뜬다.
거기에 여운형을 비롯해 신한청년당 몇이 포함되어 주축이었음을 노출시킨다.
사진 하단에 글자가 박힌다.
'대한민국 임시 정부 헌법 제1조 대한민국은 민주공화국이다.'

이때 몽양 여운형 모습이 클로즈업되면 사진 위로 박히는 총성
과 총탄자국 3발!

음악.

로비 전등들이 앞 장면에 비해 본격적으로 어두워진다.

양식적인 행동으로 등장하는 일본군들.

일본군 (일본어) 우리 대일본 제국은 다음과 같이 명한다. 여운형
을 대일본제국 동경으로 초대한다. 여운형은 이에 응하
라! 1919년 11월 27일, 척식국 장관 고가, 육군대신 다나
카, 정무총감 하라, 체신대신 노다 배상 대독!

좌파 저들의 계략에 응해선 안 됩니다. 호랑이 굴이 아니라 아
가리로 들어가는 것입니다. 입에는 꿀, 뱃속에는 칼! 여러
분 우리는 반대해야 합니다. 저 분이 위험에 빠지도록 가
만 둘 수는 없습니다.

우파 우리는 여운형의 개인행동으로 간주하고 도일을 반대하
는 바입니다. 당신은 임정의 외무차장, 우리의 정보가 저
들에게 건네져서는 안 되오! 그건 엄연한 친일이오! 지금
까지의 여기 모인 이들과 함께 했던 모든 말과 행동이 결
국은 이것을 위한 것이었소?

좌파 그건 또 무슨 개뼉다귀 같은 소리요. 선생은 벌써 모든 지
위와 직책을 내려놓았소. 내무총장 안창호 선생께 모든
허락을 받아둔 상태란 말이오.

김규식 도산은 말합니다. 국가를 위하는 열렬한 충성에 대해서
나는 몽양을 절대로 신임합니다!

운형 여러분 제가 가는 길은 쉽지만은 않을 것입니다. 또 하나
의 전쟁, 저는 선열들의 뜨거운 피와, 모든 조선 인민들의

뜻을 받들어 가겠습니다. 단 하나의 무기- 이 땅과 이 민족의 운명을 걸고, 평화와! 평등과! 자유의 의지를 가지고 당당하게 맞서겠습니다. 노동자, 농민, 청년, 회사원, 여러분 모든 인민이 함께한다는 걸 한 순간도 잊지 않겠습니다.

음악과 함께 객석문들이 동시에 활짝 열린다.
배우들과 스텝들의 안내를 받으며 우리의 관객들은 어두컴컴한 현해탄을 건너 자리에 착석할 것이다. 간혹 일본군들의 검표와 감시를 받으며.

2막

관객들은 넓게 펼쳐진 무대와 객석전체까지 조명 빛살로 확장
된 일본의 내각 공관에 들어온다.

파티석상 같이 과장되어 보일 수도 있으나 엄중한 기운도 스며
있다.

무대 바닥은 기존 극장바닥, 연결된 런어웨이가 객석 깊숙이까
지 연결되었다. 런어웨이는 길쭉한 육각형, 무대는 삼면에 세
워진 세 개의 두꺼운 시멘트 벽. 뒷벽 앞에는 샤막이 업다운
되며, 이곳은 물론 삼면 벽에도 영사를 활용한다.

다시 돌아가, 관객들이 극장으로 들어서면 샤막에 투사된 '몽
양, 1919'

공간 연출과 함께 천정에 매달린 과장되게 큰 샹들리에도 본
다. 그 아래 넓게 배치된 밝은 색의 둥근 테이블 몇 개. 테이블
주위에 앉거나 서 있는 관료들, 서류를 뒤적이고 빈 공간을 응
시하고.

스크린에는 몽양 여운형과 관련된 영상이 빠르게 편집되어 투
사된다. 극 중 현재까지 혹은 일제, 미군정을 지나 암살까지.

객석이 빠르게 정리되고 영상이 마무리 되어 갈 즈음 기적을
뿜는 기차소리 들려온다.

객석 한 곳을 노려보던 육군대신 다나까 군도를 뽑아 칼을 휘
둘러댄다.

고가 (걸어 나오며) 또 다시 1919년 당시의 기억으로 돌아왔습니다. 그가 저 문을 열고 침착하고 단호하게 걸어 들어올 것입니다. 그저 조선인 하나, 저 문밖의 여럿 중 하나로 그칠 수도 있지만 시간을 함께할수록 그의 뜨거운 숨이 느껴지기 시작한다면, 어느새 실내 가득 그의 기운이 들어찹니다. 영원히 흐를 것 같은 시간을 불러와 이 모든 일들을 인간의 마음속이 아니면 그저 저기 존재할 뿐인 객관의 세계로부터 우리를 되살려냅니다. 지금부터 이 모든 것은 그의 마음속에 존재하며 그의 마음입니다. 그것은, 우린 이미 모두가 이 세상 사람이 아닙니다. 이 공간도 저기 저 사람들도, 또한 그의 마음속에 함께 있는 여러분도. 하지만 지금은 1919년, 저는 대일본제국의 척식국 대신, 그는 식민지 나라 조선의 청년, 저는 그 해에 그가 벌인 일들을 두 개의 시선으로 냉정히 대할 것입니다. (자리로 간다)

다나카 긴장 되십니까? 고가 장관?

하라 3.1 만세 폭동이 영광스런 혁명이라고? 이 정신 나간 중국 놈들. 조선으로부터 혁명을 배워야 한다? 6억의 인민을 대표한다는 작자들이, 중국 민주노선인 공산당을 대표한다는 놈들이! 그저 혁명, 혁명!

다나카 소련도 그놈들과 한패니, 한 번 더 전쟁으로 족쳐야 할 것이오! 레닌이란 작자가 그자에게, 일본 내의 조선인들은 무산계급으로 파고들어 회합운동을 펼치라고 부추겠다지 뭡니까. (칼을 휘두른다) 레닌의 민족자주론? (웃는다) 미국의 민족자결론이 뭘 뜻하는지 알기나 할까? 스탈린은 파리회의 때 그 따위 소리는 입에 담지도 않소이다.

하라 조선에서는 임시정부를 지지하라. 무장 항쟁을 지지하라.

도대체 이 자를 가만 둔 이유가 무엇입니까? 이깟 조센징 하나, 총독부는 총사퇴로 천황께 충성을 보여야 할 거요.

고가 그 자가 동경에 도착했다하니, 하라 정무총감께서 내각의 이름을 걸고 보란 듯이 처리해보시오. 물론 내가 먼저 그 자를 잘 구슬려 볼 테니.

노다 천황폐하께서 이번 계획을 승인하신 건 전세계의 비웃음 때문일 것이오. 그들이 파리까지 흘러들어가도록 속수무 책인 대일본제국의 정보력. 우리의 심장 도쿄 한복판에서 2.8 독립 시위. 우리의 제국 조선에서 태극기 폭동. 세계 1 등 군대는 뭘 하고 있었던 겁니까?

다나카 유엔은 미국이나 다름없고, 열강들의 동아시아 평화는 우 리에게 달려있는 걸 잘 알 텐데, 유럽까지 넘보지 못하는 것도 안타까운 판에, 조선이 이번 한번 꿈틀거린 걸 가지 고 왜 이리 야단들인지 모르겠소.

하라 제가 적시하는 건 이번 사태가 아니요. 이를 통한 그들의 자만심, 그리고 그들의 규합이오. 체포나 고문은 우리의 화풀이가 아니라 조직책과 그들의 애국심, 그리고 무엇보 다 자유, 평화 따위를 담은 사상과 회합의 싹을 자르는 것 이오. 그들의 머리통에 사상이 자리 잡기 전에 우리 대일 본제국의 정신을 심어야하오.

스크린 샤막에 기차가 멈추고, 30대의 젊은 여운형과 장덕수 가 영상 속에서 나온다. 누군가의 안내를 받으며 무대를 돌아 한쪽 테이블에 굳은 듯 앉아있는 자의 앞에 안내된다.

장덕수 곤니치와, 와따시와 장덕수 데스네. 분위기 더럽게 딱딱

하게스리… (관객에게) 저는 와세다 수재, 독립 청원문을 3일 만에 써냈습니다. 그로 인해 일제에 체포되어… 훗날 동아일보 초대주필이 됩니다.

고가 (일본어, 자막) 우리가 그대를 놓아준 것은 여 선생께서 초청에 응하는 조건으로 약속한 것이다. 그대는 통역관이라지만 여 선생은 영어와 우리말에 능하다 알고 있다. 또한 청년과 인재를 아낀다는 것도. 조선을 위한 문화통치에 합당하다.

다나까 대일본제국은 대동아공영권을 만들기 위해 노력하는 것이외다.

장덕수 그 저의가 번져나가며 공기를 얼립니다. 저들의 미소, 저희는… 제가 몸을 겨우 돌려 통역을 시작할 찰나…

운형 초대와 배려 감사합니다. 그런데 하나, 여러분께 심히 서운하오. 대동아공영을 말씀하기 전에 본토의 언론공영이나 바로 잡아야 할 것이오.

장덕수, 놀라서 좌우 눈치 보며 겨우 통역을 진행한다.

다나까 (한 손을 크게 들었다가 테이블에 놓는다.)

우파 (동시에 조간신문을 펼치며) 여운형, 조선 자치운동 협의차 일본 도착! 자치론, 조선인은 식민통치를 인정하고 자치권을 우선 확보한다.

장덕수 '여운형이가 대노해서 한 놈도 안 만나고 돌아간다고 전화하시오. 타협을 원하거든 조간신문에 정정기사를 내시오, 기자들을 불러 내가 동경에 온 까닭을 설명할 자리를 열라 하시오.'

좌파	나 여운형은 일본 지도자와 타협하러 오지 않았다. 자치를 구걸하러 오지도 않았다. 독립을 위해 담판을 하러 왔다. 제군들의 협조를 바란다. 나는 동경 유학생 여러분을 믿는다. 민족의 뜻을.
다나까	(다른 손을 크게 들었다가 테이블에 놓고 분을 삭인다. 억지 미소)
고가	(웃음) 정정을 요구했으니 너무 심려치 마시오. 또 하나.
하라	제국 호텔 연설, 11월 27일, 제국의 심장 한복판이니 안전과 무사 귀환, 또 하나 전 일본인들은 그대의 활약을 기대해마지않소.
운형	고가 장관님의, 쌍방의 의사를 소통할 목적이라는 이유, 그리고 행동의 자유와 안전 보장, 일부의 반대에도 불구하고 신의 상, 차행을 결단하였소. 또 조선의 정치 회합 관련 사상범 석방.
장덕수	자꾸 침이 마르고… 더… 듬… 거리… 는… 저쪽에서 광선이 번쩍입니다.
다나까	(억누르느라 얼굴을 낮춰) 쌍방!?… 의사소통!… 선심쓰시겠… 다!…
노다	(낮게 속삭인다) 저한테 통역 안하셔도 됩니다. 표정관리 하시랍니다.
고가	자, 다들 시장 하실 테니 만찬이나 드시면서 얘길 나눕시다. (손짓)

좌파, 우파 인물들 중 몇이 게이샤로 변모, 등장한 게이샤에 합류하여 춤추고 음식을 나른다. 몽양을 제외한 이들 먹는다.

자막: '기모노를 입은 게이샤가 58명이나 동원된 이날의 연회

에는 85세 된 고가의 어머니도 참석했다. 의상도 음식도 일본의 고전식이었다.

김규식 (하수 쪽, 좌파1에 있다가) 저들의 초청은 회유와 함정. 파리강화회의 실패를 통해 각성된 사실, 민족자결의 정신은 약소국이 아닌 열강들의 두 얼굴을 감추기 위한 방편일 뿐, 두려워할 것 없는 그들에게 최소한의 두려움을 갖게 하는 것은 무엇입니까? 이 세상과 인류에게 있는 최소한의 것, 이제 그것이 유효한 시간 또한 얼마 남지 않았다는 걸 압니다.

좌파 우린 민족자결이 아닌 레닌으로부터 시작된 민족자주론으로 다시 힘을 모아야 할 것을 동포 여러분들께 건의합니다.

고가 조선은, 그러니까 그곳의 지도자들은 세계정세를 어떻게 판단하고 있습니까? 1차 대전 이후 승전국들은 세계 공영과 평화를 위해 잘 꾸려가고 있는지, 이에 우리 일본 제국은 또 무엇에 힘써야 할는지? 고견을 부탁하오.

운형 제가 이 자리에 있는 것만으로도 세계 각국 식민지들의 독립운동이 격렬해질 것을 반증하오. 제가 그러한 국가들을 찾아가 외치는 것은 미국이나 열강에 의존한 자주 독립은 불가능하단 것이오. 제가 상해 임정과 조선의 정계에 몸을 던지려는 이유가 그것이오. 저는 일본을 배제한 노선은 조선인에게 이득될 것이 없다 굳게 믿소. 나는 열강에 독립을 호소하기 전에 일본과 대화해야 한다고 지금도 주장하는 바이오.

다나까 (벌떡 일어나 팔짝팔짝 뛰어다니듯) 너무나 현명한 고견, 듣던

중 이보다 반가운 대화는 처음이오. 여러분은 그렇지 않습니까?

우파 (박수를 치며) 과연 대일본제국의 문화통치 그 빛이 발하는 순간이오. 자, 다음 단계로 몰고 가셔야죠. 옭아매는 겁니다. 우리의 문화와 부국으로.
오시는 동안 제국의 경관은 어떠하셨소?

운형, 한 사람 한 사람을 꿰뚫듯 둘러본다.

장덕수 나를 제외한 이 모든 사람들의 온화한 표정, 음식이 어디로 들어갔는지, 입안 가득 단어들은 허공에 흩어져 저 높은 천정처럼 빙글빙글, 아이구!

장덕수, 엉거주춤 일어났다가 털썩 앉는다.
일본대신들 앞 다투듯 몽양과 장덕수에게 술을 따른다.
좌파 인물들, 술을 마시고 고기를 뜯는 마임이 경박하다.
우파 인물들, 몽양 여운형 부인으로부터 시작된 밥그릇을 하나씩 건넨 후 손에 쥐고 천천히…

연구·원구 (두 딸, 노래) 많이 드세요. 드셔야 힘이 솟죠.
정신은 체력에서, 늘 가족과 청년들에게 하신 말씀.
헤일 수 없이 만나는 사람, 집에 돌아올 시간도 없이
우리는 천천히 알게 되겠죠. 똑바로 마주 달려오는 기차처럼.
헤일 수 없이 감싸던 사람들, 집에 돌아올 시간도 없이
우리는 비로소 알게 되겠죠, 똑바로 마주 달려오는 기차

처럼.

고가 저들이 웃고 떠들어 대는 사이, 저는 몽양을 봅니다. 그의 긴 침묵을. 제가 아는 한 그의 머릿속엔 늘 똑같은 단 한 가지의 생각만이 흐릅니다. 자, 이제 뇌관을 격발할 순간만을 기다리고 있습니다. 그의 언변, 보다 정확히 말하자면 신념을 격발하는 사상을, 어쩌면 그보다 더 깊숙이 흐르는 그의 피, 북소리가 울리기도 전에 자신의 피가 누군지 깨달아 버리는 그 뜨거운 피! 아무런 내색 없이 이쪽을… 이제부터 우리 모두는 그가 인내하는 동안 마음속의 등불이 켜지고 휘말리게 될 것입니다.

장덕수 아주 맛납니다! 저, 몽양은 원래 술을 잘…, 제가 마시겠습니다. (두 잔을 마신다) 설마 했지만 역시나 이런 일이… 아, 제가. (따른다)

여운홍 (좌파를 향해) 국채보상운동, 그 후로 형님은 술과 담배를 끊습니다. 단 한번, 베를린 올림픽 손기정 마라톤 우승. 술김에 그랬을까요? 세계의 심장을 펄떡이게 했던 그의 가슴, 조선만방에 퍼뜨리고자 가슴팍 일장기를 지워서 보도합니다. 평생 한번, 가장 노릇 조선중앙일보 사장 3년 만에.

우파 우리가 준비한 것들을 보여주시지요, 세계 공영을 위한 우리의 진심과 태도. 우리의 향기가 전해지겠지요. 영원히 지워지지 않을..

몽양 귀하들과 일본의 국민들에게 우리의 독립의지를 설파하려는 것! 내가 도일한 오직 하나의 목적이 그것이오.

장덕수 !!! (테이블 밑을 살피다가) 여긴 숨을 곳이… 마땅치가, … 없습니다.

우파 인물들, 발을 굴러댄다. 그들 중 하나가 권총을 꺼낸다.

우파 독립운동은 저자와 저들만의 힘으로 된 것이 아니오. 다른 사람을 데려옵시다, 그들 중에는 우리의 세계를 향한 진일보에 함께 하려는 자들이 넘쳐나고 있소.

여운홍 (손에 권총이 우파한테 겨눠진 채) 이 총은 형님에게 전해진 것이오. 허나 지금도, 같은 조선인의 테러가 수없이 자행될 훗날에도 지니지 않았소.

우파 저 거만함을 보시오. 우리의 호의와 대의를 몇 번씩이고 짓밟으려 하려는 자요.

고가 (딱 하고 일본 타악기를 친다) 나는 그대와 같은 조선의 우국지사를 성심으로 동정한다. 그러나 현재와 같이 충분치 않은 힘으로 어떻게 일본에 대항하려 하는지 그대들의 의도를 헤아릴 수가 없다. 한 회사가 실력이 부족하면 실력 있는 회사에 합병하는 것이 쌍방의 이익이듯, 우리의 합병 또한 그렇지 아니한가.

운형 대신은 지금 국가의 전쟁을 회사에 비유하나 이는 절대로 옳지 않소. 회사는 이익을 위해 성립되지만 국가는 그렇지 않소. 개인의 죽음은 있지만 국가는 영속하는 것인즉, 국가의 미래를 위하는 것이 조상과 자손에 대한 의무가 아닙니까. 지금 조선에는 열강들의 생각을 모방하고 열강을 흉내 내는 자들이 넘쳐나오. 국가에는 의가 있는 즉 이익을 논하기 전에 개인을 희생시켜야 하는 것 아니오이까? 세계의 평화를 논하고자 한다면 조선의 독립은 가장 긴요한 문제로 다뤄져야 할 것이오.

장덕수 침이 꼴깍 넘어갔지만 제 손은 박수를 치고 있었습니다.

고가	도대체 나라를 지킬 힘이 없는 자가 독립의 승인을 받는다 한들 어떻게 제 3국의 침략을 막을 것인가. 이미 성립된 관계를 유지하면서 실력을 기를 수밖에 없는 것이다. 일본과 조선이 일치단결하는 것만이 서양세력을 막고 동양의 평화를 유지하는 유일한 길이란 걸 모르는가.
운형	대신은 지금 조선은 실력이 없어 합병되었으니 실력을 기르라 하시는데 작금을 보시오, 조선은 합병 후 쇠해지고 말라만 가고 있소. 우리의 만세 운동은 비탄과 뒤섞인 의지로부터 세계 인류의 자유와 평화를 향해 솟구친 200만의 목소리요.
우파	고개를 끄덕여 주시오, 그리구 그 다음은… 부드럽고 강하게…
고가	(고개를 끄덕이다가) 부강한 나라들을 보게, 가난한 중국과 소련은 결코 그대들의 벗이 아니네.
몽양	자국에 적을 두는 것과 인근에 친구를 두는 것 중 어느 것이 유리한가를 생각해보시기 바라오.
고가	조선은 독립보다는 자치가 바람직하니 그대가 조선에 자치운동을 일으켜보는 것이 어떠한가.
몽양	나에겐 오로지, 독립이 있을 뿐이오.
장덕수	저는 저들에게 눈물을 보일 뻔합니다. 한 자, 한 자 또박또박… 술잔마저 얼어붙던 순간들이… (마시곤) 맛있습니다.

고가, 다기를 들고 와 몽양에게 따른다.

고가	나는 그대의 의지에 감복했다. 나는 지금 그대에게 최고

의 경의를 표하고 싶은 것이다. 내가 조선에 태어났더라면 나도 그대처럼 했을 것이다. (호탕하게 웃는다)

우파 누가 우리의 힘을 보여주시오. 저들이 그 힘에 위압되도록. 우리의 정신으로 그들의 나약함을 드러내게 해주시오.

다나카 (에둘러 나온다) 그대가 여운형인가?

여운홍 몽양, 어머니께선 태양을 품는 꿈을 꾸셨죠. 무엇을 품는다는 건 혼자이고 외로운 길이죠.

다나카 일본은 지금 3백만 명의 병력을 갖고 있다. 조선은 우리와 한 번 일전해볼 용의가 있는가?

우파, 군화발의 행진처럼 발을 구른다.

다나카 그런 용의도 없으면서 독립을 운운하는가. 만세를 부르는 따위로 독립은 되지 않는다. 그런 것으론 일본의 창호지도 찢기 어려울 것이다. 세계대전 승전국인 3백만 대군의 대일본제국이 그걸 허락할 거 같은가. 우리 제국군대는 조선인 2천만을 다 도륙할 만한 실력이 있다.

장덕수 테이블 위를 군도로 내리치는 것 같습니다.

운형 대신은 이제 말씀을 다 하셨습니까?

다나카 할 말이 있거든 해보시오.

운형 장수의 목숨은 빼앗을 수 있어도 필부의 뜻은 빼앗을 수 없소. 2천만의 목숨을 빼앗을 수도 있고, 여운형의 목을 벨 수도 있지만 2천만 명의 혼을 죽일 수는 없을 것이며, 우리의 독립의지는 벨 수가 없을 것이오. 독립만세는 물 위에 나온 빙산의 일각이외다. 이를 무시했다간 세계 인류의 정의에 부딪혀 자멸하고 말 것이오.

고다   순간 저는 그를 향해 외치고 있습니다. 이제 이 순간을 지나 조선에 닥칠 또 다른 열강들의 침략에 부딪힐 그의 모습이 위태롭게 떠오릅니다. 그리고 그를 향해 요구되는 목숨을 건 화합과 독립투쟁, 몽양, 자네의 희망은 평화, 좌익네들의 희망은 평등, 우익의 희망은 자유라고 믿고 있나? 그건 파리 열강들의 책상 앞에서 끄적거린 종이나 부랭이에 불과하네. 자네들의 희망은 출렁이는 파도를 따라 흩어지다가 자유여신상 허벅지에 부딪히고 좌초되고 말 것이네. (그의 뒤로가 소리 없는 박수를 친다) 앞으로 두 번의 체포와 교도소 생활은 그의 한쪽 귀를 멀게 하고, 12번의 무지와 대의로 포장된 테러의 위협은⋯ 어쩌면 지금 이 순간부터 그를 향해 한 걸음 한 걸음 다가가고 있었는지도 모릅니다.

하라   그대에게 하나 묻겠다.

좌파   그대는 경성역, 현장에서 즉사하실 뻔한 분.

우파   (일어서서 박수치며) 여러분 우리의 내각 수장, 하라 장관이오.

장덕수   (몽양의 어깨에 팔을 얹었다 떼며) 대장 이번엔 만만치 않을 것 같은데요? 라고 내뱉을 뻔했습니다.

운형   아참, 총감께선 일전에 폭탄세례를 받으신 모양이던데, 그때 얼마나 무서우셨소.

우파, 몽양을 일제히 노려본다.

하라   그래, 단도직입적으로 물어, 그대는 과연 조선을 독립시킬 자신이 있는가?

운형　그럼 총감께선 저렇듯 거국적인 만세운동이 일어나고 폭탄이 터지는 조선을 과연 통치할 자신이 있으십니까?

하라　일본제국이 건재하지 못하고 망하면 동양전체가 다 망하는 것. 왜 현실을 직시하지 못하는가?

장덕수　저의 통역은 보다 심오하고 아름다운 격조를 갖추어만 갑니다.

운형　조선 속담에 초가삼간이 다 타버린다 해도 빈대가 죽으니 속 시원하다는 말이 있소. 일본이 망한다면 조선인은 아주 통쾌해 할지도 모르죠.

좌파, 웃고, 고가 입안에서 튄 밥알이 다나카의 머리 위로 떨어진다.

우파　저 사람은 누구요? 우리가 베푼 호의와 대의를 이용해, 도리어 우리의 자존심을 건드리는 자가.

좌파　그대들의 자존심이 그대들이 말하는 대일본의 정신이요?

우파　입 조심 하시오, 적어도 25년은 더 우리의 지배 아래 있을 테니.

여운홍　하지만 우린 견뎌낸다, 우리의 뼈를 다 바르고 살을 떼어 가도. 우리는 그분의 말을 듣습니다. 동지 여러분 일본의 형세를 보니 이제 우린 건국을 위한 준비를 해야 할 것이오.

노다　(나서며) 그대가 이러쿵저러쿵 답변은 한다만 다 쓸데없는 짓이다.

장덕수　노다 체신장관, 하라 내각의 번뜩이는 수뇌.

노다　조선을 위한 것은 일본이 살기 위한 것이다. 조선을 내놓

으면 일본은 죽는다. 이렇듯 일본의 생사가 달려있는 조
선을 그냥 내놓을 수가 있겠는가. 그대의 뜻은 가상하나
일본은 거저 조선을 독립시켜줄 이유가 어디에도 없다.
그대들이 그렇듯 원한다면 실력으로 싸워서, 생명을 희생
해서 독립을 찾아가란 말이다. 절대로 거저 주진 않겠다.

우파　(일어나 박수를 치며) 하라 내각의 총 사퇴를 건, 단순 명쾌,
사실적 묘사. 이래도 할 말이 남았는가?

운형　(박수를 치며) 과연 훌륭하십니다. 동경에 온 이래로 공연한
헛걸음만 했다 싶었는데 오늘에서야 인물 하나 제대로
발견하였습니다. 대신은 과연 인물이십니다. 일본인 가운
데 오직 대신만이 인간적이고 양심적이며 거짓 없는 참
말을 해주시는 군요. 저와 조선인의 뜻은 생명을 희생하
여 독립을 하는 것이 아니라 생명을 위해 독립을 하는 것
이오.

장덕수　저의 통역은 점점 거침없이 한 지점을 향해서만 달려갑
니다.

고가　제 마음속에 귀에 들릴 만큼 커다란 심장소리가 가득 차
기 시작합니다.

다나까　대일본제국은 대동아공영권을 향해 밤낮없이 달려가고
있소이다!

우파　동아시아의 공영을 통한 세계의 평화.

운형　평화란 그저 한가로운 풍경을 뜻하는 건가요? 벌과 나비,
산새, 저 작은 씨앗에 이르기까지 활동이 있는 것이라야
하지 않소? 작금의 시대를 평화라고 한다면 일본은 패착
이오. 그대들이 통치하는 조선인은 그 어떤 활동도 보장
받지 못하고 있소. 그것은 인공물에 지나지 않소. 그대들

이 말하는 공영과 평화는 무엇을 말하는 거요? 그들의 두 얼굴을 감추기 위한 목소리를 흉내나 내는 것이 공영이요? 나는 서구열강이 동양을 침략한 것에 분개하는 사람이오. 왜 일본은 그들과 겨룰 생각은 않고 동양인을 탄압하는가?

우파, 이상한 웃음들을 낸다.

노다   우리의 위대함은 지금 그대들에게 최선의 손길을 내밀고 있다는 거요. 열강의 호의를 거부한 나라들의 꼴을 보시오. 자, 인내심을 가지시오.

장덕수   순간 제 머리 위로 3백 만 일본군의 그림자가 스쳐 지나갑니다.

우파   자, 제국 호텔로 그를 데려갑시다. 그에게 우리가 성취한 위업들을 보여줍시다. 천황폐하의 대의와 일본인들의 진정한 기상, 우린 이들을 초대한 것이오. 세계의 심장, 대일본 제국의 심장 한복판으로. 점차 웅장해질 음악이 들려오고 연설장의 분위기를 만든다. 대형 샹들리에는 몽양 위에서 천천히 최고조 불빛으로 변하고 주변은 어두워질 것이다. 천정에서 연설용 마이크가 내려온다.

김규식   여러분은 저의 말을 듣습니다, 저는 여러분의 목소리를 듣습니다. 조선 인민의 목소리를 담아 시베리아, 몽고, 극동피압박민족 대회를 향해 나아갑니다. 영국 프랑스 유럽 열강을 지나고 동남아 피압박국에서 여러분의 목소리를 말합니다. 바람결에 실려 온 여러분, 조선 민중들의 목소리를 듣습니다.

운형   (음악 중에) 주린 자는 먹을 것을 찾고, 목마른 자가 마실 것을 찾는 것은 생존이다. 이것을 막을 자가 있겠는가! 일본인에게 생존권이 있다면 우리 한민족에게는 홀로 생존권이 없을 것인가! 일본 정부는 이것을 방해할 무슨 권리가 있는가. 이제 세계는 약소민족 해방, 부인 해방, 노동자 해방, 세계 개조를 부르짖고 있다. 이것은 일본을 포함한 세계적 운동이다. 세계의 자유와 평화를 개조하는 것이 신의 뜻인 바, 조선은 세계의 장벽을 허락하지 않는다.

음악이 고조되며 스크린에 원폭 투하 영상이 가득 차오른다.
암전.

3막

자막: '몽양 1945~1947'

무대 벽면 투사영상 변화로 분위기를 바꾼다.
좌우에는 높이와 크기가 각기 다른 계단식 단들이 들어와 인물들이 앉거나 서거나 무리를 지어, 다른 공간들을 표현한다.
조명의 경우 기존무대와 보조무대(런어웨이)로 국한된다.
상부에 매달린 과장된 샹들리에를 중심으로 많은 삿갓 등이 내려와 무대 중심 부분을 비추게 되며, 시대의 변화를 나타낸다.
이는 해방기 시공간의 정치적 느낌을 부여하며, 추후 이를 흔들어 혼란한 정국을 표현한다. 또한 육각형을 이루는 전등에만 불이 들어와 몽양의 관을 상징한다.
일동 합창 (허밍 섞인 합창으로 부인과 딸들 중심)

어두운 산들 배경으로 하얀 모래 위를 한강은 흐르고
강물은 오후의 태양을 받아 실타래처럼, 실타래처럼 반짝이네
보라색 안개, 부드러운 미풍 이것이 아름다운 한국의 여름날 저녁
한 무리의 사람들이 논밭을 헤치고 나가-
한 무리의 사람들이 공장을 오고 가네-
한 무리의 사람들이 광장으로 몰려오네-

노래 진행 중에 60대의 몽양이 면도를 한다.

한 사내가 트렁크 가방을 들고 등장, 좌측 단무대 한쪽에서 타자를 친다.

리처드 안녕하세요, 리처드 로빈슨입니다. 미군정 소속, 정보부, 주한미군사를 쓰는 군사관이었습니다. 저도 이제 이 세상 사람이 아닙니다. (트렁크를 가리키며) 저기 자료나 사진들 또한 미군정이 수집한 것이 아니라 1947년, 7월 이 땅을 떠나 제가 죽기 전까지 떠올리는 불확실한 기억들입니다. 하지만 제가 보고 듣고 수집한 것들은 일본과 미국의 기밀문서들 보다는 그분에 관해 더 많은 걸 떠올리게 해 줄 수도 있습니다. 즉, 이 모든 저의 글들은 기억, 저의 기억, 그분을 기억하는 모든 이들의 기억, 이제는 모두 사라진 공간에서 그 해방기를 기억하는 한 권의 책, 즉 저의 기억 속에서 일어나는 그분에 관한 기록들로 되살아납니다. 일본으로부터 이양 받은 그에 관한 사찰과 행적, 그리고 정국현황은 미군정에서도 그대로 복제되고 있습니다. 단 총칼을 휘두르며 싸워야 하는 장기판에서 두뇌와 피를 말리는 바둑판으로 바뀌었다는 것입니다. 바둑과 장기 다 한 수 한 수가 승패를 좌우 한다, 맞나요? 제가 지금 집중하는 것은 그렇게 오와 열을 갖춘 그분의 생각과 행동, 그리고 예견된 사태를 막기 위해 목숨마저 걸어야 했던 신념에 관한 것입니다. 저를 포함한 미군정청은 이 땅의 수많은 가능성과 지도자들의 위업, 특히 그분을 중심으로 조직된 각계각층의 동맹과 조직들에 무지한 그저 군인들이었습니다. 그 실핏줄들의 탄생과 목소리에 귀를 닫고 친일 관료들의 부추김에 힘입어 본국의 명령에 따라 서서히 대수술을 시작합니다. (머리를 가리키며) 이곳과 (가슴을 둘로 나눠 보이며) 이곳.

그는 타자기가 있는 쪽으로 간다. 사진 한 장을 든다. 몽양이 면도하는 사진이다.
무대 다른 곳의 몽양은 이즈음 면도를 마치고 옷을 갖추고 수첩에 뭔가를 적고 있다.
몽양의 부인 진상하와 딸들이 몽양이 있던 사랑채로 간다.

연구 (둘째 딸, 손에 든 책) 다녀왔습니다. 아버지, 어디 출타하시게요? 우리 아버지 멋쟁이, 우리 6남매 모두 아버지 피를 물려받아야 했어, 그지?

원구 난 아냐. (몽양의 알통을 만지며) 난 근육. 아버지 저 유도 배우고 싶어요. 유도협회장님께 전화 좀 넣어주세요. 야구는 아무래도 재미없어. 작년에 아버지랑 뻔질나게 휘문중 뒷담 사다리 타고 가서 할 때는 재밌었는데. 청년들이 운동장 가득한데 아버지가 땅에다 뭘 막 그리시기에 감독 지시인가 했는데… 그게 요즘 생각해보니 건국 준비 조직도였어. 일본 놈들 그건 지금도 모를 걸. 조선체육회장으로 딸이랑 캐치볼 하는데 누가 안속아?

연구 그럼 그땐 언니도 속은 거네.

원구 그렇지.

몽양, 두 딸을 꼭 안아준다. 턱수염으로 볼을 문지른다.

몽양 다녀오겠소.

연구 아버지 잠깐만, 어째 아직 좀 절룩거리시는 거 같은데?

몽양 저녁상 좀 봐놓구려.

원구 (기뻐하며) 그럼 집에 들어오시는 거네요?

진상하 오후에 동대문 운동장 가신다면서요. 영국과 경기가 있다면서요.

연구·원구 저두요, 저두요. 야아 넌 야구 싫어한다고 했잖아.

몽양 몇몇이 같이 올 거야.

연구 아버지, 이건 엄마 대신 말씀드리는 건데…

몽양 우리 연구 양, 말해보렴. 뭐든.

연구 배급이 시원찮아요. 일정 때도 이러진 않았는데.

여운홍 (들어오며) 형님 끝나셨어요? 형수님 운전기사 둘은 동행이고 같이 온 당원들 식사 좀 내줄 수 있을까요?

진상하 아…, 몇 분이세요?

여운홍 오늘은 일곱 명 정도 밖에 안 돼요.

진상하 아, 우선 들어오시라고 하세요.

난구, 들어오다가 여운홍 의식하며 고개만 인사.

원구 저기들 좀 보세요. 개울가 다리 위로 일본인들이 지나가요.

연구 저치들 아직도… 가난한 사람들은 어디든 똑같아. 불쌍해 보여. 일본으로 돌아가도 거긴 이미 예전의 모습은 아니잖아.

원구 그나마 다행이지. 아버지가 건준위 안 만들었어봐. 사람들 손에 다 죽었을 거야. 일본이 저렇게 될 줄 아버진 미리 아신 거지.

몽양　다녀오겠네. (나간다)

여운홍, 따라 나간다.

원구　(따라가며) 배웅도 해드릴 겸.

연구　(따라가며) 구경도 할 겸.

난구　너희들 조심해.

진상하　놔둬라. 아버지 기운 나게 한다고들 저러는 구나.

난구　괜찮으신 거예요? (바깥을 살피며) 방금도 누가 요 앞까지 따라오는 거 같았어. 그리고 저 수업 못나갈지 몰라요.

진상하　(입술을 깨문다) 너한테까지… 아버지 때문이니?

난구　아니… 삼촌. 교장은 미군정이 아버질 탐탁지 않게 여기는 데 신경이 곤두서 있어. 그리고 몇 년 전 삼촌의 부일 활동 강연.

진상하　하지란 자가 아버질 옥죄는구나. 자기도 친일파에 둘러싸여 있으면서.

난구　야학당 가면 자기가 무슨 무장 항일 투사라도 된다는 듯 구는 애들이 있어요. 그분들이 정치에 관여하는 게 영 맘에 안든 대요. 하나같이 제가 보고 듣고 한 것들과는 정반대로 외쳐대고 있어요. 그런 애들 머릿속에 뭐가 들었는지, 괜한 일들에 흥분하고 과격해져서 당장 무슨 일이 벌어질 것만 같아서….

진상하　(몇 걸음 나오며) 너희 아빠, 수없이 이 집을 나섰지만…, 그 날은 출타를 못하게 했어야 했어요. 사랑하는 딸들, 북에서 살아가게 될 저 애들한테 평생을 그리움과 죄책감으

로 살아야 할 테죠. 그이를 관 속에 묻기 전에 꼭 물어봐야 할 게 있다고 결심했었는데,

리처드 단 세 발의 총성, 그 소리가 이 땅을 흔들기 몇 시간 전까지 하지와 미군정은 자신들의 계획대로 돌아간다고 생각했겠죠. 그 사건은 벌써부터 예견된 일입니다. 그게 누구나의 결정만 남았었죠. 누가! 그리고 누구를!

리처드, 몽양이 있던 쪽으로 가서 거울을 쥔다.
몽양은 크게 뒤쪽으로 한 바퀴 돌아 박현영 측으로 간다.

박측 여운형 선생께서 오셨습니다.

박헌영 (앞으로 나오며, 격렬한 심경을 억누르며) 몽양 선생! 당신께서 나에게 많은 길을 열어주었다는 걸 잊지 않습니다. 하지만 전 더 큰 세상을 필요로 합니다. 난 더 이상 20년 전의 박헌영이 아닙니다. 그대를 따라 레닌과 트로츠키를 만나던 애송이가 아니란 말입니다.
이 땅에는 이 땅에 맞는 사상이 필요하다, 그 말에는 나도 동감합니다. 나는 소련의 공산주의가 아니라 이 땅의, 여기 민중들의 공산주의, 그대는 미국과 열강들의 것이 아닌 여기 인민의 민족 민주주의! 당신은 소련과 관여되지 않은 나의 진군을 향해 손을 내밀어줬고 나는 대중의 지지를 받는 그대로 인해 이렇게 최고의 자리까지 올라오게 되었습니다.
그 사실이 나를 헐뜯기 좋아하는 저 반동들에게 빌미를 주고 있습니다. 인간이면 누구나 갖고 있는 두 얼굴을, 새로운 지위 뒤에 따르는 내 양심을 거울처럼 나를 비추려

고 합니다. 선생에 관해 비판을 하자면 일본의 패망 직전
그대 손으로 만든 건국준비위원회를 혁명으로 가져가야
했습니다. 치안 유지나 식량 보급, 어리숙한 사상범 석방
이 아니라 농민 동맹, 노동자 연대, 청년, 부인 동맹 전국
의 160개의 조직을 하나로 모아 한 방에 밀어부처야 했단
말입니다. 우리에겐 혁명이 필요했으니까요. 선생께서 말
씀하시는 인민의 민주주의는 뜨뜻미지근하여 도저히 봐
줄 수가 없습니다. 저 빌어먹을 미군정, 그리고 친일 부르
주아들이 만든 이 땅의 모든 반동 정당들을, 선생께서 개
조시킨 조선인민 공화국 위원회를 통해 내 방식대로 밀
어붙이겠습니다. 제 눈을 쳐다보지 마십시오.

그러나 선생과의 기나긴 여정에 관한 지난한 기억들…,
난 내 심장을 인민의 평등, 공산화 혁명을 위한 시한폭탄
으로 바꾸어놓았습니다. 인민이 주인이 되는 사상으로 꽉
들어찬 내 심장엔 그대의 자리는 없을 것입니다.

(손아귀를 움켜쥐며) 새로 바뀔 세상을 꿈꾸는 자, 그 절호
의 기회를 머뭇거리지 않고 이 모든 계략과 권력들을 쓸
어버릴 자, 그건 오로지 저입니다. 그러나 아직은, 아직은
내 심장에 선생에 대한 온기가 있어 그 사실이 내 온몸을
시베리아의 눈발처럼 곤두서게 합니다. 난 내 몸의 피를
온 인민의 피로 차고 넘치게 할 것입니다.

몽양 (뒤에 서 있다가 안내를 받으며 들어선다. 모종의 기류. 잠시 후 앉으
며) … 아, 그 소식 들었는가? 소련이 조만식 선생과 김
일성 장군을 재고 있는 것 같다던데. 조만식 선생은 평
양을 중심으로 건준위를… 아 박 선생은 어떻게 될 거
같은가?

박헌영 비폭력 비타협 대중적 민족 지도자와 기밀정보에 능한 소련식 공산주의자, 아무튼 거긴 다툴 일 없지 않겠습니까. 소련이 관여하지도 않을 거고, 적어도 사상적 충돌은 아니잖습니까.

몽양 그런가? 박 선생의 추론이 그렇다면 그렇겠지. 한마디만 하겠소. 이남은 현재 속수무책일세. 그건 인민들의 문제라기 보단…, 이따 인공 위원회에서 다시 의논하세.

몽양, 나서다가 여운홍의 얘기에 발걸음을 멈춘다.

여운홍 (박측에게) 그거 아는가? 형님께서 며칠 전 또 괴한들에게 습격을 당하셨네.

박측 신문에서 보긴 했네만.

여운홍 미군정에서조차 경찰을 동원하지 않는다면, 집회라도 열 생각인데… 자네 생각은 어떤가?

박측 당신도 조심해야 하네. 민족주의 운운하는 부르주아들이 자네의 부일 강연을 쑥덕대고 있으니.

여운홍 한 가지만 명심하게. 임정요인들이 제때에 귀국했더라면 지금의 자네들 자리는 인민공화국 연합정부 지도부가 아니라 지하실 창고일세. 여긴 혁명공간이 아니라 정치공간이야, 정치는 사상이 아닐세. 그런 뜻에서 형님이 주변의 만류에도 손을 내민 걸세.

박측 (모자를 벗어 정중한 듯 인사하며) 그 잘난 체는 저 반동들에게 - 아, 참 선생네 집안도 지주였다지. 양평 어디라고 했나?

몽양 가세! 거 실례했소. 참, 방금 그 인사는 새로 나온 공산당식이요?

몽양, 나가려다 박헌영에게 악수를 건넨다. 몽양, 미소를 보이
며 한 손을 더 내민다. 옷소매가 올라가 팔뚝의 피멍자국이 드
러난다. 박헌영 마지못해 한 손을 내민다.
여운홍 뛰어 나간다.

난구 (수화기) 네, 혹시 아버지 같이 계세요? 백범 선생님 측에서
연락 왔다구요. 아, 그리고…, 아뇨, (끊는다)

진상하 수많은 사람들과 함께 휩싸인 날들, 초조와 촉박한 기운
이 집안까지 전해지고, 우리는 이웃들로부터 스스로 구별
되는 순간들에 소스라치듯 놀랍니다. 제 아이들의 표정을
보세요. 아무렇지도 않은 남들의 일상이 우리에겐 주어지
지 않습니다.

리처드 (타자를 치며) 미군정의 두 가지 얼굴, 우리에겐 영원한 적
도 영원한 우방도 없을 것이다. 현재 조선에서도.

몽양이 다가오면 리처드가 이승만 측의 인물에게 이승만 모자
를 씌우고 그로 분하게 한다.
몽양과 이승만, 마주한다.

이승만 오, 지난번엔 대문 앞에서 반나절을 기다리다 갔다길래…

몽양 인민공화국 위원회 조각 일로, 주석 자리 말입니다.

이승만 도산 선생이나 김규식이가 아니고? 기억이 맞다면 여 선
생은 임정 때부터 그 쪽 사람 편이지 않았나?

몽양 아, 늦게들 귀국하시는 바람에 아직 이곳 정세에… 박사

님께서 그분들을 미군정청에 닿게 해주면 안 되실는지, 세분께서는 미국에 오래 계셨으니, 미군정에 함께 저희 조선인들의 뜻을…

이측 지금 무슨 소릴 하고 계시는 거요? 이 박사님을 험담만 해온 자들을, 미국으로 다시 돌아가게 해놓고 놀리자는 거요?

이승만 (손을 들어 제지) 그런데 그대들 위원회에 공산계가 너무 많다고 생각지 않소?

몽양 다른 인사들을 더 영입할 계획입니다. 민족진영이나 우익 그리고 박사님 측.

이승만 조심하시오, 공산계열의 생각들은 위험해. 언제 뒤통수를 칠지 몰라, 국민들 앞에선 허울 좋게 공산사상을 읊어대지만 저들이 원하는 것은 절대 권력이오. 꿈에서도 포기 못할걸, 정작 우리가 싸워야 할 상대는 미군정이 아니오? 힘을 합쳐 빨리 내보내야지, 여 선생 날 찾아 온 것도 그게 아니오?

몽양 지난번 위원회 내각 발표는 죄송합니다. 의중도 여쭙질 않고. 공산계열의 반박문 또한, 제가 박헌영계에 타이르겠습니다.

이승만 나한테 봉건시대 돈암장 영주라고 했어. 그런 험악한 자들이 판치는 세상에 경호원 좀 뒀다고, 인민과 괴리되어 인민 파괴자의 길로만 간다고, 고연! 박헌영이 직접 오라고 하시오.

이측 인사가 이승만에게 귓속말을 전한다.
리처드 전화 수화기를 이승만 귀에 대준다.

이승만 (이동하며 영어로) 잘 지내셨소? 이거 참, 고맙습니다. 그럽시다, 곧 뵙지요.

이측 (몽양의 겉옷을 건넨다. 아까 무기를 검색했다) 밖에 차가 근사하시던데, 어떤 갑부가 줬는지 모르지만 다른 분들 차에 비해 너무 크고… 그러니까 눈에 띈다고 생각지 않습니까?

이승만 아, 동생 분은 같이 안 오셨소? 그쪽 위원회가 날 주석 자리에 추천했다고 일러주며 공산계열을 좀 축소시켜달라고… 아무튼 그 점에선 같은 생각이라고 해줬어. 아주 기대되는 인재요.

이측, 자가용 핸들을 집어 들면 이승만, 와서 앉고 그들은 떠난다.

안재홍 (뛰어와서, 신문을 내민다.) 이것 좀 보십시오. 만나봐야 하겠습니다.

몽양, 신문을 펴들고 걷는다.

송진우 '우리들은 미군이 적어도 2년 동안은 머물러 있기를 바라는 바이다. 만일 미군이 지금 떠나게 되면 다른 세력들보다 공산주의자들이 권력을 잡게 될 염려가 있다. 왜냐하면 인민들은 경제적 공산주의를 목말라 하고 있고 그들은 누구보다 더 인민 가까이에서 조직적이기 때문이다. 우리는 부강을 통해 이를 극복해야 한다. 미국과 이남의 동반자적 활로, 이것이 한민당의 나아갈 길. 건국을 향한 진정한 우익과 보수의 길'

백범 측 '한민당의 발언은 민족적 진영에 대한 모욕이다. 민중의 민족적 노선에 경제적 차원의 사상 운운하며 매국자본론을 이식시켰다. 또한 공산주의자들을 부추기는 사태를 도래한바 좌시하지 않을 것이다. 또한 미국과 이승만 세력에 반대하는 우리 임정의 민족주의 노선을 무시하는 처사다. 이들은 우리가 처단해야할 친일파이며, 지금까지 국내에서 친일을 하지 않고 어떻게 생명을 부지하고 특히나 자본가가 될 수 있단 말인가?… 김구, 김규식, 조소앙, 신익희 일동

송진우 (격정을 억누르며 나온다) 이건 또 무슨 개뼉다구 같은 소리란 말인가. 나 송진우가 자기들을 위해 해온 게 얼마인데 날 이용해 대중들을 선동한단 말인가? 국내에 발붙일 곳도 없게 된 늙은이들을 누가 상해로부터 오게 했는 데! 소위 건준위 출신의 인민공화국 작자들이 그랬을 거 같아? 천만에 말씀, 우리당에 관한한 색안경들을 벗구려. 해외에선 배가 고팠을망정 마음고생은 국내에서보다 적었을 거 아닌가? 그래서 당신네들은 누구랑 손을 잡겠다는 거야. 인민공화국의 공산당 계열이 전국의 공장과 노동자들을 포섭하는 동안 그대들 뒷바라지를 해오느라 개고생한 게 누구냐 말야. 고집으로 가득 찬 머리를 들어 사방을 둘러보란 말요. 좌와 우, 민족, 어용, 미군정, 소련과 이북, 이 여섯 개의 꼭짓점들이 어떻게 굳어지고 분열되어가는지 좀 보란 말이요. 국내 숙청 문제가 그리 급한 이슈요? 해방이 된지가 언젠데 건국부터 해야 할 거 아닌가. 누가, 어떻게 이들을 합칠 수 있단 말인가, 나는 잠 한 숨 자지 않아, 언론과 신문을 통한 연대, 학계와 자본가들 포

섭을 위해!

그들은 미군정과 이승만을 둘러싼 친일파 무리들이 아니란 말요. 미군정이 있을 때 우리만이라도 힘을 합쳐 올바른 나라, 부강한 나라를 세워야 할 것 아니겠는가. 박헌영이 저렇게 흉계를 드러내는 판에 어딜 향해 총구를 겨누는 거요… (인정해야 하는 듯) 그러나 지금 나에겐 임정의 법통이 필요하다. 저들 하나 하나의 상징성도, 이것만이 국민들의 지지를 여운형으로부터 우리 한민당으로 되돌릴 수 있으며 박헌영의 공산주의로부터 인민을 되찾게 할 것이다.

여운형 백범 측으로 간다.
리처드 백범 측의 누군가한테 지팡이를 쥐어주고, 안경을 씌워 백범으로 분하게 한다.
김규식, 백범 뒤에 선다.

백범 지난번엔 서운했다는 건 저기 안재홍 선생에게 전해 들었소. 날 찾아왔을 때 여 선생한테 몸수색을 했다지? 귀국한 지 얼마 되지 않아 우리 요인들이… 무슨 뜻인지 알겠소? 집안에서조차 발끝으로 걸어 다녀야 하고 늘 무기를 지녀야 하오. 아무튼 내가 보자고 한 건, 인민공화국… 무슨 의도요? 여 선생은 지난날 임시정부 수립 때 그 뜻을 같이 하지 않았소?

몽양 우린 그 누구도 한 치 앞을 내다보지 못한 겁니다. 미군정은 우리가 생각하는 것보다 훨씬 오래 주둔할 것 같습니다. 저는 그들을 맞이하러 간 건준위 소속 치안대에게 일본경찰들을 시켜 발포명령을 내린 저의를 말하는 겁니다. 우린 일본에게서 이양 받은 많은 권리를 다시 되돌려줘야 했습니다. 미군정은 우리의 해방자가 아니라 또 하나의 점령군인 것입니다.

백범 그걸 이승만한테 알려주란 말이오.

몽양 그는 우방정책을 한다고 말하지만 방패막이에 불과합니다. 우린 미군정을 직접 상대해야 합니다. 그러기 위해선 우리 스스로 건국한 정부형태가 절실하고, 한시가 급한 까닭입니다.

백범측 우리가 미군정과 협상하고 그들을 상대해야 한다구요? 그들이 한 짓을 생각하면 아직도 분이 풀리지 않소. 이승만의 경우 전투기를 대령해 모셔 와선 '최고의 애국지사, 조선의 지도자' 온갖 언론 방송에 띄워대고 우린 겨우 배를 얻어 타고 들어와 장갑차에 실려 이리로 왔소. 고국의 하늘을 껌껌한 장갑차 안에서 상상만 했을 뿐이오.

몽양 저희들의 기대에도 불구하고 일본체제의 재구축 하에 이승만 선귀국, 임정 후도착이란 공작을… 그들은 현재의 피비린내 나는 분열을 즐기고 있는 게 분명합니다. 이것조차 계략의 전초전에 불과할 테니.

백범 그래서 우린 미군정에 어떤 협조도 거부한다는 겁니다. 그런데 분통터질 일은 거기에 빌붙어 임정의 정신과 투쟁을…시정잡배 같은 놈들뿐이오.

몽양 국가, 정부의 형태만이 주둔군에게서 독립을 이룰 것이며 간섭에서 벗어나는 길입니다. 모스코바 3상 회의가 열리기 전 그것만이 우리들의 선행과업 입니다.

백범 난 민족주의라고 떠드는 한민당도, 미국을 끌어들이려는 이승만도, 공산주의자들도 다 꼴 보기 싫소. 무슨 뜻인지 알겠소?

몽양 소련은 이북의 인민 민주주의가 자신들과 다른 방향으로 진행되더라도 간섭을 덜 할 것입니다. 하지만 건국 정부를 위해선 그들의 사상을 가진 이남의 인사들도 필요한 것입니다. 이남 이북 모두 친일파를 제외한 모든 인사들이 포함되어야 합니다.

백범 지금 여 선생이 말하는 그 위원회의 실세가 누구요? 책으로만 공부한 사상범들한테 너무 휘둘리는 것 아니오? 소련과 중국, 세계의 지도자들과 회동했던 여 선생이 아니오? 여 선생은 열 번 양보해 고려해본다 쳐도 나머지 인사들은 자격이 없소. 인민 공화국… 잘 모르겠소.

몽양 우린 지금 더 이상 나눠지기 전에 힘을 모아야 합니다.

백범 애국심이 없는 건 참을 수 있소. 민족애와 예의가 없는 건 용서가 안 되오. 박헌영, 안재홍 그리고 여 선생.

몽양 저는 오로지 인민, 민중만을 생각합니다. 그 인민이란 말은 친일파를 제외한 모든 조선인을 말하는 거고, 거기엔 여기 계신 모든 지도자들까지 함께한다는 말입니다.

백범 송진우가 그나마 제정신일 때 선생한테 했다던 말을 옮기고 싶소. '경거망동 하지 마시오'

백범, 나간다.

김규식 (악수를 내밀며) 이제야 귀국 인사를 하오.

몽양 (두 손으로 쥔다.) 이제야 환영 인사를 드리오.

김규식 자넨 지금 너무 위험한 길로 가고 있네. 괴한들한테 당한 덴 괜찮은가?

몽양   부탁이오…

김규식   자네의 판단이 말한 대로라면 그건 믿네만… 여기든 자네주변이든 친일 변절자들과 소영웅주의에 빠진 인간들이 숨어있다네.

몽양   두렵지 않소. 저와 함께 가십시다. 예전처럼. 이곳에 온 건 이 말을 전하고자였소.

백범측   우사 선생, 백범께서 부르십니다.

김규식, 나간다.

몽양   (손목시계를 보고 바삐 리처드가 있는 쪽으로 향한다. 노크)

하지   (리처드, 서둘러 존 하지 장군의 파이프를 물고 선글라스를 끼며) 잠시만 기다리시오. 들어오시오.

(손목시계를 본 후) 약속이 정확하군요. (보고서를 하나 건네며) 지난번 모임 때 내가 한말 기억나오? 결론을 말하자면 나의 오판이었소. 이 군정청 내에는 그대에 관해 나쁜 소문을 퍼뜨리는 자들이 많소. 거기엔 일본인, 한국인, 정치언론인 모두 속해 있소. 소위 미군정 고문들, 나의 제안을 거부한 그대를 제외한 고문위원들 말이오. 그 보고서는 그들과는 아무런 이해관계가 없는 내 직속부하가 작성한 것이오. 그대가 과연 친일파인가 하는. (몽양, 돌아서 나가려는데) 잠깐 기다리시오! 난 미군정청 사령관이오. 그동안의 오해를 사과하는 뜻에서…, 좋소, 나랑 협상 하나 합시다. 우리에게 협조를 해주시오, 그러면 그대를 최고의 자리에 앉혀주겠소.

몽양   (앉으며) 말씀해 보시오.

하지   그대가 조각한 '조선인민공화국' 거기서 '국'자를 빼시오. 그리고 공산계열과 임시정부 인사들을 대폭 삭감하시오.

몽양   거꾸로 저희 인공을 인정해주시고, 여기다 과도정부를 속히 만들어서 인민들의 대표 인사들로 꾸리게 하는 건 어떻소?

하지   (한 발로 바닥을 구르며) 우리의 정책에 찬성하는 위원들은 당신 때문에 골치를 앓고 있어. 그들의 공통점이 뭔지 아오? 모두가 공산주의자들이 국민을 선동하는 토지개혁 때문이오.

몽양   저 또한 '무상몰수 무상배분'을 바람직하다고 생각지 않기에 그들을 설득해 가는 중이오.

하지   좋소, 그럼 가서 이승만계를 많이 포섭하시오.

몽양   … 인공은 좌우뿐만 아니라 연합정부를 만드는 것이오. 그리고 국가로 인정받는 것, 자주권을 갖는 것이오, 하지 장군.

하지   '국'은 안 되오. 미군정 외에 또 다른 정부란 절대 존재할 수 없소.

몽양   전국인민대표자의 이름으로 건국 선포된 것이오.

하지   자꾸 고집 부리면 인공 물론이거니와 임시정부의 활동까지 불법으로 간주하겠소. 그들의 원망을 감당할 수 있겠소?

몽양   우리 조선인은 당신네들을 열렬한 환영으로 맞이했소이다. 그리고 우린 영원한 우방이라 생각했고… 자 우리가 지금 당신네들 앞에서 스스로 한 목소리를 내지 못하는 건 사실이오. 지금, 다시 돌아오지 못할, 어쩌면 마지막 기회가 될지도 모르는 이때 그걸 좀 도와주면 안 되는 거요?

하지 우리도 고민이 많소. 이 방에서 저 보초소 사이에 근무하는 모든 관료와 직원들 피곤하고 시끄러워서 밤잠을 설쳐요, 그러니 '국'자를 빼고 임정이나 공산계열에서 떨어져 있으란 거요.

몽양 제가 원하는 건 조선인 모두가 모여 민주주의를 이루는 겁니다.

하지 정 뜻이 그러하면 정당으로 등록하시오. 정당으로는 인정하겠소.

몽양 저희에게 필요한 건 새로운 정부입니다.

하지 이건 명령이오.

몽양 전국적으로 선거를 실시할 것을 공표할 것입니다.

하지 뭐라구요? 앞으로 통치권을 주장하는 집단에 대해서는 수하를 막론하고 무력을 동원해 분쇄할 테니 그리 아시오.

몽양 미군정 하의 민주주의자들은 모두 북으로 밖에 갈 곳이 없을 거 같소.

하지 (시계를 보더니 라디오를 켠다.) 이것이 당신네들 방식의 민주주의요?

마이크가 내려오며 이승만가 라디오 방송을 한다.

이승만 사리사욕을 버리고 모두 뭉칩시다. 공산주의자는 사익과 영광을 위하여 감언이설로 인민을 속이고 도당을 지어 재산을 약탈하려 하고 있습네다. 독립국을 없애고 남의 노예로 만드는 극렬분자들입네다. 저는 이들이 판을 치는 조선인민공화국을 인정할 수 없습네다. 또 하나 임정은 추대하지만 저는 좌,우 통일된 정부수립 후 친일청산을 협상의 원칙으로 하겠습네다. 우리는 자유 민주주의로 가고자 합네다.

하지, 라디오 채널을 돌리면

백범 (마이크) 본인은 인공의 정부부서 발표 이전엔 그들과 협상이나 어떤 이야기가 오간 것이 없습니다. 우리 임시정부는 인공을 정부로 인정하지 않을 것이며 인공이 임정의 밑으로 들어올 것을 요구합니다. 또 하나 우린 친일파들을 제거한 후 새로운 정부를 건국할 것입니다. 이것이 민족주의의 길입니다.

여운홍 (마이크) 인공 개편은 패착이오. 순전히 소아병적인 극렬 공산당원들이 꾸며낸 하나의 연극에 불과하오. 그들과 손을 끊지 못하고 건준위가 좌경화되어 이용당한 것이 형님의 정치생활 중 가장 큰 실책이 될 것이고, 이번을 계기로 새로운 당을 만들 것이오.

하지 온통, 민족, 민주, 공산, 공화, 이건 광기요 아니면 일제치하에 억눌린 정치적 분출이오? 그게 뭐든 우린 점령군 포고령을 따를 것이오.

몽양, 뛰쳐나온다.

진상하 잠결 속에 아이들이 비명소리를 질러댑니다. 또 한 번의 테러.

원구 (뛰어 들어오며) 아버지가 절벽에서 떨어지셨대요.

연구 (뛰어 들어오며) 분명 거기까지 끌려가신 거예요.

난구 (셋 두려움에 서로 껴안고) 애들아 아버진… 돌아가시지 않을 거야.

원구 도대체 왜, 무엇 때문에?

연구 뭘 얻어 내려고? 사람 목숨을 끊어가면서까지?

난구 옳지 않아, 이건 옳지 않은 일이야. 일어나선 안 되는 일이야.

원구 난 알아야겠어, 왜 이런 일들이 일어나야만 하는지?…

난구 도대체 세상에 어떤 일이 생명을 앗아갈 만큼, 죽일 만큼… 아버지가 세상에 뭘 얼마나 잘 못 했길래, 묻고 묻고 또 물어봐도… 왜? 무엇 때문에?

진상하 그 목소리들이 제 기억들을 온몸에 되살아나게 합니다. 도대체 왜? 한데 지금 이 순간 내 아이들이 외쳤던 그 질문들이 세상을 향해 있는 것이 아니라 그이를 향해 외쳐대기 시작했습니다. 저는 묻고 또 묻습니다, 왜! 도대체 무엇이! 목숨을 끊어가면서까지!

리처드 세 발의 총성. 암살자들은 그 장소로 한 경찰 지소 바로 앞 로터리로 정합니다. 이것이 경찰의 개입을 말하진 않지만, 그들이 적어도 경찰의 개입을 두려워하지 않았다는 걸 말해줍니다. 차에서 내린 경호원은 범인 검거를 위해 총을 꺼냈으나 사람들이 많아서 쏠 수가 없었고, 도리어 경찰들의 제지를 당합니다. 그리고 신고를 하려 했을 때 주변의 모든 전화는 고장이 나 있었습니다. 하지만 그 운명의 총성이 울리기 전까지 또 한 번의 테러가, 열 번이나 반복되는 동안 누구하나 막아줄 손길조차 없었던 저 가족들을 기다리고 있습니다.

몽양, 재킷을 벗고 수척한 모습을 드러낸다. 반대편에서 오는 여운홍과 마주친다.

몽양 … 너와는 이걸로 끝나겠지만, 너의 뜻은 우리가 함께 했던 지난날들을 돌아보고 올바르게… 나아가길 바랄뿐이다… (악수를 내민다.)

여운홍, 몽양이 지나치자 눈물을 훔친다.
몽양, 인민공화국 위원회 쪽으로 간다.

몽양 (마이크 앞에 선다) 일제치하를 지나며 조선의 모든 도시는 돌무더기로 변했었습니다. 우리는 무엇으로 재건을 시작했습니까? 그 돌무더기입니다. 그게 우리의 전부였습니다. 수많은 노동자와 농민, 청년, 여성들이 사용할 수 있는 돌을 하나씩 골라 손에서 손으로 옮기고, 닦고, 쌓고… 그 돌이 어떤 건물의 일부였는지 누가 알겠습니까. 일제의 무기창고… 노동자들이 노예처럼 죽어간 공장… 그 돌덩이들을 온 힘을 다해 닦고 우린 여기까지 왔습니다. 우리는 누구와 함께 갈라진 사회를 일으켜 세웠습니까? 어떤 사람은 강제수용소와 감옥의 생존자였습니다. 어떤 사람은 망명자였습니다. 하지만 그 대부분은 우리의 평범한 시민이었습니다. 그들과 함께 지금의 사회를 건설했습니다. 그럼 지금 우리가 마주한 건 무엇입니까? 여러 개로 갈라진 진영. 오래되어 부스러지는 건물처럼 갈라진 나라. 우리는 이것으로 내일을 건설해야만 합니다. 이것들이 우리가 가진 유일한 재료입니다. 서로에 대한 불신과 분열이 가득 찬 여러 개의 목소리.

지금 우리가 만드는 이 건물이 똑바로 서려면, 이 깨지기 쉬운 재료가 우리가 올려놓는 무게를 견뎌낼 거라는 확신을 가져야 합니다. 우리는 모든 진영의 사람들이 우리가 추진하는 일들을 받아들이도록 어떻게든 방법을 찾아야 합니다.

박헌영　(마이크) 우리는 세계를 향해 '더 많은 민주주의'를 지향한다고 말해왔어. 그게 뭘 의미하던. 제가 민주주의에 대해서 배운 쓰라린 경험을 들려 드릴까요? 더 많은 민주주의를 원해? 그럼 그 고삐를 더 꽉 움켜잡아. 이남과 이북의 인민 민주주의는 아직도 걸음마 단계야.

튼튼한 두 다리로 떠받치지 않으면 반대파들에게 무너지지. 그 한쪽 다리는, 우리가 원하던 원하지 않던, 인민공화국이오. 다른 한쪽은 우리 조선노동당이고. 천천히, 아주 천천히, 오랫동안, 인민들이 우리를 신뢰하도록 설득해왔어. 그런데 지금 우리의 미래를, 우리가 전혀 통제할 수 없는 그런 자들 손에 내던져? 한민당? 임정? 이승만? 미군정? 그런 이름만 들어도 내 몸은 얼어붙어. 국내에 존재하는 공산세력은 당을 합당하여 하루 빨리 미군정과 그들 하수인들을 몰아내야 할 것이오.

몽양　(마이크) 그런 뜻에서 나 여운형은 이북으로 갈 것입니다. 거기서 소련의 의중을 묻고자 합니다. 우리 진영의 향방을 묻고자 합니다. 북측의 김일성에게도 운을 띄워 우리와 같은 생각을 하는지 물어볼 것입니다. 또한 그들에게 토지개혁의 시기를 늦추라고 할 것입니다. 이는 우리가 이루려는 공화정부를 위해선 좌우 합작이 선결과제인 까닭입니다.

그것은 좌우를 넘어 남과 북, 모두의 과제입니다.

몽양, 소련과 북측 쪽으로 간다.
누군가 소련 '로마넨코' 소장의 모자를 쓰고 그로 분한 후 무대 앞으로 나온다.
그의 뒤에서 몽양,

몽양 (독백) 내가 가고자 하는 길은 힘겨운 길이 될 것이오. 나는 당신들의 뜻을 따르는 박헌영을 짊어지고 가야 하오. 그는 나로 인한 건준위를 기반으로 인민들의 경제적 평등을 실천할 민주주의를 완성해가고 있소. 물론 정치적 평등을 말하는 민족주의의 공격을 받아가면서 말이오. 나는 그 점을 높이 사오. 하지만 대다수 인민은 그 두 진영을 모두 필요로 하고 있소. 군국주의 지배와 모순을 극복하고자 하는 우익과 인민을 중심으로 새로운 사회를 만들려는 좌익, 응당 지도자라면 두 원리를 함께, 둘 중 하나가 아니라, 두 목소리를 하나로 합치는 것이 막중 임무라 할 것이오.
게다가 이남은 미군정의 개입으로 막대한 혼선이 가중되고 있소. 두 개의 목소리가 수십 개로 갈라지고 있소. 난 묻고 싶소, 그가 어째서 내 모든 지시를 무시하고 뭐든 한쪽으로 몰고만 가는지. 나는 아직도 소련의 혁명, 반제국주의 사상, 계급 없는 사회, 압박 없는 사회, 평등과 자유의 사회를 기억하오. 내가 원하는 건 바로 그러한 사상 안에서 좌든 우든… 그런데 그는 변해버렸단 말이오! 그가 말하듯 공산당 합당은 더욱더 내가 가려는 길로부터 벗어나게 될 것이오. 나는 그자 때문에 수많은 진영들로부터 야유와 공격을 받고 있고, 정작 그 자는 권력을 키워가는 형편이오. 그대들에게 묻고 싶소. 우리는 지금 어디로 가고 있는지. 어떻게 해야 통일된 독립 국가를 수립할 수 있는지.

로마넨코 현재, 북조선은 합당 결과, 노동당을 창설했으며 30만의 당원을 포괄하게 됐고 근로 대중은 노동당의 창립을 열렬히 환영하였소. 우린 남조선에서 당신과 박헌영, 그리고 저명한 정치인들의 지도하에 좌익 정당들의 합당이 성공적으로 진행되기를 희망했소. 그러나 미군정에게 유리한 결과가 되고 만 거요. 그들은 당신들의 분열을 이용해 점점 더 많은 것들을 요구하게 될 것이오. 만일 이 사업이 당신들에게 힘겨운 것이라며 일시적으로 중지해야 할 것이오.

몽양 나는 박헌영을 저주하지만, 그를 따르는 민중과 노동자들을 외면할 수가 없는 것이오. 발가락에 박힌 얼음과 동상처럼 그는 살갗에 박혀 내 한쪽 발을 절룩거리게 하고 있소.

로마넨코 그의 말대로 좌우합작을 중지해 보시오. 그러면 다시 그가 좋아질 테니. 선생이 잘 알다시피, 미군정의 관심은 민중이 원하는 경제가 아니라 정치체제가 아니오? 다시 한목소리를 찾길 바라오. 이남에 몰아닥친 쌀파동 사태는 참으로 유감이오.

몽양, 걸어오는데,

안재홍   (나오며 분을 삼킨다) 선생의 인민 본위의 민주주의에는 이의 가 없지만, '민족주의 주도, 좌파들의 협심'이란 제 처음 생각이 맞았다는 생각만 드오. 더 이상은 눈뜨고 저들의 망동을 두고 볼 순 없으니… 내가 더 강하게 말리지 않았 다고 원망은 하지 마시길요… (악수를 내민다)

몽양, 그의 오랜 동지들과 떨리는 손으로 악수를 한다.

몽양   안재홍 선생, 나를 봐서라도 이 순간만큼은 참아주시오. 총회를 소집했으니.

안재홍, 다시 들어간다.

몽양   … 모두가 떠나려 하는군. 모두가…

진상하가 다가온다. 준비한 겉옷을 갈아입게 도우며,

진상하   이사는 잘 끝났어요. 모두들 도와주셔서. 아이들은 큰 집 으로 왔다고들 좋아해요… 그런 애들이에요, 그런. 방구 들이 폭파당해 무서울 법도 한데… 그런 딸들은 없어요.

몽양   … 지금까지 모두 다 나 때문에 생긴 일이오.

진상하   다시 한 번 생각해보세요. 왜 연구와 원구를 이북으로… 이제 왕래가 어려워질 거라는 건 당신이 더 잘 아시잖아 요. 나 평생 한 번도 당신 하는 일에 의문을 갖거나 반대 한 적 없어요. 그리고 김일성 부위원장님이 잘 해주실 거 알아요. 하지만 아무리 이남이 미국과 소련의 신탁통치에 반대한다 해도, 쉽지 않다는 거 알잖아요.

몽양 … 안전 때문이오. 당신이 여섯을 일일이 다 챙길 수도 없는 노릇이고.

진상하 보내고 힘들어할 사람은 당신예요. 도대체 무엇 때문에 그러는 거예요?

몽양 … 소련에 좋은 대학도 보내고…

진상하 아이들까지! 당신 그 좌우합작 때문에 그러는 거예요? 그걸 위해 아이들을… 공산계열 때문에 당신 최고의 위치에서 집안에 폭탄이 터지는 처지가 됐는데도… 가족들 생각 조금이라도 해본다면… 아니에요, 가세요. 가서서 좌든 우든 붙잡고 씨름이나 하세요. 그렇게 하세요. 전 우리 딸들 보내지 않을 거예요! 당신이 무슨 이유로 그러는진 몰라도, 전 이 세상 무엇 하고도 바꿀 수 없어요. 도대체 이 나라 뭘 위해서 사랑하는 내 딸들을! (나간다)

몽양, 인공 위원회로 들어서려는데.

박헌영 우리가 다 잘 살 수 있는 낙원은 노동자, 농민 공산당, 각계 각파가 모여 인민의 총 뜻에 의해 이뤄질 것입니다! 거기엔 새로운 통일 정부를 꿈꾸는 우리 조선 노동당이 제1 정당, 제1 정부로 미군정을 대신하게 될 것이오!

모두들 일어나 박수친다.

안재홍 (뒤늦게 감정 섞인 박수) 거기에 민족주의자와 민주당은 어디에 있는 겁니까?

박측 일제의 탄압부터 외세에 싸워온 거대한 세력은 따로 있는 것이 아니고 국내에 있는 3천만 민중이외다.

여측 웃기는군요. 그건 여운형 선생이 발언하신 말씀이 아니오?

박측 지금에 와서 그분이 그런 말할 자격이 있을까요? 모든 세력의 핵심들과 손발이 닳도록 협작을 진행 중이시잖소?

여측 지금 협작이라고 했소? 지금 이 위원회의 상황을 알고나 하는 소리요?

박측 얼마 전 우리의 총파업과 10월 대구 항쟁은 미군정과 그 추종자들을 물러나게 할 것이고, 탁상공론에 빠진 자들을 인민의 이름으로 이 위원회에서 추방시킬 것이오. 여긴 그걸 논하기 위한 자리, 저기 인민당 당수께서 오시는 군요.

안재홍 양심과 예의를 지키시오. 당신네 조선노동당의 전신 인민공화국의 당수셨소!

박헌영 (몽양2가 들으란 듯) 정치적 연합은 스쳐가는 거요. 정당은 남지. 연합은 뿌리도 없고 충성심도 없소. 하지만 정당은 당원과 기금, 사무실과 직원, 행동이 있지.

몽양 과거 지하운동시대 어두컴컴한 감방을 걷다 만나면 껴안고 감격하던 혁명투사 간에 민족주의자도 공산주의자도 따로 없었지 않소?

박헌영 그래 미군정의 입법위원회는 할 만하시오? 하나 묻소, 거기에 민족주의자나 공산주의자가 있소? 거기엔 기회주의자, 소위 좌우합작 위원회 소속 위원들만 득세요.

박측 이 자리에선 미제국주의자의 발언은 듣고 싶지 않소. 여 선생이 입법위원이든 말든 이 자리에선 발언권이 없소.

몽양 한민당과 공산당, 인민당, 국민당, 임정은 단 한 번의 기회가 있었어, 조선의 자주독립을 보장하는 모스코바 3상회의 결정을 전적으로 지지하고 신탁문제는 장래 수립될 우리 정부가 해결한다! 그런데 하루를 넘기지 못하고 사태는 원점으로 돌아가 버렸소! 온 인민은 찬반탁 결정 이후 생겨난 어떤 그 어떤 사태보다 더욱 걷잡을 수 없는 지경에 이르렀소! 온 조선이 빨갱이 처단과 파쇼, 친일매국노 숙청 이 둘로 나눠져 서로를 증오하게 되었어!

참담한 심경으로 난 저 문을 두드린 거요. 나를 비롯해 지도자를 자청하는 그 모든 사람들이 어떤 생각을 하고 있는지! 우리 지도층들이 아니면 인민들의 통일은 벌써 이뤄졌을 거요. 현재 통일의 암은 신탁이 아니라 각 진영의 이해관계이며, 그것은 전적으로 인민의 뜻과는 괴리되며 인민을 선동하고 이용하는 것에 불과하오. 조선의 우리 지도층들은 1차 시험에서 전부 낙제요.

박측   거기서 박헌영 동지는 빼시오. 박 동지는 반동들의 협박과 공격에도 불구하고 아직도 찬탁을 외치며 반탁을 조장하는 미군정과 우익들을 대적하고 있소. 또한 그들의 모략에 대항해 총파업과 10월 항쟁을 이끌었소. 그 결과가 뭐요? 우리와 인민들이 저들의 총칼 앞에 쓰러져갈 때 당신네들이 취한 행동들에 대해 심판을 하고자 모인 거니까요. 다시 말하자면 그쪽들은 아무런 발언권이 없소.

몽양   내가 말하는 건 여기 위원회가 아니라 조선의 모든 지도자들을 말하는 거요. 우린 좌우합작위원회의 이름으로 당신네들에게 경고했소, 나와 김규식 동지의 뜻을 따르시오, 미소공동위원회를 통한 해결만이 우리의 살 길이오! 미군정과 소련에게 원조와 협력을 요청해야 하오!

박측　시끄럽소 선생! 우린 당신들 합작위원회의 말에 따랐소. 그런데 우리에게 돌아온 게 뭐요? 우린 고립되고 당신들은 입법위원회다 뭐다 한 자리씩 차지하고, 지금 이 순간에도 적들은 우리에게 온갖 공작을 펼치고 있잖소! 우린 또 한번 폭동으로 맞설 것이오! 우리 그 방안만 결의합시다.

몽양　입법위원회는 통일 정부를 위한 마지막 끈이오. 무슨 일이 있더라도 이남은 미군정을 설득해야 하며, 이는 이북이 소련을 다시 협상테이블에 나오게 하는 노력과 병행되어야 하는 거요.

박헌영　제자리로 돌아가시오 선생. 소련의 입장을 말씀드릴까요? 미국은 현재 남조선에 단독정부 수립을 꿈꾸고 있소. 이러한 상황에 여운형은 반동세력과 싸우는 것이 아니라 조선 공산당과 싸우고 있다. 그로 인해 미군정에 협력하고 공산당의 끈을 끊으려는 그들의 의도에 충실할 뿐이다. 제 입장을 말씀드릴까요?

몽양　난 지금 사상과 정당을 말하는 게 아니오, 미국과 소련의 공동위원회가 재개되지 않으면 1년, 아니 10년 뒤에도 불가능하단 걸 말하오. 그것은…

박헌영　소련은 지금도 신탁을 주장하지 않소, 위탁에 합의한 걸 미군정과 우익들이 찬탁이라 말을 바꿔 보도한 거고, 정작 신탁을 원한 건 미국이란 게 온 백일하에 드러난 것 아니요. 난 선생에게 마지막 경고를 하고 싶소. 우리에게 협조하든지 아니면 정계를 떠나시오.

몽양　내가 여기 있는 건 단독정부를 외치는 이승만 세력과 미군정 때문이란 걸 그대는 잘 알고 있지. 그건 영원한 분단을 뜻한 다는 걸. 그대는 총파업과 항쟁으로 인민들의 피를 보았고. 두 번씩이나 내 제안을 무시하고 무슨 이유에선지 공산당을 국가 체제로 만들려 하고 있소. 단독정부를 막으려는 이유는 당신들의 당을 위한 방편이 아니란 말이오. 우리가 가려는 건 인민의 민주주의지 공산당의 민주주의가 될 순 없소. 좌우 모두는 민주주의가 뭘 뜻하는지 잊어버린 거요? 우리에게 필요한 건 통일된 자주 독립국이란 걸 잊으셨소?

박헌영 그럼 이승만이 외치는 미제국주의의 민주주의로 가라는 거요? 단독정부 수립이 뭘 뜻하는지 모르는 거요? 지금도 길거리엔 서북청년단과 경찰들이 공산당을 잡겠다고 설치고 다니오. 민중들을 선동해 빨갱이 사냥에 온갖 자금을 뿌려대고 있소. 빨갱이! 도대체 그 저열한 선동은 뭐며, 우리를 향한 위조지폐 사건 조작은 뭐란 말요.

(주머니에서 지폐를 꺼내며) 정작 위조지폐를 뿌려대는 건 미군정과 하수인들이 아니오? 그 돈이 다 어디로 가겠소? 그들의 선전과 폭동, 주먹과 몽둥이를 휘두르고 총을 쏘아대는 일에 쓰이고 있소. 우린 인민들과 뜻을 같이 하는 기업으로부터 받은 자금으로 저들과 대적하고 있소. 그런 조악한 계략으로 우릴 인민들로부터 멀어지게 하고 있고, 우린 또 한 번의 대규모 시위를 통해 저들이 만들려는 국가를 부수고 우리의 정부를 만들려는 거요.

박측 그렇소. 바로 그거요!

몽양 더 이상 민중이 피를 흘려선 안 되오, 그건 사상도 이념이 아니오. 이제 우리는 민중과 인민을 위해야 합니다. 싸움과 투쟁은 안 되오, 우린 미군정이란 현실을 인정해야 합니다. 소련의 미군정과의 우호를 통해 단독정부 수립을 막아야 합니다. 이 회의를 통해 우리는 이 안과 저 밖의 모든 이해관계를 없애고 민중을 위한 한 목소릴 전해야 합니다.

박헌영 저 창문을 보시오. 우익이란 자들은 학생들과 청년들까지 부추겨 저런 짓을 저질렀소. 우리가 통분하는 건 거기에 우리를 지지하던 인민들도 합세했다는 거요. 이 전쟁은 이제 민주주의가 아니라 선동과 돈의 전쟁이오. 우리가 미군정의 책략에 휘둘리는 동안 이북은 토지 개혁과 사상의 통일로 하나의 체제를 이룩했소. 우린 이 순간 여기 좌우 합작위원회의 인사들을 추방할 것이오.

박측 자, 다신 발을 들여놓지 마시오. 우린 미군정에 휘둘리는 발언을 더 이상 듣고 싶지 않소. 우리에겐 행동뿐이오!

안재홍 보자보자 하니 참으로 가관들이요. 지금 미군정이 원하는 것이 무엇인지 아시오? 바로 이런 상황이오. 그나마 미군정이 참고 있는 것은 좌우합작에 대한 노력뿐이오. 그들 또한 지쳐가고 있소. 우익들의 극심한 요구들, 좌익의 극렬한 폭동, 소련과의 이견들! 이 혼란 속에 유일하게 대화가 통하는 목소리란 말이요. 잘 들어 두시오. 당신네들이 합작위원회와 손을 놓는 순간 미군정은 행동을 개시할 거요. 당신들은 그걸 몰랐소?

박측 오히려 거꾸로 알고 계시군요. 저분들은 우리들 덕분에 이 자리에 계신 거요. 미군정은 우리 뒤에 있는 인민들과 이북, 소련 때문에 저들을 봐주고 있는 거요. 그들이 여 선생에 대해 테러중지를 경고하는 발언 또한 우리의 힘 때문이오.

안재홍 바로 그렇소, 여러분들 뒤에 있는 민중들의 힘.

박헌영 웃기지 마시오. 민중은 우리들 편이오. 자 여러분 안동지의 말은 반동들이 남조선 단독정부 수립에 불안해하면서 동시에 우리 민주진영의 승리를 믿지 못하는 중간파들, 즉 우리 내부의 기회주의자들에게 자신들의 희망을 걸고 있다는 소리 같소. 난 한때 여 선생과 뜻을 같이 했는데, 보시다시피 그는 우익보다 더 상대하기 싫은 사람이 되어버렸소. 하마터면 이들의 말에 속아 인민의 뜻을 저버릴 뻔했소. 자 이걸로 모든 것이 확인되었소. 저들에겐 더 이상 미련이 없소. 자 이제 이북과 똑같은 토지개혁법제정과 인민위원회가 정부기능을 갖도록 대규모 시위를 벌이는 거요. 자 다들 행동으로 보여줍시다.

박측 모두 동조하며 일어나는데.

몽양 박헌영 선생, 조선에 미군 군대가 주둔하고 있는 이상 우리는 그들과 협의가 필요한 것이오! 무엇 때문에 그대는 이러는 겁니까? 매번 내 뜻을 반하고, 민중을 둘로 갈라지게 하려는 거요?

박헌영 그것이 인민의 뜻이기 때문이오. 민족의 뜻. 민주주의의 뜻.

몽양 이제 마지막 기회를 놓치면 우리 모두만이 아니라 이남과 이북 또한 영원히 갈라져 통일은커녕 독립 또한 불가능한 것이오.

박헌영 그럼 선생이 우리 쪽으로 오시오. 마지막 지령이오.

몽양 박 선생의 상황을 이해하오. 하지만 지금의 방법은 옳지 않소! 지금도 미군정은 나에게 이런 노력을 멈추라고 회유와 협박이 끊이질 않소. 나는 지금 이 순간을 놓치고 싶지 않은 거요. 박 선생이 나의 손을 놓는다면 사태는 불 보듯 뻔한 거요.

박헌영 나는 홀가분할 거요. 우린 우리의 방식대로…

몽양 미군정은 허락지 않소. 나는 분단을 원치 않소. 또한 유혈사태도. 당신들은 나의 오랜 동지고, 당신들을 지지하는 모든 인민들은… 내가 사랑하는 사람들이오. 나라 없는 불행만으로도 울분은 충분하오. 끝도 없는 싸움에 휘말려야 하겠소… 나는 그들을 위해 내 두 딸을 북으로 보냈소. 단순히 위협이 두려워서 그런 게 아니오. 내 아내는 자다가도 일어나… 나 때문에 열 번도 넘는 테러를 겪은 아이들이오. 나는 이미 죽은 거요. 나만이 아니라 나의 딸들과 가족들은 이미 죽은 것과 다름없소. 자, 나는 이미 충분히 많은 선량한 사람들을 죽음까지 끌고 간 사람이요. 난 더 이상 두고 볼 수 없소, 그래서 난 당신에게 손을 내미는 거요.

박측 돌아가세요. 이제 우린 어떤 말도 듣고 싶지 않소! 우리에게 인민이 있는 한 우린 옳은 길을 갈 수 밖에 없소!

몽양 그건 인민의 뜻일지 모르나 인민 전체의 뜻은 아니오! 사상을 가지고 체제를 만들려는 사람들의 뜻에 불과하오!

박헌영 우리가 인민의 전체요! 여긴 그들의 대표, 잊으셨소?

몽양 인민이란 단어로 날 흔들지 마시오! 난 충분히 늙었고 내 한 가지의 생각만으로도 충분히 힘거운 상황이니. 하지만 인민이란 단어를 그저 서로 동조하는 끼리끼리의 회합으로 생각하고 인민이란 말을 자신들의 수단으로 사용하는 그 모든 세력들과는 몇 날이고 밤을 샐 수가 있소. 일제 때도 그런 건 충분히 겪었소… 내가 여러분의 반대에도 무릅쓰고 여기에 있는 것은 그대들 뒤에 서 있는 인민들 때문이오. 그리고 그들이 원하는 민주주의는 좌우가 그냥 갖다 쓰는 게 아니라는 걸 말하기 위해서요!

박측 우린 모두의 결의를 따른 것이오! 다수의 민중들. 그리고 여기 모인 우린 합작을 원하는 사람들 보다 다수란 말이오! 자 앞으로 펼칠 우리의 행동이 옳다고 생각하는 사람들 손들어 보시오!

박측 손 든다. 이쪽의 한둘 저리로 간다.

박측 자, 이 분이 지금 당장 여길 나가라고 생각하는 사람 손들어 보시오!

박측 여럿 손 든다.

몽양 … 나는 여길 나갈 수도 없고 물러설 수도 없소.
박헌영 좌우 합작이라는 말 다신 하지 마시오. 그럴 일은 없소. 여러분 우리는 인민의 이름으로 이분을 민주주의의 적, 미군정의 기회주의자라고 선언하오.
김규식 밖으로 나가서 벽들을 살펴보게. 우익의 망동과 좌익의 폭동을 막느라 자신의 딸까지 북에 맡기고 합작을 하는 동안에도 암살에 관한 포스터가 붙고 있어. 그대들의 말에 의하면 그러한 권력과 돈을 가진 사람들이 누구겠나? 그런데도 무슨 기회를 잡는다고 그런 언행을 퍼붓는가?

그도 아니면 정당과 사무실과 세력을 가진 자네들이 붙인 건가?

박측 우사 선생, 우리가 폭동만 일삼은 것처럼 말하지 마시오. 우리도 임정에 모두 해체하고 새로운 임시정부를 건설하자고 제안했었소. 그런데 서식상의 문제를 들먹이며 거부하지 않았소. 자, 저는 임정과 김규식 선생도 인민의 적이라고 선언하오, 어떻소?

박측 모두 '옳소' '찬성이요' 손을 든다.

몽양 인민의 적이라고 했나? 그 인민들은 자네들이고? 그렇다면 나는 이렇게 외치고 싶네. '나 여운형은 인민의 적이다.' 인간의 생사를 사상으로, 체제로 이용하는 세상이라면 나는 외칠 것이네. '망하라, 인민이여! 사라져라, 인민이여!' 자, 내가 의결에 부치겠네. 오늘날 지주들과 자본가들로만 나라를 세우겠다고 생각하는 인민이 있다면 손들어 보시오! 지식인, 사무원, 소시민으로만 나라를 세우겠다는 인민은 손들어 보시오! 농민, 노동자들로만 그럴 수 있다고 우기는 인민은 손들어 보시오! 손을 드는 사람이 없군요, 그렇소! 우린 다 같이 손을 잡고 자주 독립의 길을 걸어가야 하오.

박헌영 선생의 뜻이 그러하다면 조선공산당을 입법위원회에 넣어주시오. 그것만이 미국에 협조할 수 있는 우리의 최선이요. 저들의 모략으로 우리에게 총구를 겨누게 된 인민들로부터 명예를 다시 찾아야겠소. 또한 우리의 요구가 정당하다는 걸 통해 인민들의 뜻을 이뤄내고 싶소.

몽양	… 그대는 지금 내게 뭘 요구하는지 알고나 하는 소리요? 단 한번 뿐일 기회를 발로 차려하고 있소. 또 다시 몇 십 년을 인민들을 얼음구덩이에 파묻으려 하고 있소.
박헌영	그 짓을 저지르려는 건 우리가 아니고 저 반동세력들이 란 말요! 저들이 총칼로 인민들을 진압하는 걸 보지 않았 소? 자신들만의 재산 축적을 위해 인민들의 생사가 달린 쌀을 빼앗고 굶어죽게 한 건 저들이란 말요. 그런데도 우 리에겐 인민을 위한 자리 하나 없냐는 거요! 여긴 내 조 국이오! 나라도 없는 내 조국!
몽양	… 우리에겐 아직 인민이 있소.
박헌영	지금 우리 쪽이 아니면 선생은… 인민의 적이오.
몽양	그대는 정녕 밤바다 울어대는 여인으로부터 두 딸을 앗 아갈 참인가?
박헌영	선생은 정말 공산주의와 뜻을 같이했던 게 맞소?
몽양측	이 위원회가 무슨 민주주의요! 선생도 이들처럼 공산주 의요?
몽양	공산주의자가 뭐가 어떻다고 야단들인가? 노동자, 농민, 일반대중을 위하는 것이 공산주의라면 나는 공산주의자 가 되겠다. 인민공화국이 적색이냐? 어찌 적색이냐? 자 유경쟁을 원칙으로 하고 누구나 자신의 의견을 얘기할 수 있으며 합의에 의한 비폭력 민주주의가 어찌 왜 나 쁜 것이냐? 정책을 결정하고 나라를 운영하는 데 있어 서 나는 민주주의자가 될 것이다. 그러나 급진좌우익은 정당치 않다.
몽양측	저는 내일의 통일 정부 보단 오늘의 단독정부를 택하겠소.

나가려는 몽양 측 인사를 몽양 여운형이 꽉 붙잡는다. 마주본다.
놓아준다.

안재홍   (몽양2에게) 천치가 되셨소. 아내와 자식보다 자기 길이 더
         중요한 천치 같은 사람. 좌우합작 때문에 동지들마저! 저
         들을 똑 바로 보시오, 선생! 저들은 선생처럼 천치가 아니
         라 미친 사람들일 뿐이오!
박측   자, 이제 나가 주시오.
박측   자, 우린 전국으로 번졌던 항쟁의 불씨를 살립시다.
안재홍   이들 앞에서 다시 한 번 말해주시오. 이들이 말하는 공산
         주의자요? 어서요!
몽양   … 그게 뭐가 중요한가. 민족이 분단되어 둘로 쪼개지게
         생겼는데.
안재홍   그래 수염 깎고 농부로 변장해가면서까지 북에 딸들을
         두고 오면 뭐가 달라질 줄 알았소? 발이 부르트도록 그렇
         게 걸어 다녀와서… 또 다른 진영에서 빨갱이라고 손가
         락질 당하니 어떻소?
몽양   나는… 막아야 하오.
안재홍   뭘 말이오? 왜?
몽양   나는… 합쳐야 하오. 그것만이 살 길이오.
안재홍   어떻게, 도대체 어떻게요?
몽양   나는… 내가 누구인지만 생각하오.
안재홍   (눈물을 훔치며) 자 가십시다, 여기서 나갑시다…
몽양   안 선생, 나는 못 가오.

안재홍, 뛰쳐나간다.

박헌영 좌우합작은 이걸로 끝이요, 선생. 안됐소. 분단은 우리가 막겠소! 자, 다들 출발합시다. (나가려는데)

몽양 실망일세. 오랜 동지가 동지에게 그런 말을 하는 게 무슨 뜻인지 알겠나? 난 오늘, 내가 왜 딸들을 북에다 두고 왔는지 자네가 말해 줄 거라 생각했네. 사람들 앞에서, 그것이 사람들 마음을 조금이라도 움직이게 할 수만 있다면! 내 딸들은 안전을 위해서도, 분단을 위해서도 아니란 걸 자넨 말해야 했었네. 나는 사상이나 체제 때문에 나와 남의 생사를 걸지 않는 걸 잘 알잖소. 소련은 이제 더 이상 내가 생각하는 민주주의가 아니야. 제국주의를 반대하던, 약소민족의 해방을 돕던 예전의 모습이 아니지. 자신들을 위한 또 하나의 미국. 서로의 체제와 경쟁을 위해 약소국의 권익은 물론 개인이나 어떤 정당의 생사도 희생시킬 준비가 되어 있는. 그들이야 말로 전 세계 인민의 적 아닌가? 난 화합을 통해 그들을 막고자 한 것이야. 그런데 우리 모두가 각자 떠들어 대면 물러가야 할 텐데. 도대체 뭘 떠들어댔길래 그들은 우리 깊숙이 들어와 버린 거지? 자네가 말해보게. 거기에 왜 내 딸들과 자네에게 손길을 내미는 나는 포함되지 않는 건가? 자네의 지금까지의 모든 행동들이 민중과 인민의 뜻이라고? 그건 자네를 따르던 인민의 뜻이 아니라 그들의 뜻에 의해서였네! 그게 뭘 뜻하는지 아나? 그건 바로 모든 인민의 생사를 파괴할 전쟁을 뜻하네! 이 땅에 전쟁이 일어난다면 바로 이 순간 때문일세. 우리가 한 목소리를 낼 수 있었던 이 순간. 그건 우익도 마찬가질세. 우리가 누구인지를 알고, 우리가 어떻게 해야 할지 결정했던 단 한 순간. 난 그 순간보다 아름다운 순간은 없었네. 어쩌면 해방보다도 더. 다시 돌아올 수 없다 해도, 행여나, 혹여나 막을 수만 있다면 난 이 길을 달리고, 달리고, 또 거기가 어디라 한들 나는 달려갈 것이네.

몽양, 뒤돌아 나간다.
문을 나서는 순간 총소리 세 발 들린다. 몽양의 어깨와 가슴을 쥔 손에 피가 묻어난다. 바닥에 고꾸라진다.
음악.
사람들 에워싼다.
음악이 고조됨에 따라 허밍 한다.
알루미늄 육각 관이 보인다.
30대의 여운형이 거울을 영정처럼 들고 나온다. 인물들을 돌아 보조무대로 나오며 관객들을 마주할 때,

연구 (수첩을 보며) 빼곡한 글씨들… 잉크냄새…
원구 아빠… 관이 너무… 차가워… 아빠의… 조국… 조선을 담기에는.
난구 진상아… 도대체… 무엇 때문에… 이 나라의 무엇이…
리처드 그는 그의 유언에 따라 통일 자주 독립이 되는 날을 기다리며 차가운 쇠 관속에 누워있습니다. 살아 60년, 죽어 70년

리처드, 원고를 내민다.
고가, 리처드한테 차 한 잔을 내민다.
몽양, 노구의 몸으로 뭔가를 연설하듯, 항변하듯 몸짓을 한다.

운형 나의 통일 독립은 평화, 자유, … 인민이다!

몽양, 마지막 손짓이 허공을 가른다.
스크린에 써지는 자필 '혈농어수(血濃於水)'

커튼콜 후 암전.

스크린 자막,
'그가 살아있었다면 6.25 전쟁은 발발하지 않았을지도 모른다.'

객석 등 켜지면 화면 가득 몽양의 무구한 60대 얼굴.

막.

작가 발문

2019년. 올해가 갖는 역사적 의미는 매우 크다. 국가 독립과 겨레 자유를 선언하여 최초 민주공화제 정부를 수립한 지 100년이다. 제 기능을 못한 임시정부를 대한민국 100주년으로 선언하는데는 마땅히 3·1혁명이 있다. 3·1혁명의 파급력은 현대 어떤 혁명과는 비교할 수 없이 크다. 당시 제국주의 식민통치에 신음하는 전 세계 모든 나라에 영향을 끼쳐 '독립운동'까지 중국, 인도, 필리핀, 대만 등에 수출되었고, 우리 민족 피 끓는 청년들이 맨발로 국토를 종단, 만주를 거점으로 한 무장독립투사를 자청한 계기였다. 그 중심에 알려지지 않은 인물로 몽양 여운형이 있다.

'각 민족의 운명은 그 민족이 스스로 결정하게 하자.' 제1차 세계대전이 끝나고 미국의 윌슨 대통령이 제안한 14개조의 전후 처리 원칙 중 하나다. 이 민족자결주의에 소련의 레닌까지 가세하면서 민족주의 운동에 대한 세계적인 여론이 조성되었다. 몽양은 파리 강화 회의가 조선 독립을 위한 미래를 결정짓는 중요한 사건이 될 것이라고 판단, 신한청년당이라는 단체를 문서상으로 조직해, 영어 잘하는 김규식을 파견했다. 같은 시기 일본 사주로 이완용이 독살했다는 소문 속에 고종황제가 사망했다. 반일 감정이 극대화되었다. 조선 안팎에 독립 운동가들이 동요했다. 만주에서 대종교 인사들이 대한독립선언서를 발표했고, 일본 도쿄 YMCA 강당에선 학생들이 2·8독립 선언을 발표했다. 천도교에서는 오래된 동학농민

운동 연장선상에서 전 국민적인 독립 운동을 준비했고, 개신 기독교, 불교와 연대를 이루었다. 이는 발 빠르게 해외 거주 동포들한테 전해져, 마침내 1919년 3월 1일, 온 민족이 일어났다. 이로 인해 몽양 여운형이 3·1운동의 시발점이라 하는 이들이 있는데, 나는 그런 영웅화에 동의하지 않는다. 그러나 몽양이 3·1 초석 중 하나임은 부정할 수 없다.

"대한 독립 만세! 우리는 조선이 독립한 나라이며, 조선인이 이 나라의 주인임을 선언한다!" 그러나 독립은 거세당했고, 26년 후 8·15해방을 맞이하고도 우리나라는 둘로 갈라진 국론 아래 민족상잔의 6·25민족전쟁의 비극과 마주했다. 갈라진 국론을 하나로 묶어 통일 정부를 수립하려 했던 몽양의 노력은 이후 군사정권, 독재정치 아래 조명조차 받지 못했다. 그래서 우리는 몽양의 이름조차, 존재조차 모르는 것이다. 한국적 민주주의라는 기형의 국가체제를 온 국민이 받아들이면서 독재의 어두운 터널을 지나왔다. 분단 상태 아래 히스테릭한 반공주의, 악용된 유교문화, 경쟁이 정당한 사회구조가 고착되면서 기이한 권위주의적 한국의 현재가 만들어진 것이다. 독립운동기에 활약한 무장독립운동가, 자본가와 종교지도자, 일제 강점 아래 소신을 펼쳐온 언론사들은 해방된 후 본연을 뒤바꾸었다. 권력에 기생하며 일본과 미국을 등에 업은 식민사관 역사학자들을 명분삼아 친일, 친미를 내면화 했다. 군벌로, 재벌로, 무소불위 종교 단체로, 어용언론사로 정체성을 바꿔 착취, 억압의 사다리 위에 군림하는 것이다.

3·1혁명으로부터 100년. 좌우합작운동을 펼치다 암살당한 몽양. 여전히 명백하게 드러나지 않은 암살 배후. 그리고 지금 또 다시 반쪽 나라 남한의 대한민국에서 벌어지는 국론 양극화. 세대 간의 프레임 전쟁. 역사를 돌이켜보면, 국론양극화는 6·25전쟁으로, 6·

25는 식민통치에서 주체만 바뀐 독재로 이어졌다. 더구나 지금 일본 역시도 큰 변화의 기점에 있다. 전쟁이 불가능한 나라에서 가능한 나라로서의 법 개정을 추진하며, 일왕이 살아있는 최초로 연호를 바꾸어 시대적 정체성 쇄신을 도모하고 있다. 세계정세 역시 자국이익 우선주의로 급변하는 이 시기에 몽양 여운형을 무대화 하려는 의지는 시대를 직관한 통찰로 읽혀지며 그만큼 성찰을 요구한다. 일반적인 1인 주인공 서사, 영웅스토리가 아닌 대본에서 출발하여 새로운 무대화를 시도하는 연출 역시 이와 무관하지 않을 것이다. 이 시도의 첫 단추를 꿰는 극작의 영광은 무게로 바뀐다. 앞으로의 100년을 위해 공연의 진정성이 객석에 전달되길 바란다.

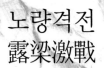

노량격전
露梁激戰

임진왜란, 어디까지 알고 있니?
"나의 죽음을 적들에게 알리지 말라!"라고 외친 이순신 장
군만 알고 있니?
일본은 왜 역사교과서를 왜곡할까? 일본만 역사를 왜곡할
까? 중국은? 우리나라는?
임진왜란! 이를 둘러싼 한국, 중국, 일본의 진짜 속내
연극 노량격전

- **등장인물**

  이영남[1]

  선조 / 진린[2] (명나라 장군)

  이순신[3] (무의공) / 역관[4]

  장군1[5] / 신하1[6]

  장군2[7] / 신하2

  장군3[8] / 신하3[9]

  정 박사 – 40대 후반 여성, 사학자

  심 교수 – 70대 초반 남성, 사학자

  이 교수 – 70대 중반 남성, 사학자

  충무공 이순신[10] 장군

  그 외 병사들과 노 젓는 이, 궁녀, 왜군 다수[11] / 1인2역

- **무대**

  무대 위 공간은 2개로 구분한다. 임진왜란 당시의 조선시대 공간과 국정교과서 편찬을 위한 현대의 공간.

  조선 공간의 무대 바닥은 극 결말에 분리되어 '판옥선' 또는 '거북선'으로 기능한다. 중앙의 조각이 가장 크게, 주변의 조각은 작은 크기로 분리된다.

  무대 뒤쪽에 감추어져 있던 '불 뿜는 거북선 머리'가 중앙의 조각 선두에 위치하고 조각 저마다 가운데 깃발이 꽂아지며 마지막 장면을 장식한다.

  장면에 따라 임진왜란 당시 조선 수군의 지휘 통신 체계를 담당한 깃발[12]과 신호연[13]들이 배치된다. 그 외에 소도구와 소품은 최소한의 것으로 한다.

  현대 공간은 회의 용 테이블과 의자 몇 개.

  ....

충북공연상주단체 육성지원사업 선정작(연출·송형종, 극단 청년극장)

※ 주석, 미주 표기

1장

점진하는 북소리.

어슴푸레 밝아지면, 병사1, 2, 안개를 가로지르며 무대 양쪽에
서 뛰어나온다. 병사1은 상수에서, 병사2는 하수에서 객석 너
머 적의 동태를 살핀다.

병사1 (영남에게) 장군! 예교에 숨어있던 왜적들이 빠져나갈 태세
입니다!

등장하는 이영남과 장군1, 2, 그리고 병사들.

이영남 나, 이영남! 통제공 이순신 장군의 명을 받들어 도망치
는 왜적을 단 한 놈도 살려 보내지 않을 것이다! 연을
띄워라!

병사1, '수리당가리연14)'을 올린다.

자막 : 수리당가리연 – 꾸준히 적을 살펴보라!

병사2, 연을 2개 연이어 올린다.
'중머리연15)'이 올라가고, 그 뒤로 '치마당가리연16)'이 올라간다.

자막 : 중머리연 – 적을 사방에서 에워싸라!

치마당가리연 – 남서쪽에서 한꺼번에 쳐라!

이영남　왜적을 에워싸 남서쪽에서 한꺼번에 친다! 격창을 달아라!

장군1　격창을 달아라!

이영남　닻을 내리고 전투를 준비하라!

장군2　닻을 내려라!

병사1,2　전투 준비!

이영남　지난 7년간 조선을 쑥대밭으로 만든 왜적들을 섬멸한다! 화포와 소신기전을 적선에 최대한 집중하라!

장군1　모든 화포! 앞서는 적선들에 조준 집중!

장군2　소신기전 발사 준비!

이영남　발포하라!

병사1,2　발포!

연이은 포화 소리.

장군1　예교성에 갇힌 왜놈들이 횃불로 흩어진 왜적들한테 신호를 보낸다! 이를 차단하라!

장군2　고성에 있는 다치바나! 사천에 시마즈! 남해에 무네가 이끄는 왜군들이 움직인다! 500척이 넘는 놈들의 배가 노량 바다로 집결한다!

무대 뒤쪽에 교룡기가 일어나 펄럭인다.

저 멀리서 또 다른 병사3이 돛에 매달린 듯 올라서서 소리친다.

병사3　교룡기 승천! 교룡기 승천!

이영남　교룡기가 떴다! 모든 병사들은 하무[17])를 물고 대장선을 호위한다!

장군1　하무!

장군2　함선을 대장선 옆에 붙인다! 노를 저어라!

순식간에 드러나는 노꾼들과 병사들, 입에 하무를 물고 노를 젓는다. 마치 거북선의 내부와 외부를 해체한 분해도처럼 노꾼들과 병사들이 구분되고, 이영남을 비롯한 지도부 장군들 또한 구분되어 배치된다.

장군2　명나라 수군들이 뒤로 물러섭니다!

장군1　왜적들이 갈고리로 우리 함대를 걸어 당길 태세입니다!

이영남　포탄을 조란탄으로 바꾸어라!

장군2　조란탄 교체!

이영남　발사!

병사들　발사!

조란탄 발사 음향.

객석 쪽을 향해 방패를 든 병사들이 움직인다.

병사1　왜적들이 돛을 꺾어 대장선에 걸쳐 타고 넘어갑니다!

병사2　사무라이 백병전입니다! 대장선이 위태합니다!

이영남　배를 대장선 가까이 붙여라!

칼을 빼드는 이영남.

이영남	필사즉생 행생즉사! (必死則生 幸生則死)
장군1	죽기를 각오하면 살 것이요!
장군2	살려고 하면 죽을 것이다!
이영남	이순신 장군을 호위하라! 통제공을 호위하라!
병사들	통제공을 호위하라!

더욱 빨라지고 커지는 북소리, 일순간 느려지면, 동시에 일제
히 칼을 빼들고 대장선을 뛰어넘듯 움직이는 병사들과 노꾼들,
움직임이 느려진다.
암전되듯 조명 변화.
무대 저편에 등장하는 실루엣의 이순신, 시간이 멈춘 듯 장엄
한 음성.
무대 앞에 객석을 응시하며 이순신을 대하는 이영남.

이순신	만세불공지수(萬世不共之讐), 영원히 같은 하늘을 이고 살 수 없는 원수. 나, 이순신은 왜적들을 한 명도 빠짐없이 궤멸한다면 지금 죽어도 여한이 없네.
이영남	장군! 왜적 괴수 도요토미 히데요시가 죽었습니다. 그 밑에 괴수들이 그 자리를 다투고 있습니다. 결판을 내겠다고 조선에 주둔한 왜군들도 황급히 철수하는 마당인데, 어찌 죽음을 운운하십니까?
이순신	조선의 수많은 백성이 죽었네. 이를 살려 달라 들인 명나라 군대도, 또 명까지 삼키겠다고 조선을 길 삼던 왜군도, 헤아릴 수 없는 명줄이… 어느 목숨인들 하찮은 목숨이겠는가?
이영남	이 나라 이 땅에 온갖 만행을 저지른 자들입니다! 장군!

이순신 죄는 통치자의 몫. 병졸들은 명을 받든 것이 고작일 터. 허나! 이 땅을 유린 한 것 또한 그 병졸들! 백성을 살리겠다고 죽이고 보니 피 묻은 내 손에 한탄이 앞서네. 목숨에 부질없음이.

이영남 장군! 승리가 눈앞입니다! 왜적선 200여 척이 불타 침몰했고,

실루엣의 이순신, 천천히 돌아선다.
투구를 떨군다. 가슴에 화살이 꽂혀 있다.
이내 울리는 조총 소리.
곧이어 이순신, 한쪽 무릎을 꿇는다.

이영남 장군!

사이.

이순신 전장이다. 내 죽음을 누구에게도 알리지 말라.

이순신의 실루엣, 사라진다.

이영남 장군! 장군! (분노로 병사들에게 외친다) 왜놈들, 단 한 놈도, 단 한 놈도 살려 보내지 마라!

다시 들리는 북소리.
어둠 속에 묻힌, 병사들과 노꾼들, 다시 모습을 드러낸다.
대열에 합류한 이영남, 칼을 빼들며 우레와 같은 함성과 함께 진격.

슬라이드 필름 바뀌듯 '딸칵' 소리와 함께 조명 변화,
무대 위에 이영남 장군과 병사들, 슬라이드 필름의 한 장면처
럼 사라진다.

2장

현대 공간. 회의 중인 정 박사와 심 교수, 이 교수.

심교수 임진왜란, 정유재란을 통틀어 마지막 전쟁인 노량해전만큼 드라마틱한 역사를 보여주는 전투는 없습니다. 향기 분을 이름자로 쓰는 이순신 조카 이분이 이순신 행장을, 에, 그러니까 죽은 사람의 일생을 기록하는 글을 쓴 거, 모두 잘 아실 겝니다. 여기에 충무공 마지막 순간을 생생하게 밝혔지요.

문서를 펼쳐 읽는다.

심교수 1598년 음력 11월 19일 새벽, 이순신이 독전 중 적의 탄환에 맞았다.
"싸움이 한창 급하다. 내가 죽었단 말을 하지 말라." (감탄)
마지막 말을 마치고 세상을 떠났다. 이때 맏아들 회와 조카 완이 활을 쥐고 곁에 섰다가 울음을 삼키며 울부짖었다.
"이렇게 되다니! 기가 막히는구나."
"곡소리에 적들이 기세를 얻을지 모를 일입니다. 게다가 시신 보전조차 어려워지면,"
"그렇습니다. 전투가 끝나기까지 참아야 합니다."

그 후 이순신 몸종 김이와 맏아들 희, 조카 완이 시신을 안고 내실로 들어갔다. 이순신의 죽음은 친히 믿던 부하 송희립도 알지 못했다.

이교수 이 역사의 한 장면은 6·25로 쑥대밭이 된 대한민국이 산업혁명을 일으키고, 한강의 기적을 이룩해 국가적 기능을 재건하는 발판으로 작동했습니다. 지금, 오늘에 이르러 중요한 것은 바로 그 영향력이라는 점을 기억해야 합니다.

심교수 동의합니다. 에, 그러면 이 부분 역시 기존의 역사교과서 그대로 유지하는 것으로 결정하겠습니다. 이의 없으시죠, 들?

심 교수의 말에 이 교수가 고개를 끄덕인다. 이를 확인한 심교수, 정 박사를 쳐다본다. 생각에 잠겨있던 정 박사, 이윽고,

정박사 저는 조금 생각이 다릅니다. 이순신이 국가적 영웅인 것은 물론 동의합니다. 그러나 역사를 기술하는데 사실관계가 불투명해지는 건 바람직하지 않다는 생각입니다.

심교수 사실 관계가 불투명하다? 노량에서 최후를 맞은 게 거짓이라는 거요? 나라를 지켜내고 도망가는 왜놈들 단 한 명도 살려 보내지 않겠다고, 근데 독을 품은 왜놈들 대뽀 총알에 전사한 것이 거짓이라는 거요?

정박사 … 기록해야 할 것을 누락시키는 것 역시 왜곡이라고 생각합니다.

심교수 왜곡? 왜곡? 옥포해전을 시작으로 한산도 대첩! 그 유명한 명량에 노량해전까지! 스물여섯 번의 해전 내용을 모

두 사실 그대로 표기했는데, 뭐가 누락이고, 뭐가 왜곡이라는 거야?

정박사 이순신과 그 휘하 장군들은 스물다섯 번의 해전에서 불사신처럼 살아남았어요. 그런데 마지막 전투 노량해전에서 전사했다는 것이 이상하지 않나요?

이교수 전쟁 중에 죽은 게 뭐가 이상합니까? 그리고 역사적 기록으로 죽음이 확인 된 건 이순신, 이영남, 이언량, 방덕룡이고 나머진 생존했습니다.

정박사 행장을 썼다는 이분은 이순신 조카 이완의 친형으로, 당시 전투에 참전하지 않았어요. 실상을 몰랐죠. 이순신이 죽던 당시, 주변엔 아들과 조카, 그리고 몸종까지 세 명밖에 없었다는 게 사실일까요?

심교수 항간에 떠도는, 죽음으로 은폐하여 일흔 살까지 살았다는 낭설 얘긴가? 정 박사, 순국론에 자살론, 은둔설을 병기해야 한다는 거야?

정박사 전투가 한창이었어요. 총사령관 주변에 병사가 한 명도 없었다는 게 가능할까요? 전혀 다른 내용이 선조실록에 기록되어 있습니다.

문서를 펼쳐 읽는다.

정박사 사관(史官)이 말하기를, 순신이 적탄에 가슴을 맞아 배 위에 쓰러지자 그 아들이 곡하려 하므로 군심이 어지러워지려 하였다. 곁에 있던 손문욱이 울음을 저지시키고 옷으로 공의 시신을 가린 뒤 그대로 북을 울리며 나가 싸우매, 사람들이 모두 죽은 순신이 산 왜군을 무찔렀다고 하였다… 손문욱은 당시 일본어 통역관입니다. 그가 오히려 이순신이 전사하는 순간 임기응변을 발휘한 거죠. 당시 도원수, 그러니까 조선군 총사령관 권율도 이순신 죽음 조사보고서에, 이순신이 죽은 뒤에 손문욱 등이 지혜 있게 처리하여 우리 군사들이 죽을 각오로 싸웠다고 적었습니다.

심교수 야설도 주장 근거가 있는 법이니까.

이교수 (정 박사에게) 권율 보고서를 사실로 규정하긴 어렵죠. 정치적 상황이 개입되어 있을 텐데. 그렇게 따지면 이순신을 미워한 선조 때문에 자살했다는 자살론이나, 죽음으로 위장하여 은둔했다는 설도 전부 교과서에 실어야 한다는 얘기 아닙니까?

심교수 역사가란 역사를 어떻게 해석할 것이냐, 관점을 제시하는 업이요.

정박사 … 맞는 말씀이세요. 또한 6·25 이후 극빈했던 대한민국을 재건하는 데 있어 영웅서사의 긍정적 기능, 유의미했다는데 동의합니다. 다만 저는,

심교수 역사란! 역사가와 역사적 사실의 지속적인 상호작용! 그 과정에 끊임없는 대화이고 이해니까.

정박사 … 그동안 은폐되었던 역사적 사실들을 교과서에 병기해야 한다는 의견을 드리는 것입니다.

심교수 은폐? 왜곡에 이젠 은폐까지 했다? 내가 무엇을 어떻게 은폐했다는 거지?

정박사 임진왜란에서 가장 중요한 것이 무엇일까요? 우리나라 역사 교과서에는 수많은 전쟁 기록이 있습니다. 전쟁에 대한 설명은 단순합니다. 이겼거나 졌거나, 둘 중 하나죠.

나라를 재건해야 하는 상황에서 승패가, 특히 승리가 중요했다면, 이제는 전쟁의 배경과 원인에 더욱 주목해야 하지 않을까요? 그게 제 생각입니다.

심교수 그러니까 내가 무엇을 어떻게 은폐했냐고?

정박사 무패 신화 성웅 이순신을 강조함으로써 강대국이 된 일본의 성장 배경이 축소되었습니다. 목숨 바쳐 왜란을 승리로 이끈 수많은 병사들과 장군들 역시 조명되지 못했어요. 임진왜란 7년, 그 중심에 있던 선조라는 왕의 이기적인 정치 공세까지 생략되었습니다.

심교수 하고 싶은 말씀이 결국 그거였군. 선조의 정치 공세. 국정 교과서로 역사를 일원화하는 시국에 적절한 시각인지 모르겠습니다.

이교수 (비웃는다) 결국 자살론, 은둔설인가?

정박사 자살론이니, 은둔설이니 하는 것 역시 이순신이 중심입니다… 전쟁영웅보다 그 배경에 주목해야 한다는 것이 제 의견이라고 다시 말씀드립니다. 오해 없으시길 바랍니다.

표정 굳어지는 심 교수.
이 교수는 어처구니없다는 듯 허허 거린다.

3장

조선 공간.

선조 왕, 초조함에 서성거린다. 그 뒤에 궁녀 2명, 앞에 신하
1, 2, 3이 고개를 조아리고 있다.

선조　　그게 사실이냐? 왜놈들이 쇠를 가공할 능력이 있다는 게
　　　　사실이야? 아니 원숭이만도 못한 놈들이 어떻게 그런 기
　　　　술을 습득했어?

신하1,2　통촉하여 주옵소서, 전하!

선조　　내가 묻잖아! 서로 물고 뜯고 칼을 뽑아 서로 죽이느라
　　　　난리치던 쪽바리 놈들이 어떻게 조총이라는, 대뽀라는 신
　　　　문물을 손에 넣었냐고?

신하3　　스페인과 포르투갈이라는 서양의 나라가 이미 100년 전
　　　　부터 아프리카며 부처의 나라까지 진출해 무역을 벌였습
　　　　니다. 그 과정에서 서양의 조총이 왜국에 흘러 들어간 것
　　　　으로 추정됩니다.

신하1,2　어디까지나 추정이옵니다, 전하.

선조　　제철 기술은?

신하3　　이미 제철 혁명이 일어난 지는 오래라고 조사되었습니다.
　　　　더구나 10년 전에 천정견구사절이라는 이름으로 유학생
　　　　을 파견했다고 합니다.

선조　　유학생?

신하1   우리가 명나라에 보내 문화를 배워오는 사절단과 같은 것이옵니다.

선조   얼루? 어디로 어떻게 보내 무엇을 배웠다는 게야?

신하2   포르투갈 상인이 일본에 들어온 길을 역으로 거슬러 보냈다고 하옵니다.

신하3   나가사키에서 출발하여, 마카오를 거쳐 리스본으로, 또 로마라는 곳에 종교 지도자 교황이 있는 교황청까지 보내 8년을 견습했다 하옵니다. 그렇게 신문물을 습득해 2년 전 왜적 땅에 돌아왔다고 합니다.

신하1   그래서 대뽀를 발전시켜 군사력을 높이고, 서양국들과 무역으로 돈을 벌어 전 병사를 조총으로, 대뽀로 무장시킨 것입니다.

신하2   신흥강대국임을 자처하며 섬을 벗어나 대륙에 나라를 세우겠다고, 이 나라 조선, 전하의 땅에 명을 치러 갈 길을 내달라 했던 겝니다.

선조   이, 이 천민의 발바닥 때도 못한 것들이 어디서 감히 버르장머리 없이! 대체 신들은 내 나라 조선에 대뽀 하나 들이지 않고 뭣들 했어?

신하1   전하! 왜군들이 지금 한양을 지나 평양까지 장악했다는 전갈입니다.

선조   뭐? 평양? 벌써 평양까지 이르렀다는 게야? 대뽀에 맞서 무대뽀로 덤비니 풍비박산인 게야!

신하1   평양에서 이곳 의주까지는 열흘도 걸리지 않는 거리입니다.

신하2   어서 명군에 지원 요청을 하셔야 합니다!

선조   조선엔 장군이 없어? 권율이며 이순신, 원균은 모두 넋을 놓은 게야? 출정을 명하라! 출정을!

신하3 권율은 행주에서 왜적의 허리를 끊느라 고군분투입니다. 이순신은 남해에서 왜군의 보급로를 차단하여 이곳 의주까지 오는 길을 지체시켰습니다. 하오나 지금은 백의종군하여,

선조 시끄럽소! 이순신이 그리 잘 싸우면 부산 앞바다로 나가 들이닥치는 적을 궤멸할 것이지, 어찌 숨어 있다가 보급로만 끊은 겝니까? 이는 명백히 반역이고, 군법에 의해 즉살을 면치 못할 일!

신하3 전하!

선조 더더구나 신들은 할 말이 없을 터! 내가 의주로 파천 길을 떠난다 했을 때 그토록 반대를 하더니, 뭐? 한양을 지나 평양까지 왔다고? 한양이 한강을 끼고 있는 요새라고 여기서 싸워야 승산이 있다고 우기더니, 전부 내 예측대로 되지 않았소! 한양을 치고 평양까지 올 것은 자명했어! 짐은 최악의 경우 북경으로 갈 것이다!

신하3 전하! 조선의 왕께서 조선의 땅에 아니 계시면 국정의 중차대한 결정과 선택을 어찌 하겠습니까? 통촉하여 주옵소서, 전하!

선조 통촉해줄라니까 하는 생각 아닙니까?

신하1 왜놈들 15만 명 칼 찬 놈들이 강으로 진입하면 순식간입니다.

선조 그러니까 이순신한테 육지로 올라와 과인의 안전을 살피라 했거늘 말을 안 듣고 남해에 숨었었지 않아! 남해에!

신하3 조선 땅은 동쪽이 높아 강들이 죄 서해로 흘러나갑니다. 동해로 흘러가는 두만강, 남해로 흐르는 섬진강, 낙동강

을 빼면 죄다 서해로 흘러갑니다. 그러므로 왜군들이 강화도 앞까지만 올라오면 내륙 곳곳에 침투가 용이합니다. 한강에 진입하면 서울까지, 대동강으로 들면 평양까지 이를 것이며, 압록강에선 여기 의주까지 단숨에 이릅니다. 이 수륙병진을, 그 해상 길을 이순신이 끊어냈던 것입니다. 또한 곽재우란 자가 의병을 일으켜 낙동강을 거스르는 왜군을 차단했던 것입니다.

선조   그래서 내가 여기 의주로 온 게야. 일본 놈들 싸우는 방법이 꼭 원숭이 같은 걸 몰라? 점령당할 걸 뻔히 알면서 미련하게 요새를 버리지 못해 싸우다 죽는 것이 왜놈들 전통이란 얘기 못 들었소? 원숭이 왜놈들, 지들 방식으로 싸울 것이 뻔해. 죽기 살기로 조선의 궁까지 왔는데, 왕이 없어. 왕의 항복을 받아내야 온 나라 백성이 따를 텐데, 그 왕이 없어. 기가 막힌 전략 아닌가? 필시 맥이 끊겨 허둥거릴 게고, 그때 습격하면 되는데, 이순신이 말을 안 들어! 이순신이!

신하2   전하. 파천 길도 한계가 있지 않겠습니까? 통촉하여 주옵소서.

선조   통촉, 통촉, 통촉! (궁녀1에게) 야, 너 통촉이 무슨 뜻인지 알아?

궁녀1   아, 네, 그 뜻은, 그, 그러니까,

궁녀2   상전이 아랫것들 사정을, 형편을 헤아려 살펴주는 것을 뜻하옵니다.

선조   그래. 그거야. 그래서 내가 통촉해주려고 최악의 경우, 북경으로 가겠다지 않아! 이게 나 혼자 살려는 방략인 줄 아시나? 순망치한! 입술이 사라지면 이가 시린 법! 조선

이라는 입술이 사라지면 명의 입장에서도 결코 달갑지 않을 터! 내가 친히 명나라를 방문하여 왜놈들의 숙원, 대륙정복 야욕을 알리면 이를 막기 위해서라도 조선에 군대를 보낼 것이야. 명군이 들어와야 이 난이 끝날 것이고. 그러니까 내가 북경으로 가겠다는 방략은 두루 살피는 유일 방책이다! 과인은 이토록 통촉하여 주는데, 신들은 과인을 헤아리고 살필 의무가 없냐 말이다?

신하3 신들은 오직 전하를 위해, 이 나라 조선을 위해 업을 수행하나이다. 하오나 조선의 땅에 조선의 왕께서 아니 계심은,

선조 좋은 방도가 있다! 짐에겐 아들이 열네 명이나 있어. 지금이라도 그 중 하나를 왕세자로 세워 최악의 상황을 대비케 하면 될 것 아니냐. 광해군을 왕세자로 세울 것을 명한다!

신하3 전하!

신하1,2 통촉하여 주옵소서!

선조 시끄럽다! 의주까지 오는데, 나를 수행하는 신하와 궁녀들이 불과 백여 명에 지나지 않았다. 궁문을 지키는 수문수위 놈들이 창을 거꾸로 들고 땅에 질질 끌며 이 왜란은 하늘이 내린 거라고, 나 들으라는 듯 떠들었다! 평소 같으면 당장 잡아다가 목을 쳤을 일이나, 온 백성이 고통을 겪는 고로, 내 친히 눈을 감아주었노라. 그럼에도 신들은 어찌하고 있습니까? 수라상에 올라오는 찬이며 잠자리며, 하다못해 목욕물까지 뭐 하나 제대로 된 것이 없지 않아? 선조들이 보시면 천인공노할 일입니다! 천인공노!

신하3 전하, 하루빨리 명군 지원을 받아 왜적을 이 땅에서 몰아

내야 하옵니다.

선조 서애! 그대는 병조판서로서 명군에 지원요청을 하라 했
거늘, 지금 뭐하는 게요? 지원을 청하는 말은 한마디도
못하고 그저 명의 장군 숙소로 출근만 했다는 소문이 사
실입니까? 청을 넣다가 곤장을 맞을 뻔했다는 소문이 사
실입니까? 어찌 한나라의 영의정이, 병조판서를 겸해 조
선 군대를 총괄하는 신이 과인의 위신을 땅에 떨어뜨린
단 말입니까?

신하3, 고개를 조아리며 복받치는 설움을 삼키며 충언을 올린다.

신하3 전하, 신이 명의 장수 이여송을 찾아 개성으로 연일 출입
하여 청을 한 것이 사실입니다. 하오나 조선과 왜적의 문
제인 만큼 조선 스스로 해결해야 한다, 해결의지가 있다
면 협상을 주선하겠노라는 답변만 할 뿐입니다.

선조 그걸 말씀이라고 하시오? 왜놈들은 과인의 조부를 모신
선정릉을 도굴한 파렴치한입니다! 어찌 그런 놈들과 협
상을 하라는 게야?

신하1,2 전하! 지금 조선은 한 치 앞을 알 수 없는 풍전등화, 백척
간두입니다. 백성들을 긍휼이 여기시어 왜난 해결을 급선
결 하셔야 하옵니다.

선조, 벌떡 일어나 소리친다.

선조 지금 신들은 내 나라의 안전이 종묘사직 위에 있다는 말
입니까?

사이.

신하3 전하! 전국 의병장들한테 벼슬을 하사하여 정규군에 편입시키심이 옳은 줄 아뢰옵니다. 또한 흰옷을 입고 말단 병사로 근무 중인 이순신을 복직시켜 해상전에 대비하심이 조선의 안위를 지키는 일이라 아뢰옵니다.

선조 시끄럽다! 이기는 전투만 한다는 것이 어찌 신하의 도리란 말이오? 애초에 쳐들어오는 왜놈을 섬멸하였으면 이 사태에 이르지 않았을 거 아냐! 각도로 왜놈이 온다는 첩보를 입수했으면 습격할 일이지, 어명을 불사하고 출정은 물론, 습격을 안했어! 이는 분명 반역이야! 난중이라고 일개 장군이 과인 위에 있단 말이오?

선조, 화를 주체하지 못하고 '악악' 소리를 지르며 주변 기물을 뒤엎고 손에 잡히는 대로 마구 집어던진다.

선조 수단을 가리지 말고 왜놈을 몰아내! 명한테 곤장을 맞든 머리를 조아리든 어서! 과인의 안위를 지키고, 이 나라의 기강을 세우란 말이다! 어서!

4장

현대 공간. 정 박사와 심 교수, 이 교수.

심교수 나라의 기강 문제입니다. 기강!

이교수 인간이 이 세상에서 이룬 것은 근본적으로 소수의 영웅들 역사라 했습니다.

심교수 영국 사상가 토마스 칼라힐.

이교수 이를 부정한단 말입니까? 니체 역시 광기 어린 개인은 드물지만 집단은 언제든 광기에 사로잡힐 수 있다고 했습니다. 집단을 이루면 개인의 이름이 매몰되기 때문에 이성보다 감성의 지배를 받는다! 주장이 과격해지고 비도덕적으로 돌변할 가능성이 매우 높다! 이 역시 영웅이 역사에서 어떤 활약을 했는지 의미하지 않습니까?

정박사 그래서 민주주의가 탄생한 거죠. 민중이 스스로 운명을 결정한다면 최선의 결정이 아닐지라도 최악의 결정은 피할 수 있으니까요.

심교수 우리는 현대 대한민국의 역사를, 지금 이 나라 정부의 실록을 기록하는 것이 아닙니다. 학생들이, 아무 것도 모르는, 아니 아무 것도 생각할 수 없는 무지몽매한 학생들이 배울, 역사라는 거울을 닦는 거지!

이교수 국가에 대한 자긍심을 심는 것이 교과서가 할 일입니다. 국가에 대한 비난, 비판의 바탕을 조성하는 건 중고등학교 역사 교과서가 할 일이 아닙니다.

정박사 국가에 대한 자긍심. 중국도, 일본도 역사 교과서를 왜곡하는 것은 바로 그 왜곡된 자긍심 때문입니다.

심 교수님, 그리고 이 교수님. 두 분께서 지금까지 역사학계에 남기신 족적을 존경합니다. 시대의 아픔을 같이 해 온 두 분 역시 중고등학교 시절에 세상을 읽으셨어요. 이제 우리 청소년들도 흘러온 역사의 배경에 주목해야 합니다. 어떤 면에서 임진왜란과 6·25전쟁이 유사한지, 중국과 일본 사이에서 왜 항상 유사한 문제와 양상으로 역사를 되풀이 하는지, 알아야 합니다.

심교수 … 그건 나 죽은 다음에 하시지. 나 죽은 다음에.

이교수 교과서 내용을 선택 결정하는 공무에 개인의 문제를 끌어들이는 것은 부적절합니다.

심교수 개인의 문제를 끌어들인 것은 정 박사가 먼접니다. 우리 둘이 역사학계에 남긴 족적 운운하지 않았습니까?

정박사 사과드립니다. 제가 무례했습니다.

이교수 청소년 역사교과서는 한정된 분량 안에 역사의 면모를 인식할 수 있는 내용을 촘촘히 구성해야 합니다. 노량해전이 임진왜란의 마지막 전쟁인 만큼 강조해야 할 바는 여지없이 역사적 사실입니다. 우리 조선의 수군은 전선 83척, 수군이 1만 7,000여 명이고, 명나라 수군은 전선 63척, 수군 2,600명이었습니다. 왜적의 병력은 이에 4배 이상이 되는 대선 500여 척, 수군 6만여 명이었다는 사실 관계만 수록할 것을 제안합니다.

정박사 … 전쟁이라는 것이 단순히 산술적인 계산만으로 이해가 가능한 건가요? 몇 대 몇으로 싸워 몇이 희생당하고 몇을 사살하여 승리를 거두었다 기록하면, 중고등학생으로서 충분히 역사를 이해한 건가요? … 임진왜란이 7년 동안 일어났다고 기록하면 학생들은 7년 내내 전쟁을 한 줄 알 겁니다. 그렇게 이해하면 안 되잖아요. 전쟁과 일상이 함께였습니다. 전쟁 중에도 생로병사는 똑같이 일어나니까. 더구나 임진왜란은 7년 중 무려 4년간이나 협상을 둘러싼 휴지기가 있었어요. 전쟁도 아니고 평화도 아닌 어정쩡한 상태. 일본군사와 명나라 군사들이 그저 조선 땅에서 숙식을 제공 받으며 주둔한 상태. 백성을 재미로 죽이고, 성폭행하고, 마치 아무런 제재를 받지 않는 조폭들과 한마을에서 4년을 함께 지내는 것과 마찬가지였습니다. 그런 전쟁의 실상을 인식해야죠. 또 왜 명나라가 군대를 보내고도 전쟁을 하려 하지 않았는지, 그 사이에 일본군과 어떤 협잡이 있었는지, 우리나라 조선이 왜 둘 사이에서 배제되었는지, 그런 원인과 배경을 알게 해야 합니다.

심 교수, 테이블을 내리치며 버럭 화를 낸다.

심교수 소귀에 경 읽기야! 경! 기껏 해야 열일곱, 열여덟 애들이야! 어른들도 이해 못하는 얘기를 애들한테 해서 뭐 하러 시간을 뺏어? 대학 입학시험에 논문이라도 받을 참인가?
정박사 … 교수님. 외람된 말씀이지만,
심교수 외람되면 말을 하지 마!

정 박사, 모멸감에 손이 떨린다.

정박사 … 한자를 가르치지 않은 우리나라는 조선왕조실록을 문화재로 모시고 있을 뿐이죠. 하지만 중국과 일본의 젊은 이들은 인터넷으로 조선실록을 열람해 읽고 있습니다. 중국은 동북공정을 위해 수많은 역사적 사실 자료를 우리 역사에서 취득하고, 교묘하게 이용까지 합니다. 그런데 아직도 독재 시대처럼 노동자를 길러내는 교육으로 그쳐서 되겠습니까?

심교수 뭐야? 얘가 지금 뭐라고 지껄이는 거야? 너, 이 새끼, 지금 니가 어따 대고 무슨 말을 지껄이는 지 알기나 해?

이교수 심 교수, 좀 과하네. 그리고 정 박사, 자네도 말을 좀 가려서 해야지.

심교수 교육부, 그 누구야, 그, 아니, 장관 오라고 해! 지금 우리는 국정교과서를 집필하는 거야! 국정교과서를! (밖으로 나가며 소리친다) 밖에 누구 없어? 내가 이래서 국편위원회에 여자들 포함시키지 말라고 몇 번을 말했어!

암전.

5장

조선 공간.

무대 뒤를 향한 거북선 머리 주변에서 설계도를 든 장군3이 병사들에게 지시를 내리며 정비 상황을 살피고 있다.

근처의 평상에서 이영남과 무의(이순신), 장군1, 2가 회의 중이다.

무의 통제공께서 무슨 일로 두문불출, 내실에서 사흘이나 출입을 안 하시는지, 실로 걱정입니다.

이영남 왜 또 군량미를 빼돌리다 졸들한테 들켰습니까?

무의 이영남 장군!

이영남 세 살 버릇 여든까지 간다잖소! 탄핵에 좌천에, 파직에 겨우 통제공의 도움으로 복직했는데, 또 다시 죄를 지면 내가 용서치 않을 것이오!

무의 통제공 도움은 아니었습니다. 누명을 벗은 게지.

이영남 무의! 여기 세치 혀에 속을 사람 없소이다!

장군1 이영남 장군. 그만 하시지요.

이영남 통제공 이순신 장군과 함자가 같다고 그 죄가 드러나지 않을 것으로 생각했다는 소문이 있지 않습니까?

장군2 지금 그런 얘기로 시간을 보낼 때가 아닙니다. 엄중한 시기 아닙니까?

이영남 엄중함을 내 모르지 않소. 그러니 더욱 기강이 흔들려서는 안 되기에 하는 말이외다.

장군1　여하튼 간에 방책은 생각해보셨습니까?

장군2　통제공께는 진언을 올리셨죠?

이영남　물론입니다. 허나 달리 방책이란 것이 있을 턱이 없지 않습니까? 명나라 놈들이 왜놈들한테 뇌물을 받은 증거를 찾을 수가 없습니다.

장군1　무의 장군. 뭐라 말 좀 해보시오. 말을.

무의, 이영남의 눈치를 보며 삐친 마음을 다시 내어 끼어든다.

무의　실은 명나라 진린 장군 문제는 작은 문제입니다.

장군2　그건 또 무슨 말씀이오?

무의　지금 민심은 하나도 남김없이 돌아섰습니다. 임금이란 자가 의주로 도망가서 반찬투정이나 한다고, 임금 옆에 가면 죽고 통제공 근처로 오면 목숨을 부지한다고 함경도에서까지 이곳 남해로 피난을 오는 형편, 모두 잘 아실 겝니다.

이영남, 소리를 낮추어 윽박지른다.

이영남　무의! 어찌 또 통제공의 존함을 들먹이시오? 그런 얘기가 퍼지면 그 즉시 경을 칠 터!

장군2　영남 장군. 어떤 문제인가 우선 들어나 봅시다.

장군1　무의, 어서 뒷얘기를 해보시오, 뒷얘기를!

무의　목숨이 하난데, 분위기가 이래서 말씀 잇기가 쉽겠습니까?

이영남　지금 이 자리를 떠나선 결코 입 밖에 내서는 아니 될 것입니다.

장군2 거참, 어서 알았다고, 맹세하시고 말씀을 이어 갑시다.

무의 매, 맹세합니다… 맹세.

이영남, 못마땅하나 참는다.

무의 통제공이 백의종군에 처해진 까닭 아십니까?… 원균 장군 때문이었답니다.

이영남 원균 장군? 내 잠시 그분을 모시었는데, 결코 모략을 할 위인이 못되오.

무의 명나라 주선으로 왜놈들이 조선과 강화조약을 맺으려다 그것이 파탄 나고, 명이 왜국 괴수 히데요시를 인정하는 사절단을 보냈는데, 이게 히데요시 기대와 달랐던가 봅니다. 왜놈들은 지들이 철수만 하면 명에서 예쁜 황녀도 보내주고, 조선의 세자를 볼모로, 또 조선 팔도 중에 사도도 하나 떼줄 것으로 생각했는데,

장군1 달랑 임명장 하나 보냈구만?

무의 비단에 도요토미 히데요시를 왜국의 왕으로 임명하노라. 한 줄 딱 쓴 거뿐이었답니다.

이영남 왜놈들, 나라로 인정해준 게 어딘데! 그리고 그게 지금 원균 장군과 무슨 상관이란 거요?

무의 뿔따구가 난 왜놈들이 다시 우리 조선을 정유년에 재란을 일으키지 않습니까?

장군2 그러니까 우리 조선과는 아무 상관없이 명나라와 왜놈들, 둘이 트집이 생겨 일어난 전쟁이란 말입니까?

이영남 아니 둘이 투닥거릴 거면 명나라 땅이나 왜놈 땅에서 싸

울 것이지, 왜 조선 땅을 더럽혀?

무의 더 웃기는 게 뭔 줄 아십니까? 조선을 치는데 통제공이 무서우니까, 왜장에 2인자 가토가 어디로 들어온다는 소문을 냈다는 겁니다.

장군2 누가? 명나라 장군들이?

무의 왜놈들이 직접 낸 소문입니다. 이를 조정에 대신들과 선조 임금이 덥석 물었고, 그 다음은 어찌 됐는지 다들 아시잖습니까.

장군1 가토를 잡으러 출격하라는 명을 받았으나, 아무리 어명이라 해도 무턱대고 나갈 분이 아니지요. 한 터럭의 소문도 개연성이 맞지 않으면 정보로 삼지 않는 분이 아닙니까?

무의 결과적으론 어쨌거나 어명을 어긴 게지요.

장군1 그래서 백의종군 당하시는 고초를 겪지 않으셨습니까.

장군2 전시 중에 어명을 어겼으니 백의종군도 실은 면죄나 다름없다는 명분이고.

무의 그래서 삼도수군통제사로 원균 장군이 임명되었고, 칠천량에 나가 우리 조선 수군의 판옥선이며 거북선이며 죄다 밥 말아 드셨지 않소.

이영남 원균 장군도 용장인데, 전투를 마다하겠습니까? 그럼에도 칠천량 해전을 꺼리셨소. 그 바다는 이미 왜놈들도 잘 아는 물길이었으니까. 헌데 조정은 물론, 권율 장군까지 곤장을 쳐대며 닦달을 하는 통에 에라 모르겠다 하는 심정으로 나갔던 게요.

장군1 권율 장군이 원균 장군보다 열 살은 아래 아닙니까? 그런데 곤장까지 맞았으니, 그 속이 어땠겠습니까.

이영남 통제공께서 겪은 백의종군이 왜 원균 장군 때문이냐고 묻지 않았습니까?

무의　왜놈들 계략으로 원균 장군을 삼도수군통제사로 세울 전략이 들어맞았다는 의미입니다.

이영남, 칼을 빼들어 무의를 위협한다.

이영남　무의! 네놈이 세치 혀를 놀려 이제는 죽음을 자초하는 bb구나! 내 비록 원균 장군을 떠나 충의 드높은 통제공께 결의를 다짐했으나, 원균 장군 성품 또한 네놈한테 욕볼 인격이 아닐진대! 어찌 왜군 철수를 앞두고 마지막 전투를 준비하는 시점에, 무슨 목적으로 괴소문을 지어내느냐?

무의, 기가 막힌 듯 피식 웃으며 두어 발 뒤로 물러난다.

무의　아, 진짜 너무 하시네. 이건 툭 하면 고양이가 쥐 잡듯 하시니, 원 육시럴! 장부로 태어나 기개를 접으라는 거요? 명량에서 왜놈들 모가지 몇 개 땄다고 이렇게 니자구 없이 막 칼을 빼들어도 되냐고?

장군1　이영남 장군!

이영남　조선에 적은 조선이외다! 조선에 적은 조선의 두려움을 키우는 조선! 내 오늘 그 싹을 자르겠소!

이영남, 칼을 휘두른다.
무의, 이를 피해 재주를 넘고는 주변의 병사가 찬 칼을 빼들어 내리친다. 장군3이 이를 보고 황급히 달려온다.

장군3 아니 이게 무슨 변고입니까? 뭣들 하시오? 어서 말리지 않고!

잠시 이어지는 이영남과 무의의 활극. 그 와중에.

무의 통제공은 살아 돌아간다 해도 목숨을 부지할 수 없다는 것을 모르시오? 임금의 눈 밖에 났기 때문에,

이영남 통제공, 그분이 어떤 분인지 몰라? 40척 전투함을 운영하기 위해 척투선으로 따로 운영하는 배까지 40척을 연구하셨다! 왜놈들 동선을 읽기 위해 어부들을 육지에 풀어 무슨 나무를 얼마큼 베었는지까지 알아보셨다! 나무 종류에 따라 지어지는 배가 다르니까! 그 혜량을 네놈이 어찌 읽겠느냐?

무의 내가 못 읽는 것만 문제인 줄 알아? 조정이, 임금이 아니 읽는 것이 문제란 말이야! 이기는 전투만 한다는 전술전략을 지는 전투는 어명도 무시하겠다는 것으로 읽는 것이 문제라고! 어명을 어기는 것은 이미 남해의 왕을 자처하는 것이라고, 그렇게 읽히니까!

이영남 그 아가리 다물라!

넘어진 무의 목에 칼을 들이대는 이영남. 허나 찌르지 못하고 긴장만.
목에 칼을 받은 채로 지껄이는 무의.

무의 일본 놈들이 철수하려 할 때, 선조 임금이 어찌 했는지 잊었어? 조선을 구하겠다고 들어선 명나라 장군들이 어찌

308

했는지 잊었어? 조선에 군사들은 왜놈들을 죽이지 못해 안달이었는데, 왜놈들을 호위하여 안전하게 철수시킨 게 명나라 장군이고, 선조 임금의 어명이었어! 철수하는 왜군을 섬멸하는, 마지막 전투! 그거 하나 앞두고 속내를 알기 어려운 정치 상황을 따져보자는 내 입을 막겠다? 상황을 읽어 대비책을 세우려는 내 입을 막겠다? 그러면서 통제공에 충의 결의를 했다고 할 수 있나? 오히려 통제공의 죽음을 바라는 건 너, 이영남이야!

장군3과 장군1, 2가 다가온다.

장군3 이영남 장군! 그 칼을 거두어 주시오.

장군2 장군이 말하지 않았습니까? 조선의 적은 조선이라고.

장군1 조선의 적은 조선의 두려움을 키우는 조선이라고.

이영남, 칼을 거둔다. 좌중을 향해 소리친다.

이영남 허면, 통제공의 안위를 위한 방책이 무엇이오?

아무도 대답이 없다.

이영남 조정에 결론이 그렇다면 이미 어떤 방책도 소용없는 게 아니오?

장군3 지금 당장은 방책이 없으나, 그래도 사태를 알고 있으면,

이영남 사태를 뻔히 알면서 당하는 죽음은 덜 억울합니까?

장군1 더 큰 문제가 있습니다.

장군3 더 큰 문제?

장군2 그게 뭡니까? 더 큰 문제라는 게 대체 뭡니까?

장군1, 말을 하지 못하고 무의를 쳐다본다.
한쪽에서 물을 벌컥벌컥 마시던 무의, 바가지를 팽개치고 피식
웃는다.

무의 뭐겠습니까? 당장 왜놈과 싸울 장수가 필요하니까 죄를
유보하고 일단 싸우게 한 겁니다. 어명을 어겼으니, 왜란
이 끝나면 죗값을 물을 것이고, 그렇게 되면 부여 될 죄목
이 뭐겠어?

놀라는 이영남과 장군2, 3.

무의 그렇습니다. 반! 역! 죄! 반역 또는 역모를 꾀한 자, … 8
촌 3대 멸문멸족!

잠시 아무도 말이 없다.

장군2 나라를 지키려고 애썼을 뿐인데, 무슨 반역죄가 된단 말
입니까?

무의 통제공이 그런 죄명으로 하옥되면 그 밑에 부하들! 우린
온전하겠소?

장군2 가까스로 조선을 지켜냈는데, 논공행상[18]을 내리진 않
을망정 반역죄라니? 8촌 3대 멸문멸족이라니! 부당하지
않소?

장군3   … 진정 조선의 적은 조선이란 말이오?

이영남, 휘적휘적 어디론가 간다.

장군2   어딜 가시오?

장군1, 허망한 마음에 무릎을 꿇는다.

장군1   내 아내, 내 아들, … 아버지와 어머니, 그리고 내 형제들.
장군2   이영남 장군!
무의   통제공께 아뢰고자 함이면 무용이외다.

이영남, 멈추어 무의를 쳐다본다.

무의   이미 사흘 전에 말씀드렸고, 그래서 사흘 동안 처소에서
         두문불출 하시는 바. 걱정이 되어 모습을 뵌 적 없느냐 물
         었던 게요.

정신이 나간 듯 이영남, 물끄러미 무의를 바라보다,

이영남   방략이, 방책이 진정 없는 게요? 나라를 구하고 또 구하
         려는 우립니다. 통제공과 여기 이 모든 장군들, 병사들,
         따뜻한 밥 한 끼 먹이지 않을망정, 반역죄라니? 이건 아
         니지 않소?
장군1   통제공께 늘, 문제는 항상 그 답을 품고 있다 하셨는데,
         이 문제는 눈을 씻고 찾아도 품은 답이 보이지 않습니다.

장군3   ··· 어명이니, 문제라고 할 수도 없습니다. 우리 같은 일개 장군이 나라를 상대로, 임금의 뜻에 반해 무엇을 어찌하 겠습니까?

모두 침통하다.

무의   방략이 아주 없는 것은 아닙니다.

이영남과 장군3은 그저 쳐다보기만. 장군1, 2는 바짝 다가선다.

장군1   뭡니까, 그 방략이?

장군2   어서 말해보시오, 어서!

무의   이제 곧 있을 해전에서···

장군2   해전에서?

무의   이 마지막 전투에서 우리 모두 죽는 겁니다.

장군2   무의 장군! 이 중차대한 문제에 어찌 농입니까!

무의   농이 아닙니다!

장군1   허면 죽지 않으려는 문제에 죽음이 방략이란 말씀이오?

무의   죽자는 게 아니라! ··· 죽은 것으로 되면!

장군3   죽은 것으로 되면···?

무의   3대 멸문멸족이 아니라 3대에 논공행상이! 영화를 하사 하지 않겠습니까?

장군2   해전 중에 죽음으로 위장을 하자는 얘기요?

장군3   아무리 그래도 우리 목숨 살리자고, 사내대장부가!

무의   우리 목숨뿐이면 이런 방도를 내지도 않습니다.

장군1   부모님이야 다 사셨다 해도, 내 아들, 내 아내, 무슨 죄가 있어 나를 쫓아 죽어야 한단 말이요?

이영남　통제공은 뭐라 답하셨소?

무의　아직 아무 답변 없으십니다.

방략에 대해 그 누구도 좋아하는 반응이 없다. 오히려 침통하기까지.

그때 병사1과 2가 뛰어온다.

병사1　장군! 명나라 장수 유정에게 왜놈들이 뇌물을 쓰고 있다는 밀첩이옵니다!

장군3　뇌물? 무엇을 위한 뇌물이냐?

병사1　통제공으로부터 무사히 철수시켜줄 것을 부탁하는 뇌물이랍니다!

이영남　이 천인공노할 놈들!

무의　명군? 왜군? 둘 중 어떤 놈들 말씀이오?

이영남　둘 중 어느 하나라도 나은 놈이 있단 말이오? 양초음무[19]! 명나라 놈들은 겉으로만 싸우는 척, 뒤로는 왜놈들과 협상을 하려하고, 왜놈들은 도망치는 마지막까지 우리 목줄을 쥐고 악다구니를 부리니, 둘 중 어느 하나라도 마땅할 리가 있겠소!

무의　거기에 하나가 더 있지 않소?

장군1　우리 모두가 알고 있으나 누구라고 입에 올리지 못할, 그분!

장군2　우리 모두 그분에 예속 돼 있어, 그분을 욕되이 하면 누워 침 뱉는 법!

이영남　누구를 말하는 거야?

무의　그야 당연히… 임금 아닙니까. 선조 대왕.

병사2가 소리쳐 알린다.

병사2　이미 왜적으로부터 뇌물을 받은 명나라 장수 유정이 길을 터주었답니다!

병사1　왜적장 고니씨 패거리들이 부산 쪽으로 밀입을 성공하여 사천에 있던 가고시마 출신 왜적장 도진 의용이란 자와 통하였다는 밀첩이옵니다! 하여, 하여,

병사1, 두려움에 떤다.

이영남　마저 고하라! 무엇을 망설이느냐!

병사1　왜군 철수를 돕기 위해 왜적선 오, 오백여 척이 출동했다 합니다!

무의　큰일입니다! 사천에 고니씨 놈 패거리를 가두어 두는 데는 한계가 있습니다!

장군1　몰려오는 500척으로 인해 배후가 위험하니 그 역시 맞서 싸워하는 지경입니다!

장군2　육지에서 밀려드는 왜군 놈들 또한 대비해야 합니다!

장군3　영남 장군! 통제공께 알려야 합니다! 앞과 뒤로 들이닥치는 왜놈을 대비해야 합니다! 어서!

조명 변화.
병사1, 2, 남해 앞바다가 그려진 전통적인 대형 지도를 펼친다.
지도를 가리키며 작전을 설명하는 이영남 장군.

이영남 통제공 말씀이다. 우선 왜적선 500척을 섬멸하는 데 중점을 둔다! 광양에서 경산 쪽으로 가는 길목에 있는 여기! 노량! 이곳에 조선과 명나라의 연합 수군이 매복하여 왜적 도진의용대 함대를 궤멸한다!

이영남, 거북선 머리 쪽으로 단숨에 뛰어오른다.

이영남 전 병사들은 들으라! 이제 곧 최후의 일격! 최후의 결전이 눈앞에 있다! 전원 무기와 무장을 정비하고, 판옥선과 거북선을 정비하라! 통제공께서 곧 출전을 명할 것이다! 마지막 작심에 날을 세우고 뜨겁게 불을 달구어라!

전 병력, 우렁차게 대답한다.

전 병력 (동시에) 필사즉생! 행생즉사!

일동, 안개 속으로 사라진다.

6장

5장에서 이어진 조선 공간.

안개 사이로 드러나는 실루엣의 충무공 이순신. 이윽고 마주하
는 실루엣의 명나라 장수 진린.

무대 앞쪽 조명 아래, 둘 사이에 선 듯 역관(통역관)이 고개를
조아린다. 그 아래 대치한 듯 선 조선 수군.

진린   (중국어로) 조선 수군의 작전권은 나한테 있다. 일개 조선
수군의 장군 이순신은 내 명령에 복종한다.
자막 : 조선 수군의 작전권은 나한테 있다. 일개 조선 수군의
장군 이순신은 내 명령에 복종한다.

역관   조선 수군의 협조를 얻어 일사분란하게 마지막 전쟁을
마무리 하자고 하십니다.

충무공   대국은 역시 대국임을 장구한 세월을 보내며 분명히 뼈
에 새깁니다.

역관   (중국어로) 말씀대로 따르겠답니다.
자막 : 말씀대로 따르겠답니다.

진린   (중국어로) 왜군들이 철수를 하겠다는 의지를 알려왔다. 전
쟁을 끝내는 마당에 우리 명나라 군대의 병사들은 물론,
조선의 병사들 목숨 하나라도 지키자는 게 내 생각이다.

자막 : 왜군들이 철수를 하겠다는 의지를 알려왔다. 전쟁을 끝내는 마당에 우리 명나라 군대의 병사들은 물론, 조선의 병사들 목숨 하나라도 지키자는 게 내 생각이다.

역관   마지막 전투이니만큼, 단 한 명의 병사 목숨도 소중히 여기어 전쟁 없이 왜군의 철수를 허락하시겠다고 하십니다.

이에 대노하여 청천벽력 소리치는 이순신.

충무공   역관은 한 치의 오차도 없이 전하라! 조선은 단 한 명의 왜군도 살려 보낼 수 없다. 명나라 대국의 수군도 우리를 돕겠다는 명목으로 참전한 바! 조선의 원수를 살려 보낸다면 그 역시 대국의 위상은 아닐 것이다! 왜적의 야심은 명나라 대륙에 있었고, 이를 막아내는 문으로서 조선의 희생이 있었으므로, 살려 보내자는 진린 장군의 의견을 나는 수용할 수 없다! 왜적의 배가 오백 척으로 늘어난 것에 대한 책임 역시 묻지 않겠다! 명나라 수군의 목숨을 보존하겠다는 것 또한 방해 않겠다. 단 하나! 우리 조선의 수군은 끝까지 왜적을 궤멸할 것이다!

조선의 병사들, 단호한 기합과 함께 칼과 창의 제식.
병사들 앞에 이영남이 나서며 소리친다.

이영남   끝까지 왜적을 궤멸할 것이다!
역관   (쩔쩔매며, 중국어로) 모든 말씀을 다 받아들인다고 하십니다. 하오나 조선의 수군은,

자막 : 모든 말씀을 다 받아들인다고 하십니다. 하오나 조선의 수군은,

역관 (중국어로) 왜적의 배가 오백 척으로 늘어난 원인은 규명치 않겠으며,
자막 : 왜적의 배가 오백 척으로 늘어난 원인은 규명치 않겠으며,

역관 (중국어로) 그, 그, 왜군은 섬멸할 수 있도록 허락을,
자막 : 그, 그, 왜군은 섬멸할 수 있도록 허락을,

진린, 여기까지 듣고 소리친다.

진린 (중국어로) 내 진정 이순신 장군의 기개를 모르는 바 아니다. 뜻대로! 뜻대로 섬멸하라.
자막 : 내 진정 이순신 장군의 기개를 모르는 바 아니다. 뜻대로! 뜻대로 섬멸하라.

역관 (한시름 놓은 듯) 그, 그렇게 하시도록 협조하겠답니다.

이순신, 칼을 들어 예를 보이고, 돌아서서 외친다.

충무공 필사즉생! 행생즉사!
전 병사 필사즉생! 행생즉사!
충무공 노량으로 출정을 명한다!
이영남 노량 출정!

출정을 알리는 깃발이 게양된다.

무릎을 구부리고 낮고 삼엄한 태세로 전열을 갖추는 병사들.

그 모습에서 솟아나는 장중한 음악.

7장

현대 공간, 심 교수와 이 교수, 단 둘이.

심교수 전쟁의 배경을 밝히면 어찌되는지 잘 아시지 않습니까? 명나라 입장도 그렇고 더구나 일본이 어떻게 강대국으로 성장했는지를 밝히면, 땅에 떨어진 대한민국의 위상은 그 흔적조차 찾아볼 수 없게 됩니다! 가뜩이나 헬조선 헬조선! 3포 세대, 5포 세대하며 떠들며 애 하나도 안 낳는 판국에! 나라에 대한 자긍심이 사라지면 어떻게 되겠습니까?

이교수 국가의 미래를 생각하는 심 교수 마음, 내 모르는 바 아닙니다. 하지만 교과서를 편찬하는데 독단적이고 독선적이라는 평을 들어서 좋을 게 뭐가 있어? 생각이 다르면 이해시키고 설득을 해야죠.

심교수 지금까지 역사교과서를 편찬해온 내 결정을 전부, 사사건건 트집을 잡으니까 열불이 나서! 열불이! 역사학계가 어디 호락호락한 뎁니까? 정 박사, 정 박사하고 불러주니까 지가 내 앞에서까지 정 박사야? 그 박사, 누가 달아줬는데!

이교수 잘 압니다. 심 교수 제잔 거 알고 국편에서도 정 박사를 추대한 거 아닙니까? 그리고 회의 내용이 녹음되니까 반말은 삼가시는 게.

심교수 못 들으셨습니까? 나더러 왜곡과 은폐라고 하는 소리를!

정 박사, 젖은 손과 얼굴을 손수건으로 닦으며 들어온다.
이 교수는 둘의 눈치를 보며 불편한 분위기를 풀어보려 한다.

이교수 정 박사는 역사교과서 편찬이, … 처음이죠?

정박사 네? 아, 네.

이교수 방금 논쟁은 아무 것도 아닙니다. 의견일치를 보다가 어느 하나 삐끗하면 3일 낮밤을 싸우죠. (웃는) 이게 그만큼 중차대한 일인데다, 교육에 관한 열의가, 흔히들 그러잖습니까. 백년지대계라고.

정 박사, 말없이 자리에 앉는다.

이교수 자, 그럼 임진왜란, 정유재란 끝내고, 광해군 대동법 실시와 인조반정으로 넘어갑시다.

정박사 임진왜란은 마무리가 된 건가요?

이교수 심 교수와 상의했습니다. 배경과 원인을 수록하기로. 단, 사실 관계를 따져 입증이 가능한 선에서.

정박사 동북아시아 3국의 이해관계는 이미 역사적으로 충분히 입증이 되었습니다. 임진왜란이 끝난 이후에 명나라와 일본의 태도 또한 분명했구요.

이교수 정 박사!

정박사 명나라는 선조를 퇴위시키고 다른 인물을 왕위에 앉히자는 의견도 있었어요. 하지만 계속될지 모르는 일본 침략에 군사적 부담을 줄이자고, 과거 고려 때처럼 조선을 명의 직할령으로 만들자는 의견도 있었습니다.

심교수 그 두 가지 중 어느 하나 실행된 것이 없어! 이건 명백한 사실입니다!

정박사 하지만 그 이후로 계속된 내정 간섭! 내정 간섭이 얼마나 치욕적인 일인지 분명히 명기해야 합니다! 자주적이지 못한 나라가 겪는 치욕! 더구나 임진왜란 이후 조선 내에 퍼져나간,

심 교수 벌떡 일어나 소리친다.

심교수 조선에 지배층을 중심으로 명나라가 아니었으면 조선은 망했을 것이라는 얘기들을,

이교수 (심 교수한테) 반말! 제발, 반말!

심교수 역사교과서에 실어야 한단 말입니까? 조선을 원조하기 위해 들어온 명나라 군사들이 조선의 백성을 수탈했다! 쳐들어와 죽이겠다고 달려든 일본 놈들보다 전쟁을 돕겠다는 명나라 군사의 민폐가 더 무서웠다! 명군이 괴롭힌 건 참빗 같고! 차라리 왜군은 얼레빗이었다! 그런 얘길 애들 교과서에 싣자는 말입니까? 그래서 성장하는 애들한테 우리나라는 조선시대부터 그 어떤 자긍심을 가질 수 없는 그런 나라다! 라는 강렬한 이미지를 머릿속에 심어서 뭘 어떻게 하자고?

정 박사, 이제까지와는 다르게 노기 띤 눈으로 심 교수를 응수하며 엄중하게 말한다.

정박사 교수님 생각도 이제 바뀌셨나요? 우리나라는 옛날부터 그 어떤 자긍심도 가질 수 없다고. 그렇게 바뀌셨어요?

심교수 뭐? 뭐가 어쩌고 어째?

이교수 제발 반말, 제발!

정박사 제가 교수님 밑에서 박사 과정을 밟던 때 분명히 말씀하셨습니다. 명나라를, 왜적을 두려워했던 것은 민중이 아니었다고. 민중은 의병을 일으키고, 조선의 수군은 죽음을 불사하고 싸웠다고! 하지만 조선의 지배층이 저마다 살기 위해 평민과 천민을 짓밟았고, 지도자들은 명나라에 붙어 조선 수군과 의병장들을 홀대했다고. 지배층은 전쟁에서 조선을 지키는 것만큼, 아니, 그 보다 더 자신들의 정치적 안정이 중요했던 거라고 분명히 말씀하셨습니다.

심 교수, 자세를 바꾸어 정 박사를 외면한다.

정박사 일천육백일 년! 명군이 완전히 철수하고 나서야 비로소 선조는 대신들에게 전쟁 중에 공을 세웠던 인물들 명단을 올리라고 명을 했습니다. 공의 크기를 따져 상을 내리기 위해서였죠.

동시에 조선 공간 밝아지며 선조와 신하들이 등장한다.
중앙에 선조, 양 옆으로 신하들이 도열해 조아리고 있다.
앞서 등장했던 피난 때와는 다르게 매우 화려하다.

선조 논공행상을 위한 명단은 준비가 됐습니까?

신하1 전하, 직접 몸으로 싸워 적을 물리친 공신들에게 최우선으로 상을 내리심이 마땅한 줄로 아룁니다.

선조, 명단을 펼쳐 읽는다.

정박사 이항복이란 신하가 이순신과 원균, 권율 장군을 비롯한 선무공신들의 명단을 올렸죠. 제 몸을 아끼지 않고 직접 전투에서 공을 세운 장수들. 하지만 선조는 이들을 공신 으로 인정하지 않았습니다. 그때 어떤 정치적 이유로, 지 금까지 대한민국 국가적 영웅으로 존재하는 이순신을, 그 당시 무슨 이유로,

이교수 정 박사! 역사지식에는 등급이라는 게 있는 법입니다. 초 등학교에서 가르칠 것과 중학교, 고등학교, 대학교, 심지 어 석사, 박사과정에서 다루어야 할 지식까지, 앞에는 수 준의 차이를 둬야 합니다.

정박사 그래서 드리는 말씀입니다. 역사적 사실에 대해 질문을 던질 수 있도록. 문제의식이, 질문을 할 수밖에 없는 의문 이 생겨나길 바라는 겁니다!

조선 공간의 선조, 읽고 있던 명단을 물린다.
이후 선조가 말하는 동안 자막이 표출된다.

자막 : 扈聖宣武淸難三功臣都監儀軌(호성선무청난삼공신도 감의궤)
임진왜란 후 공신록 작성 시 선조의 총평 (선조실록 34년 3월 14일)

今此平賊之事 專由天兵 (금차평적지사 전유천병)

이번 왜란의 적을 평정한 것은 오로지 명나라 군대의 공에 의한 것이다

俄國將士 不過或隨從天兵之後 (아국장사 불과혹수종천병지후)

우리나라 장수나 사졸들은 명나라 군대의 뒤꽁무니를 쫓거나

或幸得零賊之頭而己 (혹행득영적지두이기)

혹은 요행히 잔적의 대가리를 얻는 수준에 그쳤을 뿐이다

未嘗馘一賊首 陷一賊陣 (미상괵일적수 함일적진)

당당히 왜적 장수 목을 베거나 적진 하나라도 제대로 함락치 못했다.

其中如 李元二將 海上之鏖 (기중여 이원이장 해상지오)

이중에 이와 원, 두 장수가 해상에서 적을 몇 명 찔러 죽인 것

權慄 幸州之捷 差强表表(권율 행주지첩 차강표표)

권율이 행주에서 이긴 것 이 두개의 사례가 약간 드러날 뿐이다

若論天兵出來之由(약론천병출래지유)

만일 명나라 군대가 우리나라에서 대활약을 하게 된 유래를 논하자면

則皆是扈從諸臣 間關顚沛 隨子到義州 (칙개시호종제신 간관전패 수자도의주)

그것은 나를 따라 어렵게 의주까지 호위한 호종공신들이

籲呼天朝 得以討賊 恢復疆土耳(유호천조 득이토적 회복강토이)

하늘에 기도하듯 명나라에 호소하여 왜적을 토평하고 강

토를 회복하게 된 것이다.

선조 일등 선무공신이, 신들은 권율, 또 그 누구냐, 이와 원! 이 들이라고 생각하는 거요?

심교수 (정 박사한테) 그래서! 그 질문이 뭡니까?

신하1 신들이 감히 전하께 뜻을 여쭙고자 올린 명단이오니 괘 념치 마시기 바랍니다.

선조 이번 왜란의 적을 평정한 것은 오로지!

심교수 (정 박사한테) 그 질문이 뭐냐고 묻지 않습니까? 무슨 문제 의식이 어떤 질문을 하길 바랍니까?

선조 명군의 공, 아닙니까? 우리나라 장이나 졸들은 명군 뒤를 쫓거나 요행히 잔적의 대가리를 얻는 수준이었습니다. 이 와 원이 해상에서 적 몇을 찔러 죽인 것이나 권율이 행주 에서 이긴 것, 이 두 사례가 약간 드러날 뿐입니다.

정박사 권율 장군은 이름이라도 써주었는데, 이순신은 그저 '이' 라고만 했을 뿐, 이름도 다 쓰지 않았습니다.

선조 여기서 뭐가 중요한지, 신들은 모르시겠소? 어떻게 명나 라 군대가 조선을 원조하게 되었는지?

심교수 왜란의 공은 모두 명나라 군대 덕분이다! 이를 부른 건

호종공신의 덕이고, 호종공신은 의주까지 나를 따라왔으므로, 왜란을 물리친 데 기여한 것은 결국 나 선조 임금이 의주까지 피난을 갔기 때문이다!

선조 그것은 나를 따라 어렵게 의주까지 따라온 호종공신들이 하늘에 기도하듯 명나라에 호소하고 매달린 덕입니다!

심교수 이 같은 정치적 복선을 학교에서 가르쳐야 한다 그 말입니까?

정박사 있는 사실을 알리고, 그 복선에 대해 질문이 생겨나도록 해야 한단 말입니다!

심교수 왜? 도대체 왜?

이교수 어허, 심 교수, 회의 내용이 전부, 그러니까 제발, 반말은 좀.

심교수 무엇 때문에 아이들이 정치적 공세의 속성을 알아야 하는데, 왜?

정 박사, 울컥 쏟아질 듯한 눈물을 삼키며 진정한다. 이윽고

정박사 마지막 노량해전에서 이순신과 이영남, 그리고 이언량, 방덕룡, 고득장과 같은 장군들이 어떤 심정으로 싸웠는지, 죽음을 불사하며 아니, 죽음으로 뛰어들며 어떤 생각을 했는지, 옆에서 죽어가는 그들을 보며 나대용, 송희립, 손문욱과 같은 장군들이 얼마나 마음 아파했는지, 그것을 가르쳐야 합니다. 그게 역사고, 그게 거울이니까.

선조　그것이 진정 이 땅에 왜적을 토평하고 강토를 회복하게 된 참 이유다! 그 말입니다! 아시겠소?

신하1　전하, 하오나,

선조　(버럭 소리친다) 시끄럽소! 신은 지금 과인의 말이 온당치 않다 그 말이오? 대답해 보시오! 지금 그런 말을 하려는 게야?

신하들, 머리를 조아리며 외친다.

신하들　전하! 성은이 망극이옵니다!

조선 공간 어둠 속으로.
현대 공간.

정박사　역사 교과서를 국정화한다는 게, 있을 수 있는 일인가요? 역사를 어떻게 획일화해서, 한 가지 시선으로, 특히나 영웅주의로, 독재를 찬양하는 일색으로 편찬하겠다는 거죠?

이교수　있을 수 없는 일이 생기는 게 세상 아닙니까? 우리만 그러는 것도 아니고. 일본 놈들 지금도 역사를 왜곡하지 않습니까?

정박사　… 일본과 중국은 왜 그토록 악착같이 역사를 왜곡할까요?

이교수　그 속을 누가 압니까?

심교수　아니 그 속이야 뻔하지 않습니까. 자국의 자긍심을 고취시키고, 또,

정박사　그렇죠. 자국의 자긍심 고취. 아무 것도 모르는 아이들한

테 원래 독도는 우리 땅이었다, 원래 고구려는 우리 역사였다 해서, … 결국 전쟁을 일으키려는 거죠. 전쟁을 일으켜 일본은 대륙으로 옮길 야욕을, 중국은 더욱 강성해져서 지구를 제패하겠다는 중국몽을 이루려는 거죠.

이교수 그들의 왜곡이 우리 역사교과서 하나로 바뀌지 않습니다.

심교수 우린 정부의 뜻에 따라 교과서를 편찬하는 겁니다!

정박사 (점차 큰소리로 화를 낸다) 그렇군요. 나 한사람은 할 수 없는 일이군요. 할 수 없는 일이라고 포기해야 하는군요! 아직도 대한민국은 일부 지배층, 지도자층이 소유하고 마음대로 조종하는 국가군요!

이교수 6·25전쟁을 겪으면서 맥아더 장군을 무당들이 신으로 모시는 멘탈리티가 온 나라에 퍼져서는 안 되겠지만. 전 세계를 제패한 미국 바로 뒤에 중국몽을 외치며 G2로 중국이 부상하는데, 미국에 대한 의리를 지키고 있는 건 잘못된 일이지만, 그건 어른들 문제고.

심 교수, 책상을 거칠게 내려치고 벌떡 일어난다.
정 박사, 심 교수의 등 뒤에 대고,

정박사 역사는 향나무와 같다던 교수님 말씀 기억하고 있습니다. 향나무는 자기를 찍은 도끼날에도 향을 묻혀 떠나보낸다고 하시던.

이교수 (둘 사이 긴장을 풀어보려는 듯 웃는다) 자고로 노인 말 틀린 데 없고, 어린 애들한테 거짓 없다는 말이 있잖습니까.

정박사 국가와 국가 사이엔 도덕이 존재하지 않는다던 그 말씀을 기억합니다. 세계 질서의 거대한 변화가 일어난 때에

늘 있어왔던 한반도 전쟁. 이걸 알지도 못하고 자긍심만 갖는 건 중요하지 않다던 그 말씀을!

사이.

심교수 변화라는 건, 천천히 점진적으로 모색해야 하는 거야. 급하면 혁명, 개혁이 되는 거니까… 그것도 폭력이야.

심 교수, 퇴장한다.
이 교수, 우왕좌왕 눈치를 보다가 심 교수를 따라 나가며,

이교수 국편위에서 다시 연락할 겁니다. 시, 심 교수가 빠지든 정 박사든, 어떤 결판이 있겠지요. 그럼.

이 교수, 퇴장한다.
객석을 향해 선 정 박사, 두 눈 가득 눈물이.

정박사 새 옷을 입으려면 먼저 입고 있는 옷을 벗어야죠. 변화든 개혁이든… 기득권을 내려놓지 않고 어떻게 시작하나요?

장엄한 음악과 함께 조명 변화.
현대 공간은 어둠 속으로.

8장

조선 공간.
거북선 머리 쪽으로 덧나무를 대어 기어오르는 수많은 왜군들.
(영상 처리) 이에 맞서는 이영남과 장군1, 2.

이영남　백병전이다! 모든 병사는 칼을 들고 맞서라!

장군1　대장선이 위태하다!

장군　대장선을 호위하라!

몰려드는 왜군에게 칼을 맞는 장군2.

이영남　나, 이영남! 통제공 이순신 장군의 명을 받들어 도망치는 왜적을 단 한 놈도 살려 보내지 않을 것이다! 연을 띄워라!

병사1, '수리당가리연'을 올린다.

자막 : 수리당가리연 - 꾸준히 적을 살펴보라!

병사2, 연을 2개 연이어 올린다.
'중머리연'이 올라가고, 그 뒤로 '치마당가리연'이 올라간다.

자막 : 중머리연 – 적을 사방에서 에워싸라!
     치마당가리연 – 남서쪽에서 한꺼번에 쳐라!

이영남 왜적을 에워싸 남서쪽에서 한꺼번에 친다! 격창을 닫
         아라!

장군1 격창을 닫아라!

이영남 닻을 내리고 전투를 준비하라!

장군2 닻을 내려라!

병사1,2 전투 준비!

이영남 지난 7년간 조선을 쑥대밭으로 만든 왜적들을 섬멸한다!
         화포와 소신기전을 적선에 최대한 집중하라!

장군1 모든 화포! 앞서 나오는 적선들에 집중적으로 조준!

장군2 소신기전 발사 준비!

이영남 발포하라!

병사1,2 발포하라!

     연이은 포화 소리.
     무대 뒤쪽에 교룡기가 일어나 펄럭인다.
     저 멀리서 또 다른 병사3이 돛에 매달린 듯 소리친다.

병사3 교룡기 승천! 교룡기 승천!

이영남 교룡기가 떴다! 모든 병사들은 하무를 물고 대장선을 호
         위한다!

장군1 하무!

장군2 함선을 대장선 옆에 붙인다! 노를 저어라!

순식간에 드러나는 노꾼들과 병사들, 입에 하무를 물고 노를 젓는다.

무대 바닥이 몇 개의 조각으로 갈라진다.

중앙의 조각이 앞뒤 방향을 바뀌며, 선두에 거북선 머리가 나선다.

중앙 조각 주변에 작은 조각에는 깃발이 꽂아진다.

각각의 조각 위에서 칼과 창을 빼들고, 조각 주변에 노를 젓는 이들이 조각을 움직이며 활약한다.

장군2	명나라 수군들이 뒤로 물러섭니다!
장군1	왜적들이 갈고리로 우리 함대를 걸어 당길 태세입니다!
이영남	포탄을 조란탄으로 바꾸어라!
장군2	조란탄 교체!
이영남	발사!
병사들	발사!

조란탄 발사 음향.

포탄이 발사되면서 자욱하게 깔리는 안개.

병사1	왜적들이 돛을 꺾어 대장선에 걸쳐 타고 넘어갑니다!
병사2	사무라이 백병전입니다! 대장선이 위태합니다!
이영남	배를 대장선 가까이 붙여라!

칼을 빼드는 이영남.

이영남	필사즉생 행생즉사! (必死則生 幸生則死)
장군1	죽기를 각오하면 살 것이요!

장군2	살려고 하면 죽을 것이다!
이영남	이순신 장군을 호위하라! 통제공을 호위하라!
병사들	통제공을 호위하라!

더욱 빨라지고 커지는 북소리, 일순간 느려진다.
동시에 병사들과 노꾼들, 안개 속으로 사라지고, 조명 변화.
이영남과 장군1과 장군2에 핀조명.
왜군의 칼이 장군1과 2의 목을 가르고, 이영남의 가슴에 꽂힌
다.
잠시 장군1, 2는 어둠 속으로.
조명 아래 이영남. 주위로 기묘한 음악이.
그 끝에 나타난 이영남의 모친. 비현실적인, 장엄한 어투로 아
들을 부른다.

영남 母	아들아… 아들아.
이영남	어머니! 어머니!
영남 母	아들아.
이영남	소생, 죽음으로 불효를 하나이다.
영남 母	네가 만약 늙은 어미보다 먼저 죽는 것을 불효라 한다면, 이 어미는 웃음거리가 될 것이다. 너의 죽음은 너 한사람의 것이 아니다. 너는 이 어미를, 니 아들을 살리기 위해 죽는 것이 아니다. 아니어야 한다! 너는 비겁하게 우리의 삶을 구하기 위해 죽는다고 생각하지 말아야 한다. 그것이 어미에 대한 효도. 어미는 현세에서 너와 재회하기를 기대하지 않겠다. 다음 생에서 반드시 선량한 천부의 아들이 되어 이 세상에 오거라. 이 세상에 다시 오기 위해

부끄럽지 않아야 한다.

이영남 어머니! 불초소생, 무엇을 위해 싸우다 죽어야 합니까?

영남 母 오직 너의 마음이니라. 오직 핍박과 살육에 항거하여 싸워야 한다.

이영남 (오열) 어머니!

영남 모친, 가까이 다가와 무릎 꿇은 영남을 끌어안는다.
친근한 고향의 어미 말투로 바뀌어,

영남 母 에구, 우리 아들, 욕보네. 이 에미가 우리 아들 위해서 하얀 쌀밥을 지어 놨는디. 우리 고향 진천 쌀로 지은 하얀 밥을.

이영남 젯밥으로라도 먹으믄 되쥬.

영남 母 그려, 우리 아들. 그려, 그러면 되니께, 그려. 우리 아들.

멀어지는 영남의 모친. 이를 보며 오열하는 이영남.

이영남 어머니! 만수하고 무강하세유! 어머니!

점차 커지는 북소리.
사라진 영남의 모친 대시 나타난 장군 1과 2, 이영남 옆에 나란히.
더욱 커지는 북소리, 멈추면,

장군1 살아 돌아가도 죽을 목숨.

장군2 죽음으로 내 아들을, 내 아내를, 아니… 죽음으로 세상을 살리는 길!

이영남 우리는 삼도수군통제사 충무공 이순신 장군을 따랐으나, 그를 위해 싸우지 않았다! 우리는 나라를 위해 싸우지 않았다! 우리는 살기 위해 싸우지 않았다! 우리는! 우리는! 제 가족을 살리기 위해 죽지 않았다!

장군1 전장에서 어찌 죽음을 꾸밀 수 있겠는가!

장군2 만세불공지수(萬世不共之讐), 영원히 같은 하늘을 이고 살 수 없는 원수.

이영남 나, 이영남!

병사 가리포첨사 이영남 장군이 죽었다!

장군1 나, 방덕룡!

병사 낙안군수 방덕룡 장군이 죽었다!

장군2 나, 이언량!

병사 초개군수 이언량 장군이 죽었다!
홍양현감 고득장 장군이 죽었다!

이영남 왜적들 단 한 명도 빠짐없이 궤멸할 수 있다면 죽어도 여한이 없다!
우리의 죽음을 알려 더욱 혹독하게 왜군을 섬멸하라!

포탄 터지는 소리.
병사들의 함성 소리 메아리친다.

이영남 단 한명의 왜놈도 살려 보내서는 안 된다! 왜적들을 궤멸하라!

전 병사 궤멸하라!

이영남을 필두로 모든 병사들, 일제히 함성을 지른다.

장중한 음악과 함께 거북선 머리에서 불이 뿜어진다.

막.

각주 내용

[노량격전]

1) 이영남 : 본관은 양성(陽城), 충청도 진천(鎭川) 출신. 1592년(선조 25) 임진왜란 때 옥포만호로서 경상우도수군절도사 원균을 도와 활약. 왜란 초기에는 원균과 이순신 사이의 전령 임무 수행. 경상우수영에서 율포만호를 지내고, 소비포권관 등을 거치면서 이순신의 성품에 매료되어 그의 충복을 자처. 원균이 도망하려는 것을 보고 이를 꾸짖으며 이순신에게 구원을 청하는 일을 함. 그 뒤로 모든 장수가 협력해 왜구를 무찌르는 와중에 항상 선봉장으로 활약. 1597년 정유재란 때 가리포첨절제사로서 조방장을 겸임하여 삼도수군통제사 이순신의 휘하에 들어가 명량해전에서 공을 세웠다. 이어 노량해전에서 이순신이 전사하자, 더욱 분전하여 많은 적을 무찌르고 전사. 1605년 선무원종 1등공신으로 봉해졌고 광해군 때 병조참판, 숙종 때 병조판서에 추증되었다. 충청북도기념물 제144호로 지정된 묘는 진천군 덕산면에 있다. 노량해전에선 이순신 전사 이후 더욱 분전하여 많은 왜구를 무찌르고 전사함.

2) 진린 : 1566년 명나라 세종 때 지휘첨사가 되었다가 탄핵을 받아 물러났다. 임진왜란 때 부총병으로 발탁되었다가 병부상서 석성의 탄핵으로 물러났다가 정유재란 때 재발탁. 총병관으로 수병대장을 맡았고 수군 5000명을 이끌고 강진군 고금도에 도착하였다. 진린의 계급은 제독보다 한 단계 아래인 도독(都督)이었다. 이순신과 연합함대를 이루어 싸웠으나 전투에는 소극적이고 공적에는 욕심이 많았던 인물로 알려졌다. 조선 수군에 대한 멸시와 행패가 심해 이순신과 마찰을 일으켰으나 이순신이 세운 전공을 진린에게 양보하자 두 사람의 관계가 호전되어 전투에 적극적으로 임하였다.

3) 이순신 : 본관은 전주(全州), 자(字)는 입부(立夫), 시호는 무의(武毅). 충무공 이순신과 구분하기 위해 '무의공 이순신'이라고 부르며, 『난중일기』에 방답첨사(防踏僉使)라는 직위로 자주 언급되어 '방답첨사 이순신'이라고 불리기도 한다. 조선 태종의 맏아들 양녕대군 이제의 후손으로, 의정부 좌찬성 등을 지낸 이진의 다섯째 아들. 1577년(선조 10) 무과에 급제하여 선전관과 의주판관 등을 지냈다. 그러나 상관과 불화하여 파직되었다가 1591

년(선조 24) 방답진 첨절제사로 부임하여 당시 전라좌도 수군절도사이던 충무공 이순신의 휘하에서 왜적의 침입에 대비하였다. 임진왜란이 일어나자 이순신은 충무공 이순신이 이끄는 수군에서 중위장과 전부장으로 활약하며 옥포해전과 합포해전, 고성해전, 사천해전 등에서 큰 공을 세웠다. 임진왜란이 끝나자 한양의 포도대장으로 임명되었다. 하지만 그해 음력 10월 직위를 남용해 잘못이 없는 사람을 장살했다는 이유로 탄핵을 받아 파직되었다가, 다시 충청수사로 임명되었다. 그리고 황해도 병마절도사, 수원부사, 경상우도 병마절도사 등을 거쳐 1602년(선조 35)에는 전라좌수사가 되었는데, 이 과정에서도 그는 계속해서 사헌부의 탄핵을 받았다. 1610년(광해 2)에는 전라도 병마절도사로 임명되었으나 이듬해 병으로 사망했다. 무의공 이순신은 상관과의 불화로 파직되고, 백성들에게 탐욕스럽다는 이유로 탄핵되고, 군량미를 감추어두었다는 혐의로 심문받고 좌천을 당함. 충무공 이순신의 휘하로 임진왜란에서 여러 활약을 했지만 임진왜란이 시작할 때부터 끝나고 나서까지 파면과 좌천과 탄핵과 파직 등 여러 불명예스러운 사건을 겪은 인물이다.

4) 손문욱 : 임진왜란이 일어나던 해 왜군의 포로가 되어 오랫동안 일본에 억류, 돌아올 때 일본 사정을 자세히 탐지해와 당면한 군사·외교 등의 전략상에 기여하였다. 노량해전 당시 이순신(李舜臣) 휘하에 참전, 이순신이 전사하자 임기응변으로 그의 죽음을 비밀에 붙인 다음 자신이 직접 갑판 위에 올라가 북을 치며 평상시와 다름없이 군사들을 지휘, 독전(督戰)함으로써 마침내 승전할 수 있게 하였다. 그러나 본 극에서는 인물을 드러내기보다 역관으로서의 기능만 구현한다.

5) 방덕룡 : 1592년에 임진왜란이 일어나자 그는 100여 명의 의병을 모아 원균(元均)의 휘하에 들어가서 크게 활약. 정유재란 시 낙안군수였던 그는 부사 이영남, 만호 안여종과 함께 절이도에서 복병을 하였다가 적을 협공하여 크게 이겼다. 이듬해 통제사 이순신의 선봉이 되어 노량해전에서 분전하다가 전사하였다.

6) 이항복 : 조선 중기의 문신·학자. 이덕형과 돈독한 우정으로 오성과 한음의 일화가 오랫동안 전해오게 되었다. 좌의정, 영의정을 지냈고, 오성

부원군에 진봉되었다. 임진왜란 시 선조의 신임을 받았으며, 전란 후에는 수습책에 힘썼다.

7) 이언량 : 임진왜란 때 이순신 휘하의 군관으로서 5월 7일 옥포해전에서 돌격장으로 참전하여 대승. 노량해전 당시 명나라 장군 진린 함선이 왜구에 포위, 결국 진린을 구출하고 전사. 명나라 장군을 목숨 걸고 구하려고 한 이언량은 전우애가 깊은 인물임을 알 수 있다.

8) 나대용 : 이순신(李舜臣)의 막하에 군관으로 들어가 거북선 건조에 참여하였다. 임진왜란이 일어나자 옥포해전에서 적의 군선 2척을 격파하는 전과를 올렸으나, 사천해전과 한산도해전에서는 총탄을 맞아 부상을 입기도 하였다. 그 뒤 명량해전과 노량해전에 참가하여 공을 세웠다. 그는 전공이 혁혁한 수군장이었으며, 우리 역사상 유례를 찾기 힘든 탁월한 조선기술자로 평가된다.

9) 유성룡 : 당시 명나라는 조선에 5만 군대를 파병했지만 군량 조달은 조선의 몫이었다. 전쟁 중이라 온 나라가 굶어죽는 마당에 명군은 물론 조선군까지 먹일 식량을 조달하느라 유성룡은 피가 말랐다. 하지만 유성룡은 백성들에게 강제로 양식을 수탈하지 않고 백성들이 스스로 협조하도록 하는 정책을 유지했다. 또한 두려움에 명으로 망명하려는 선조에게 "전하, 이 수레가 압록강을 넘으면 아니 되옵니다. 명으로 단 한걸음이라도 들어가시면 이 나라는 영원히 되찾을 수 없습니다. 여기 남아 끝까지 싸워야 합니다." 라고 하며 선조의 망명을 막았다. 추후 모함을 받았으나, 풀려난 이후로도 모든 관직을 거부하고 또 다시 전쟁이 발발해서는 안 된다는 일념으로 임진왜란에 대해 아주 상세히 적은『징비록』을 남겼다.

10) 충무공 이순신은 실루엣으로만 등장한다.

11) 여성배우도 남장을 하여 병사 역할 역임.
　결말 부분의 왜군들은 연출의 그림을 위해 설정했을 뿐, 등장하지 않아도 됨.

12) 오위진법 (깃발 명칭) : 교룡기, 휘, 초요기, 대장기, 위장기, 위장 영하기, 부장기, 부장 영하기, 유군장기, 유군장 영하기, 영장기, 영장 영하기, 통장기, 통장 영하기, 여수기·여수 영하기, 대정기·대정 영하기, 대사기, 후기

기, 둑

삼도수군조련도(三軍水軍
調練圖)

13) 군사작전 신호용으로 사용된 이 연은 연에 그려진 문양과 색깔에 따라 명령 내용을 달리하여 사용되었는데 전투 중에 사전의 상황을 알려 지휘관 또는 병사들에게 전투준비를 갖추라는 예지신호이자 작전명령으로, 적군이 알지 못하도록 문양에 각기 다른 암호를 넣어 전투명령 전달의 중요한 수단으로 사용되었다고 한다. 예를 들어 연의 문양에 따라 명령이 달랐는데 삼봉산 문양이 있는 '삼봉산연'을 띄우면 흩어져 있는 군선과 군사들은 삼봉산 앞 바다로 집결하라는 뜻이 된다. 또 삼각형 모양을 2층으로 크게 그려넣은 '기바리연'이 올라가면 백병전으로 왜적과 싸우라는 뜻이며, '돌쪽바지기연'을 올리면 병참이나 병기의 보급을 알리는 뜻이 된다. 임진왜란 당시 연의 크기는 가로가 90~120cm로, 하늘에 높이 띄워도 연에 그려진 문양이 아군들에게 뚜렷하게 보이도록 대형 연을 제작했다고 한다. 가운데 방구멍이 있어 바람이 약하거나 강하게 불 때도 자유자재로 날릴 수 있으며, 날리는 사람의 손놀림에 따라 급상승과 급하강, 전진과 후퇴 등이 가능한 과학적 구조를 가진 방패연의 제작과 이 충무공의 과학적인 연의 이용은 우리 민족의 슬기와 과학적 지혜를 엿볼 수 있게 한다. 신호연에 사용된 빛깔은 오행사상의 기본색인 빨강(홍), 파랑(청), 노랑(황)의 유채색과 까

수리당가리연
(출처: 문화원형백과)

중머리연
(출처: 문화원형백과)

치마당가리연
(출처: 문화원형백과)

망(흑) 흰색(백)의 무채색을 사용하였다. 이 색은 각각 오행사상의 오방위를 상징하는데 황은 중앙, 청은 동쪽, 흑은 북쪽, 백은 서쪽, 홍은 남쪽을 뜻한다고 한다. 또 하나는 하늘에 연을 띄웠을 때 붉은 색, 흰색, 검은색이 눈에 가장 잘 띄기 때문이다.

14) 수리당가리연

15) 중머리연

16) 치마당가리연

17) 하무 : 군중에서 병사들의 입에 물리던 가는 나무 막대기. 떠드는 것을 막기 위한 것이다.

18) 논공행상(論功行賞) : 공로를 조사하여 크고 작음에 따라 서열을 매겨 상(賞)을 내린다.

19) 양초음무(陽剿陰撫) : 겉으로는 싸움을 하는 척하지만 속으로는 왜군을 어루만진다는 뜻으로, 전쟁 없이 협상으로 왜란을 해결하겠다는 명나라 군사의 기본 전략을 일컫는다.

작가 발문

극작을 업으로 한다면 대부분 역사극에 대한 부채의식이 있을 것이다. 몇 편 창작하고도 쉽게 사라지지 않는 빚으로, 나 역시 그러하다. 역사극은 역사와 문학, 두 가지 모두에 개입하여 일종의 다리를 놓아야 한다. 그러나 친일사대주의로 역사의 극렬한 왜곡을 겪고 있는 우리나라 역사를 문학으로 가두기에 나는 아직 허약하다.

이순신 장군은 국가적 영웅이다. 허나 국가적인 영웅으로 추대한 과거 정부 속내엔 숨겨진 저의가 있다. 군인의 쿠데타를 정당화 시키고, 선조라는 왕보다 강한 장군 이순신을 영웅화하여 독재를 합리화한 의도는 이미 널리 알려진 사실이다. 얼굴이 알려지지 않은 이들 역시 그 범주 안에서 이익을 추구했고, 지금도 이 '누군가'들은 거대한 카르텔로 우리 사회 전반에 포진되어 있다. 생각하면 몹시 두려운 일이다.

희곡 「노량격전」은 노량해전을 소재 삼아, 한때 문제가 되었던 국정 역사교과서 편찬을 조준하고 있다. 교과서 편찬을 주도하는 3인의 지식인이 임진왜란 수록 방식에 대해 토론을 벌이고, 그 사이사이에 임진왜란 당시 몇 장면이 펼쳐진다. 일반적으로 서사는 관찰된 구체적인 이야기에 관객들이 감흥을 얻고, 그 사이에 어떤 주제를 유추하기에 귀납적 구조를 갖는다. 그러나 왜곡된 역사를 서사 대상으로 삼는 경우는 '일반적으로 알려진 역사적 사실'이 틀렸음을 증명해야 한다. 그러므로 굳이 따지자면 연역적 구조에 가깝다.

왜곡된 역사를 바로 잡는 과정 또한 다양한 시선이 제시되는데, 이런 성질은 토론형식을 빌리므로 이 희곡은 토론극이라 할 수 있다.

왜곡된 역사를 바로 잡기란 불가능에 가까울지 모른다. 역사에 대한 어떤 해석과 그 관점을 역으로 증명하기도 어렵고, 이를 가르친 스승을 부정하는 것도, 또 모두가 그 가르침을 부정하는 것도 아니기 때문이다. 생각은 계승되고, 그 과정에서 수많은 정치적 세력이 명분으로 삼은 축적된 시간이 있기 때문이다. 왜곡된 역사와 정치적 명분, 이를 사실로 받아들인 세력들은 거대한 마천루 건설에 매진하고, 그 그림자에 깔려 힘없는 사람은 교묘한 폭압에 안정감까지 느낄지 모른다.

역사 왜곡은 악이다. 왜곡을 검증하고 자각할 수 있는 다양한 시각이 담보되어야 한다. 새로운 시각은 끝없는 질문에서 태어난다는 믿음으로 창작에 임했다. '노량해전'을 '노량격전'으로 읽어, 은폐되고 왜곡된 임진왜란의 관점을 우선 흔드는 것이 숨은 시대적 영웅들을 재조명하는데 디딤이 될 것이라 확신한다.

역사를 단단하게 탐구하되
희곡으로 유연하게 풀어내기

배선애

(연극평론가/드라마투르그/문학박사/성균관대 초빙교수)

위기훈 작가의 희곡집에 게재된 다섯 편의 희곡은 모두 역사를 중심에 둔 역사극이다. 쉽게 사용하는 용어이긴 하지만 실상 역사극은 작가에게 매우 어려운 숙제를 던져주는 장르이다. 우선 작가는 '왜 이 시기에 특정한 역사인가?' 라는 질문부터 맞닥뜨린다. 흔히들 역사는 현재의 거울이기에 지금의 문제를 해결하기 위해 과거의 어느 시점을 집중한다고 말하는데, 그러기 위해서는 지금에 대한 객관적 평가가 필요하고 그것을 은유할 수 있는 역사에 대한 조예가 깊어야 한다. 현실이든 역사든 보통의 관심을 넘어서야 한다는 말이다.

작가가 마주하는 두 번째 문제는 '역사에 대한 작가의 상상력을 어느 정도로 한정할 것인가'이다. 역사를 있는 그대로(사실 원론적으로는 역사 자체가 '있는 그대로'가 불가한 것이기도 하다) 형상화한다면 그것은 역사책이지 예술이 아니다. 작가가 특정 시기의 사건이나 인물을 현재로 호출하려는 것도 작가 스스로 그것을 통해 하고 싶은 말이 있기 때문에 상상력 발휘는 당연한 것이다. 그런데 문제는 항상 '얼마나, 어디까지' 라는 정도의 크기이다. 작가의 상상력이 우위를 점하면 역사왜곡의 위험이 있고, 상상력이 부재하면 예술작품이 아니라는 오명을 받을 수 있다. 작가의 현실적 고민은 바로 여기에 있고, 이로 인해 역사극을 창작하는 작가들의 변별점도 여기에서 찾을 수 있다.

똑같은 역사적 사건을 다루어도 작가에 따라 서로 다른 작품이 창작될 수 있는 것은 작가의 상상력을 얼마나 어떻게 적용하는가가 작가마다 서로 다르기 때문이다. 우리 희곡사에서도 이런 사례가 종종 발견된다. 『삼국사기』 '호동왕자'의 경우를 보면, 유치진은 〈자명고〉라는 이름으로 호동왕자의 낙랑국 정복까지를 다루며 호동왕자의 영웅성을 강조했다. 이에 반해 최인훈은 〈둥둥 낙랑둥〉을 통해 낙랑국 정복 이후부터 죄책감에 시달리는 호동왕자에 집중했고 결국 스스로 죽음을 택하는 과정을 통해 권력과 명분에 대한 질문을 던져주었다. 이렇듯 역사책에 기록된 같은 사건이라고 해도 작가가 어떻게 해석하고 어느 정도의 상상력을 발휘하느냐는 역사극의 중요한 조건이자 특성이라고 할 수 있다.

이렇게 본다면 위기훈 작가는 역사에 깊은 관심을 가지고 있으며, 그것을 통해 작가가 어떤 말이 하고 싶은지를 상상적 구성으로 잘 보여주고 있다. 특히 역사에 대한 작가의 진지하고 존엄한 태도는 모든 역사극에서 진하게 배어나온다. 무엇보다 과거의 시간을 살아온, 그 시간들을 견뎌낸 사람들에 대한 존경이 전제되어 있다는 것이 인상적이다. 잘못 알려진 인물의 이야기를 바로잡기도 하고, 영웅 뒤에 가려져 있던 사람들을 조망하기도 하고, 그 인물이 그럴 수밖에 없었던 이유를 다양한 접근을 통해 설명하기도 한다. 이 모든 것들을 관통하는 것이 '사람'이기 때문에 위기훈 작가가 역사를 현재화하면 할수록 그 속의 사람들을 존경하고 있음을 발견할 수 있다.

사람에 대한 존경은 과거에 대한, 역사에 대한 존중으로 확장된다. 절대 왜곡되어서도 아니 되지만 그렇다고 절대화되어서도 안 된다는 시각. 그것은 희곡의 다양한 극작술로 표현된다. 그러니 위기훈 작가의 역사극은 역사에 대해서는 지나치리만큼 진지하고 엄숙하게 탐구하는 것에 비해 그것의 표현은 매우 유연한 방식을 취한다고 정리할 수 있겠다. 이것은 각 작품마다 다루고 있는 사건이나 담론, 혹은 인물의 무게가 상당하고 복잡한 것에 비해 무대는 간소하고 소박한 것과 같은 맥락이다. 진지하고 무거울수록, 복잡하고 어려울수록 단순하고 담백하게 형상화하는 것. 이론적으로는 쉬울 수 있지만 실제로는 무척 어려운 일이다. 많은 작가들은 내가 이만큼 공부했다 혹은 이만큼 관심을 갖고 살펴봤다는 것을 자랑하듯이 작품 속에 투영하기 일쑤이고, 그 결과 역사극은 일장연설을 듣는 듯 건조하고 무겁고 지루하다. 이에 반해 위기훈 작가의 역사극은 지적 허세나 자랑 없이 작가의 문제의식을 유연한 극작술로 풀어냈고, 그 덕분에 인물이 돋보인다는 장점도 발견할 수 있다.

위기훈 작가의 '역사에 대한 진지한 접근과 유연한 극작술'을 희곡집에 게재된 다섯 편의 역사극을 스케치하며 확인해보기로 한다.

'타임루프'로 혁명을 되짚어 보다:
〈갑신의 거(甲申의 擧)〉(0000)

〈갑신의 거(甲申의 擧)〉는 1884년 일어난 '갑신정변'과 그 중심 인물인 김옥균을 다루고 있는 작품이다. 그동안 수많은 역사극에서 갑신정변도 무수히 다뤄졌고, 김옥균도 다양하게 호출된 인물이기에 '왜 또 갑신정변일까?' 라는 호기심이 절로 생긴다. '왜 또'라는 질문 밑에는 갑신정변을 역사화한 기존의 방법에 대한 식상함이 깔려 있다. 갑신정변에 대한 작가의 입장을 강경하게 드러내거나 김옥균에 대한 연민 혹은 긍/부정의 평가가 많았기 때문이다. 지금까지 갑신정변과 김옥균을 다루던 방식으로는 그 식상함을 벗어날 수 없다는 것을 충분히 알고 있는 작가는 조금 다른 방법을 선택했다. 실패한 혁명인 갑신정변이 무슨 이유 때문에 실패했는가에 주목했고, 그것을 갑신정변이 진행되는 한가운데서 김옥균 스스로 깨닫는 것을 상상했으며, 그것의 실현을 위해 '타임루프'라는 극작술을 활용했다.

무대는 빈 무대가 기본으로, 그 위에 '우정총국' 등의 현판이 공간에 따라 교체되면서 정보를 제공하고, 최소한으로 디자인된 대소도구와 상징적 구조물이 궁궐과 대문의 역할을 한다. 갑신정변 과정 속에서 정변의 주체들, 그들의 행동에 따른 고종과 민비의 움직임을 다양하게 펼쳐내기 위해서는 빈 무대가 유효했다. 극 중 공간이 많을수록 무대는 비어있어야 함을 효과적으로 구현한 것이다. 특히 공간을 특정하는 현판들이 위아래로 움직이면서 공간의 역동성을 창출했고, 이는 갑신정변의 긴박함을 시각적으로 제시하는 장치로 작동했다.

비어있되 역동적인 무대는 '타임루프'라는 설정을 실현하기 위한 유효적절한 바탕이 되었다. 극 중 '타임루프'는 두 번 이루어지며, 그 주체는 김옥균으로 한정된다. 갑신정변의 신호탄이 된 '우정총국 개국 축하연'이 타임루프의 회귀 시점이었다. 계획대로 진행되던 혁명이었는데 이 거사를 알아차린 민영익에 의해 실패하고 김옥균은 신비로운 문으로 급히 들어간다. 첫 번째 타임루프다. 다시 개국 축하연 자리로 돌아간 김옥균은 상황을 파악한 후 국내 반대파를 제거하고 정변에 성공한 듯이 보였으나 일본의 민비 시해를 목격하면서 또다시 신묘한 문으로 도피하면서 두 번째 타임루프가 이루어진다. 또 다시 정변의 상황으로 돌아간 김옥균은 정령을 발표하지만 백성들의 극렬한 반대와 비난에 직면하면서 실패를 확인하게 된다. 두 번의 타임루프를 통해 김옥균은 실패의 원인을 스스로 각성하게 된다. 첫째는 외세에 기대는 것, 특히 일본에 기대를 했다는 것이고 둘째는 백성들을 전혀 설득하지 못했다는 것이다. 일본으로 가는 '치도세마루'를 탄 김옥균의 마지막 대사 "더 이상 일방적인, 일방적인 태양 아래 희망을 품지 않겠다!"는 이러한 깨달음에서 나온 탄식이라고 할 수 있다.

갑신정변의 근대적인 강령들의 소개를 스치듯 처리한 점, 타임루프를 통해 실패 원인을 강조한 점, 그 중심에 있는 김옥균의 각성을 도드라지게 한 점 등이 돋보인다. 거기에 "거문고와 대금, 신시사이저 연주"로 설정되어 악기의 구성이 긴박하면서도 생동감 있는 분위기를 주조하며, 신시사이저의 현대적 음감이 갑신정변의 현재적 의미를 연결해주는 직접적 매개로 활용되었다. 실제 음악이 어떠했는지 들어보지 않아도 지시문만으로도 충분히 분위기를 짐작할 수 있는 부분이다.

보통은 갑신정변의 내용, 김옥균이 꿈꾸던 세상을 소개하거나 강조하는 것이 일반적인데, 〈갑신의 거〉는 '타임루프'의 극작술을 통해 갑신정변의 실패에 집중했고, 혁명이든 개혁이든 무엇을 도모하고 꾀할 때는 어떤 자세와 시각을 견지해야 하는가를 질문하고 있는 작품이다.

역사극의 출발은 '팩트'이다:
〈역사의 제단〉(2020)

〈역사의 제단〉은 '매헌 윤봉길'로 알려진 '남산 윤우의'에 대한 이야기다. 위기훈 작가는 희곡집에 게재된 모든 작품에 작가의 발문을 적었는데, 이 작품의 집필 이유에 대해 "'남산 윤우의'의 경우는 있는 그대로 사실을 바로 잡는 게 우선이어야 했다"면서 "윤우의라는 인물이 역사의 제물이 되기를 자청했던 뼈아픈 사실"을 기록하기 위해 창작했음을 밝히고 있다. 태극기 앞에서 권총과 수류탄을 양손에 들고 있는 사진을 비롯해, 도시락과 물통 폭탄, 백범 김구 선생과 교환한 시계 이야기 등 우리는 윤봉길 의사에 대해 사소한 것까지 잘 알고 있는 듯 친근하다. 그런데 그렇게 알고 있는 것들이 사실이 아니라는, 진짜는 따로 있다는 발견은 작가에게 큰 부담을 안겨준다. 널리 알려진 것을 수정해야 한다는 것, '있는 그대로'를 밝혀야 한다는 것도 부담인데다가 어떤 방법으로 알려주고 수정할 것인가를 선택하는 것도 큰 고민이다.

위기훈 작가의 발견은 백범일지에 기대어 있는 윤봉길 의사에 대한 기록이 실제와는 다르다는 점이다. 즉, 백범의 지시에 의해 윤봉길 의사의 의거가 실행된 것이 아니라 오로지 윤봉길 의사, 남산 윤우의 본인 스스로의 의지로 역사의 제물이 되기를 요청했다는 것이다. 따라서 역사의 제단은 누군가가 꾸며내고 만들어 놓은 것이 아니었으며, 그 제단에 바쳐질 제물 역시 누군가가 선택한 것이 아니었다. 모든 것은 남산 윤우의의 의지였다. 이것이 '팩트'다.

이 사실을 어떻게 전달해야 할까? 기존의 상식들을 어떻게 수정해야 할까? 위기훈 작가는 정공법을 선택했다. 바로 해설자를 설정한 것인데, 렉처퍼포먼스까지도 가능할 정도로 해설자는 적극적으로 극을 이끌어 나간다. 여러 명의 해설자가 해설의 내용을 나누어 윤우의의 의거 과정을 처음부터 끝까지 설명하며, 그 사이사이 윤우의의 의지가 강조되는 장면들이 무대 위에서 형상화된다. 이른바 서사극적 양식으로, 관객들의 몰입보다는 판단이 필요할 때 유용한 양식이라는 것을 작가가 적극 활용한 것이다. 이미 상식이 되어버린 사실에 대해 그렇지 않다고 문제제기할 때, 관객과 함께 조목조목 그 이유를 살펴보면서 작가가 의도한 바를 최종적으로 관객이 고민하게 만드는 극작술을 적용했다. 주제와 의도에 맞는 유효한 방법의 선택이었다.

해설자 중심의 서사극 양식이다 보니 자연스레 무대는 빈 무대다. "최소한의 소품과 특이점을 강조한 대소도구"만 배치되어 있는 "사실적인 무대를 지양"한 서사극적 공간이어야 해설자들이 자유롭게 윤우의 의사의 의거를 설명하고 장면을 재현할 수 있기 때문이다. 부모를 버리고 처자식을 버리고 나라와 겨레, 독립을 선택한 윤우의 의사의 "강의한 사랑"은 해설자의 설명과 의거 과정의 재현을 통해 관객들의 공감을 불러일으켰다. 매헌 윤봉길이 아닌 남산 윤우의를 강조하기 위해서 허구적으로 무언가를 꾸며내기보다는 있는 그대로의 사실, 팩트에 입각해 그것을 이성적으로 판단하게 한 극작술의 선택이 돋보이는 작품이다.

단재의 인간적인 면모를 부각시키다:
〈아나키스트, 단재〉(0000)

개화기부터 현재까지 아마도 우리 역사에서 고구려와 발해에 대해 가장 큰 관심을 가지고 있던 역사학자는 단연코 단재 신채호일 것이다. 역사학을 공부하면서 민족주의자가 되었고, 독립운동을 하면서 사회주의자가 되었다가 3·1운동 이후 민중의 존재와 힘을 자각하면서 아나키스트가 된 인물. 사실 이렇게 맥락을 짚었지만 단재 신채호는 다른 독립운동가에 비해 그다지 구체적으로 많은 것이 알려지지 않은 인물이다. 그것을 반증하는 사례가 있는데, 흔히들 "역사를 잊은 민족에게 미래는 없다"라는 말을 단재 신채호가 했다고 알고 있다. 그러나 실제로 신채호는 이런 말을 한 적이 없다. 출처가 불분명한 말임에도 단재 신채호를 호명하는 것은 아마도 역사학자이자 독립운동가 정도로만 신채호를 알고 있어서 저 말이 신채호에게 어울린다고 어림짐작했기 때문이다.

〈아나키스트, 단재〉는 단재 신채호에 집중해 인물의 성격과 행적을 구체적으로 형상화한 작품이다. 위기훈 작가는 잘 알려지지 않은 신채호의 삶에 대해 재조명을 하면서 그 초점은 '민중'을 근간으로 하는 신채호의 아나키즘에 두었고, 어떤 삶의 궤적을 통해 아나키즘에 도달하게 되었는지를 찬찬히 보여주고 있다. 그렇다고 해서 신채호의 사상적 변화에만 집중하지는 않는다. '순국 80주년'을 기념하는 창작 목적을 잘 구현하기 위해서는 인간 신채호의 면모를 부각할 필요가 있었고, 그래서 그의 아내 박자혜와 아들 수범이 등장하여 신채호의 마지막을 매듭짓게 된다.

앞의 두 작품에 비해 비교적 사실적인 장면이 많은 것은 인간 신채호에게 관객들이 공감하기를 바라는 목적 때문이다. 민족주의자에서 사회주의자로, 궁극적으로는 아나키스트가 된 신채호의 궤적을 관객들이 함께 하기를 바랐던 것이다. 그러기 위해서는 정서적인 부분, 감정적인 부분들이 강조될 필요가 있는데, 그것을 위해 우선 첫째로 각 시기마다의 동지들이었던 김원봉, 안재홍 등과의 결별을 배치했다. 둘째는 신채호의 가족들을 등장시킨 것이다. 독립운동가의 가족들은 그 자체로 안타까운 감정을 유발하는데, 특히 아들 수범은 정서적 울림을 증폭시켰다. 셋째는 단재 신채호의 가장 행복했을 순간을 마지막 장면으로 배치한 것이다. 열다섯이나 어린 신부인 박자혜를 맞는 마흔 살 단재의 기쁘고 부끄러운 감정들이 관객들에게 먹먹하게 전달되기를 바라는 의도였던 것이다.

〈아나키스트, 단재〉는 엄혹한 시기, 일신의 영달과 행복을 추구하는 대신 나라와 겨레를 선택했던 사람들이 결코 타고난 영웅이 아니었음을, 수많은 고난과 고통 속에서도 자신의 선택을 후회하지 않았던 평범한 사람이었음을, 차갑고 서늘한 투쟁가의 이면에 신부를 맞이하는 설렘이 가득했음을 잔잔하게 펼쳐냈다.

분열과 대립의 시대, 몽양에게 길을 묻다:
〈몽양, 1919〉(0000)

〈몽양, 1919〉는 제목에서도 알 수 있듯이 〈아나키스트, 단재〉와 마찬가지로 몽양 여운형에 초점을 맞춘 작품이다. 1919년 여운형은 파리강화회의에 김규식을 파견해 독립청원서를 제출하면서 본격적인 독립운동가로서의 활동을 선보였다. 따라서 이 작품은 1919년 이후 몽양의 행적을 따라가는 것을 큰 줄기로 삼았는데, 그 시기가 1919년보다는 해방정국, 즉 1945년 이후를 중심배경으로 한다.

사실 몽양 여운형은 임시정부부터 독립운동을 주도한 중심인물이었음에도 사회주의 활동 경력 때문에 오랫동안 제대로 평가받지 못했던 인물이었다. 그런 인물을 작가가 선택했다는 것은 일차적으로 여운형에 대한 소개와 상세한 삶의 면면을 보여주려는 의도를 예상하게 하지만 작가는 그 예상을 보기 좋게 배반했다. 작품 속 중요한 사건들을 해방기로 한정한 것이 중요한 포인트였다. 이 시기 여운형은 김규식, 안재홍 등과 함께 좌우합작위원회를 조직하고 활동하게 된다. 해방은 나라의 미래를 주체적으로 마음껏 꿈꿀 수 있는 자유를 주었지만, 서로 다른 꿈을 꾸다보니 화합보다는 반복과 분열이 극단으로 치달았다. 정치테러가 공공연히 자행되었고 새로운 국가에 대한 논쟁은 쌍방간 욕설로 변질되던 때였던 것이다. 이 시기의 여운형은 분열되고 반목하는 현실 담론을 어떻게든 중재하려고 애썼고, 회색분자라는 비난을 들어도 새로운 국가 건설에 힘을 합쳐보자는 제안을 좌우를 가리지 않고 펼쳐냈다. 작가는 바로 이 시기의 여운형을 집중한 것은 지금 여기의 우리에게 필요한 것이 무엇인가를 간접적으로 말하고 싶었기 때문이다.

여운형의 활동을 강조하기 위해서는 우선 분열과 대립, 반목이 일상화된 당대 상황을 전제할 필요가 있었다. 어느 정도, 얼마만큼 분열되어 있었는지, 또한 얼마나 서로 소통하지 않았는지를 위해서 〈몽양, 1919〉는 제각각의 논리를 제시하고 토론하는 구성을 취하고 있다. 1919년 임시정부 시절부터 1945년 해방 이후까지 좌익과 우익은 끊임없이 반목하였는데, 여운형은 좌익과도 긴 토론을 했고 우익과도 긴 이야기를 했다. 왜 합작이 되어야 하는지를 설명해도 서로의 시선은 평행선이었던 것이다. 그러한 노력에도 불구하고 결국은 암살당한 여운형의 최후는 지금껏 화합해본 적이 없는 우리의 역사를 그대로 보는 듯한 아픔을 준다.

여운형이 살아있다면 6·25가 발발하지 않았을 것이라는 마지막 자막이 깊은 여운을 남기는 것은 작가의 문제의식에 공명했기 때문일 것이다. 〈몽양, 1919〉는 반복되는 분열과 대립, 그것이 더 첨예해지는 지금 현재 우리에게는 여운형 같은 인물이 필요한 것은 아닌지, 여운형의 자세와 세계관이 필요한 것은 아닌지 작가가 넌지시 질문하는 작품이다.

전쟁과 영웅 뒤에 감추었던 역사와 사람에 집중하다:
〈노량격전(露梁激戰)〉(0000)

〈노량격전〉은 이순신 장군의 마지막 전투 '노량해전'을 다룬 작품이다. 그러나 여느 작품과는 달리 주인공이 이순신 장군이 아니다. 이순신 장군이 주변부로 물러난 노량해전이라니. "내 죽음을 적에게 알리지 마라."라는 마지막 말씀은 어떻게 하려고? 사실 이 작품의 출발은 바로 여기부터다. 이렇게 실감나는 대사를 적은 사람은 실제로 이순신 장군의 배를 타지 않았다고 한다. 그렇다면 그 죽음은 꾸며낸 것인가? 전쟁과 영웅을 역사적으로 기술하면서 왜곡되거나 감춘 것이 있는지, 혹은 가공으로 꾸며서 뭔가를 가린 것인지 질문을 던지는 작품이다. 결국 이순신은 빌미일 뿐, 역사를 서술하는 시각의 편향성과 왜곡가능성에 대한 작가의 문제제기가 이 작품의 핵심이다.

역사 '서술'에 초점을 맞췄기 때문에 이 작품은 위기훈 작가의 다른 역사극과는 달리 현재와 과거가 교차된다. 현재는 역사교과서 편찬과 검증을 위해 역사교육 교수와 박사가 노량해전 서술을 놓고 설전을 벌이고 있고, 과거는 노량해전에서 목숨을 잃은 장군들이 전쟁에 임하기 전 맞닥뜨린 고민과 그 결과의 실천을 보여준다. 이 사이에 선조는 왕의 권력을 앞세워 정당하지도, 공정하지도 않은 평가와 상벌을 지시함으로써 전쟁을 직접 마주하고 있는 이들의 절박함과 진정성을 더욱 부각시키고 있다.

역사서술에서 우리 민족의 주체성과 자부심을 강조하기 위해 불필요한 부분들을 삭제한다는 명분과 논리가 궁극적으로는 역사왜곡과 은폐에 해당할 수 있고, 그렇게 해서 영웅과 전쟁 중심으로 기술된 역사는 수많은 목소리와 다양한 배경을 지워버리는 폭력에 이를 수 있다는 작가의식이 돋보인다. 이순신 장군을 주인공으로 내세우지 않았기 때문에 주변의 장군들이 주목받게 되었고, 그들이 목숨을 아끼지 않은 이유가 더 절실히 다가왔다. 이순신 장군의 부하 이영남, 방덕룡, 이언량, 고득장 장군 등의 장렬한 죽음, 그리고 뒤이어 "우리의 죽음을 알려 더욱 혹독하게 왜군을 섬멸하라!"는 이영남의 대사는 죽음을 은폐한 이순신 장군 관련 역사서술과는 대조적이다. 영웅은 죽음을 은폐함으로써 더욱 더 영웅성을 강조하게 되지만 영웅 밑에 가려져 있던 인물들은 죽음으로써 자신들의 존재 가치를 증명할 수 있는 것이다. 노량해전에 대한 국제정세와 권력의 역학관계라는 총체적 상황을 전제했을 때, 퍼즐이 맞춰지듯, 인물들의 상황이 일말의 꾸밈도 없이 그 자체로 온전히 이해될 수 있다는 것과 연결되는 부분이다.

중국과 일본에서 자행되는 역사왜곡에 강한 비판의 목소리를 내면서도 우리 또한 우리의 주체성을 강조하기 위해 똑같은 잘못을 범하는 것은 아닌지 찬찬히 돌아보자는 작가의 문제제기가 〈노량격전〉을 통해 관객에게 충분히 전달되었다. 또한, 이순신 장군은 실루엣만으로도 충분히 큰 힘을 발휘한다는 것을 새로이 발견한 작품이기도 하다.

다섯 편의 역사극은 각각 혁명에 대해, 가려진 진실에 대해, 인간에 대해, 분열에 대해, 왜곡에 대해 문제제기를 하고 있는데, 이들은 그 자체로 무겁고 진지한 담론이다. 위기훈 작가는 현실에서 부딪히는 문제들을 역사 속 특정 사건이나 인물을 통해 해결의 실마리를 찾고자 하는 의도가 선명한데, 그렇다고 이 무거운 담론들을 그대로 작품으로 가져오지 않았다. 타임루프라는 극적 설정, 서사극적 양식의 활용, 공감을 목표한 정서적 분위기의 강조, 논리의 대화가 쌓이는 토론극 형식, 과거와 현재의 교차로 긴장감을 자아내면서도 현실을 직접적으로 역사와 대입할 수 있는 구성 등을 취했다. 다양하고 유연한 극작술을 취하면서 역사를 통한 문제제기를 연극적으로 흥미롭게 펼쳐낸 것이다.

있는 그대로의 역사서술에 머물러도 안 되지만 그렇다고 작가의 상상력이 과할 수도 없는 역사극, 위기훈 작가는 그 아슬아슬한 경계를 다양한 방법을 통해 자신만의 특색으로 만들어냈다. 진지하게 탐구하되 유연하게 풀어내는 위기훈 작가의 장점이 앞으로 창작될 역사극에도 한결같이 빛을 발하기를 기대한다.

갑신의 거 (甲申의 擧)

초 판 1쇄 인쇄일 2022년 11월 20일
초 판 1쇄 발행일 2022년 11월 25일

지 은 이   위기훈
만 든 이   이정옥
만 든 곳   평민사
         서울시 은평구 수색로 340 〈202호〉
         전화 : 02) 375-8571
         팩스 : 02) 375-8573
         http://blog.naver.com/pyung1976
         이메일 pyung1976@naver.com
등록번호   25100-2015-000102호
ISBN   978-89-7115-076-4 03800
정   가   18,000원

이 책은 세종특별자치시와 세종시문화재단의 후원으로 발간되었습니다.